Pais e Filhos

IVAN TURGUÊNIEV

PAIS E FILHOS

Tradução
Olga Aliokhina

Principis

Esta é uma publicação Principis, selo exclusivo da Ciranda Cultural
© 2022 Ciranda Cultural Editora e Distribuidora Ltda.

Traduzido do original em russo
Отцы и дети

Texto
Ivan Turguêniev

Editora
Michele de Souza Barbosa

Tradução
Olga Aliokhina

Preparação
Cleusa S. Quadros

Produção editorial
Ciranda Cultural

Revisão
Karine Ribeiro
Edilene Moreira Rocha

Diagramação
Linea Editora

Design de capa
Ana Dobón

Imagens
ezretro/shutterstock.com

Dados Internacionais de Catalogação na Publicação (CIP) de acordo com ISBD

T937p	Turguêniev, Ivan
	Pais e filhos / Ivan Turguêniev; traduzido por Olga Aliokhina. - Jandira, SP : Principis, 2022.
	224 p. ; 15,50cm x 22,60cm. (Clássicos da literatura mundial)
	Título original: Отцы и дети
	ISBN: 978-65-5552-290-7
	1. Literatura russa. 2. Literatura estrangeira. 3. Fazenda. 4. Niilismo. I. Aliokhina, Olga. II. Título.
2021-0045	CDD 891.7
	CDU 821.161.1

Elaborado por Lucio Feitosa - CRB-8/8803

Índice para catálogo sistemático:
1. Literatura Russa : 891.7
2. Literatura Russa : 821.161.1

1ª edição em 2022
www.cirandacultural.com.br
Todos os direitos reservados.
Nenhuma parte desta publicação pode ser reproduzida, arquivada em sistema de busca ou transmitida por qualquer meio, seja ele eletrônico, fotocópia, gravação ou outros, sem prévia autorização do detentor dos direitos, e não pode circular encadernada ou encapada de maneira distinta daquela em que foi publicada, ou sem que as mesmas condições sejam impostas aos compradores subsequentes.

Esta obra reproduz costumes e comportamentos da época em que foi escrita.

*Dedicado à memória de
Vissarion Grigorievitch Belinski*

1

– Será que já chegou alguém, Piotr? – perguntava de vez em quando, no dia 20 de maio de 1859, um senhor de aproximadamente uns quarenta e poucos anos de idade, saindo sem chapéu à porta de uma pousada da estrada ***. Estava vestindo um casaco empoeirado e calça xadrez. Ele dirigiu as perguntas ao seu serviçal, um moço jovem e bochechudo, com barba rala, olhos estreitos e opacos.

A aparência do empregado: um brinco turquesa em uma orelha, cabelos tingidos de cores diferentes e cobertos com gel capilar, e também os movimentos respeitosos revelavam tratar-se de um homem moderno, de uma geração mais nova e adiantada. Ele olhou condescendente ao longo da estrada e respondeu para o seu senhor:

– Ainda não.

– Não mesmo? – repetiu o senhor.

– Não mesmo! – respondeu novamente o serviçal.

O senhor suspirou e sentou-se em um banco, enquanto aguardava, com olhar pensativo e de pernas cruzadas. Vamos apresentar o nosso senhor para o leitor. Ele chama-se Nikolai Petrovitch Kirssanov. Possui uma boa propriedade, com duzentos servos, que fica a quinze quilômetros dessa pousada. Como ele próprio diz, criou sua fazenda com dois mil hectares de terra após resolver a questão agrária com os camponeses. Seu pai, general da guerra de 1812, era um russo, quase analfabeto, um homem rude, mas não tão ruim quanto parecia ser. Dedicou toda a sua vida ao exército. Primeiro servia como general de brigada, depois como general de divisão, vivendo sempre na região provincial, onde, graças à sua posição, foi considerado uma pessoa muito importante. Nikolai Petrovitch nasceu no Sul da Rússia, assim como Pavel, seu irmão mais velho, de quem falaremos mais adiante. Ele recebera educação em casa até os catorze anos de idade, cercado de governantes baratos, adjuntos atrevidos e prestativos, e de outras personalidades do regimento e do estado. Sua mãe, da família Koliássin, Ágata, quando solteira, e Agafokleia Kuzminichna Kirssanova, quando esposa do general, pertencia à classe das "mães-comandantes"; adorava toucas de renda e vestidos barulhentos de seda. Na igreja, ela era a primeira a beijar a cruz; falava alto e muito; mandava que os filhos beijassem as mãos dela pela manhã e à noite dava a bênção para eles e, resumindo, vivia a seu prazer. Como filho do general, Nikolai Petrovitch, que não foi nem um pouco corajoso e até foi chamado de covarde, teve de seguir o exemplo do seu irmão Pavel e entrar para o exército, mas acabou quebrando uma perna no mesmo dia em que recebeu a comunicação da sua incorporação. Depois de dois meses na cama, ficou "aleijadinho" para sempre. O pai deixou o filho em paz, e o rapaz seguiu sua carreira civil. Aos dezoito anos, o general levou-o a São Petersburgo e o matriculou na faculdade. Ao mesmo tempo, o mais velho entrou para o regimento do Batalhão Imperial. Os irmãos começaram a viver juntos em um apartamento, sob os cuidados do tio, o irmão da mãe deles, Ilya Koliássin, um oficial estadual importante. O pai voltou a comandar a divisão e viver com a esposa. De vez em quando, ele enviava pelo correio aos filhos umas folhas de papel acinzentado cobertas de letras amplamente desenhadas pelo escrivão. No fim de todas essas folhas, apareciam em caligrafia caprichada as seguintes palavras: "Piotr Kirssanov, general de brigada". Em 1835, Nikolai Petrovitch saiu da universidade como candidato. No mesmo ano, o General Kirssanov, demitido pelo evento militar que deu errado, chegou a São Petersburgo com a esposa, para se estabelecer ali. Logo após ter alugado uma casa perto do Jardim de Táurida e ter entrado para o Clube Inglês como um membro, morreu repentinamente de um ataque. Pouco depois Agafokleia Kuzminichna juntou-se a ele no túmulo: ela conseguiu habituar-se à vida obscura na capital. A nostalgia causada pela pós-demissão militar a consumiu.

Nikolai Petrovitch, ainda com os pais vivos e contra a vontade deles, apaixonou-se pela filha do Prepolovenski, um funcionário público e ex-proprietário da casa dele. Era uma boa moça e, como se diz por aí, educada. Nas revistas, lia somente artigos sérios da categoria ciências. Casou-se com ela, logo que passou o período de luto e, ao deixar o ministério, onde seu pai conseguiu um emprego por proteção, desfrutou os prazeres da vida em companhia de sua Macha. Primeiramente em uma casa de campo perto do Instituto Florestal, depois na cidade, em um pequeno e bonito apartamento, com uma escada muito limpa e sala de visitas um pouquinho fria e, por fim, se instalaram definitivamente em uma aldeia onde nasceu o primeiro filho Arcádio. Os esposos viviam muito felizes. Quase nunca se separavam um do outro; liam juntos, tocavam piano a quatro mãos, cantavam em dueto. Ela plantava flores, cuidava das aves, e ele caçava e administrava a casa. Arcádio crescia, era um menino muito bom e tranquilo. Passaram-se assim dez anos, lindos como um sonho. Em 1847, faleceu a esposa de Kirssanov. Ele quase não aguentou esse golpe, seu cabelo ficou branco em poucas semanas. Quis ir para o exterior para se distrair, mas... veio o ano de 1848. Contra a própria vontade, teve de voltar à casa de campo e, após prolongada inatividade, as preocupações domésticas o absorveram. Em 1855, levou o filho para matricular-se na universidade. Passou com ele três invernos em São Petersburgo, quase não saía, apenas para conhecer os jovens amigos do filho. Durante o último inverno, o pai não pôde visitar Arcádio. E agora, em maio de 1859, esse senhor de cabeça inteiramente branca, gordinho e baixinho estava esperando o filho, que recebeu o grau de candidato na universidade, igual ao pai.

O serviçal, por um sentimento de respeito e talvez evitando os olhares do senhor, foi ao portão para fumar o cachimbo. Nikolai Petrovitch inclinou a cabeça tristemente e começou a examinar os velhos degraus da escada. Um pintinho gorduchinho e variegado andava pelos degraus, batendo no chão com as suas patinhas amarelas. Uma gata bem suja, deitada no corrimão, olhava-o atenta e hostilmente. O sol ardia. Do vestíbulo escuro da pousada, vinha um cheiro de pão quente de centeio. Nikolai Petrovitch continuava sonhando. "Meu filho... candidato... meu pequeno Arcacha"... Esses pensamentos não saíam de sua cabeça, por mais que tentasse refletir sobre outras coisas. Os pensamentos voltavam sempre. Lembrou-se de sua falecida esposa.

– Não chegou a presenciar este momento – sussurrou ele com tristeza.

Um gordo pombo azul aterrissou para tomar água em uma poça ao lado de uma sisterna. Nikolai Petrovitch olhava-o atentamente, mas os seus ouvidos já percebiam distintamente o ruído das rodas de uma carroça que se aproximava.

– Parece que estão chegando – disse o serviçal, saindo do portal.

Nikolai Petrovitch ficou de pé e olhou para a estrada. Apareceu uma carroça puxada por três cavalos, e ele pôde distinguir de longe o quepe de estudante universitário e os traços de um rosto querido...

– Arcacha! Arcacha! – gritou Kirssanov e correu, mexendo os braços, muito agitado.

Momentos depois, seus lábios tocavam suavemente o queixo virgem, empoeirado e bronzeado do jovem candidato.

2

– Deixe-me ao menos tirar a poeira, papai –, dizia o jovem com voz rouca e, ao mesmo tempo, alegre e vibrante, correspondendo com humor ao amor paterno: – Cuidado, senão eu vou sujá-lo todinho...

– Isso não importa – repetia Nikolai Petrovitch, comovido, sorrindo de felicidade. E, batendo na gola do capote do filho e no seu próprio casaco, disse, afastando-se um pouco: – Como você mudou, como você mudou! – E direcionou-se imediatamente para a pousada, dizendo ao filho: – Por aqui. Cavalos, cavalos, vão, depressa!

Nikolai Petrovitch parecia mais agitado que seu filho. Aparentava estar confuso e tímido. Arcádio parou-lhe:

– Papai, quero apresentar o meu bom amigo Bazárov, sobre quem falei tantas vezes quando escrevi ao senhor. Ele foi tão gentil, que eu quis que fosse nosso hóspede por alguns dias.

Nikolai Petrovitch voltou-se, e, dirigindo-se ao rapaz alto, que acabara de descer da carroça, vestido em um sobretudo exageradamente comprido e com franjas, apertou-lhe fortemente a mão nua e vermelha, que ele não ofereceu de imediato.

– Muito obrigado – disse –, agradeço por sua gentileza e vontade de nos visitar. Espero, sinceramente, sr...?

– Eugênio Vassílievitch – respondeu Bazárov com uma voz vagarosa, porém máscula. Abrindo a gola do capote, ele mostrou a Nikolai Petrovitch o seu rosto estreito e magro, com a testa larga e plana, nariz aquilino, grandes olhos verdes e costeletas de um loiro esbranquiçado. O rosto ficou iluminado por um sorriso tranquilo que expressava autoconfiança e inteligência.

– Espero, caríssimo Eugênio Vassílievitch, que a nossa morada o agrade – continuou Nikolai Petrovitch.

Os lábios finos de Bazárov mal se moveram e ele não respondeu nada, apenas levantou ligeiramente o quepe. Os cabelos loiros escuros, espessos e compridos, não escondiam as saliências bem-desenhadas do seu grande crânio.

– Que faremos então, Arcádio? – perguntou Nikolai Petrovitch ao filho. – Mando preparar os cavalos? Ou querem descansar um pouco?

– Descansaremos em casa, papai. Mande preparar os cavalos.

– Já, já – disse o pai. – Oi, Piotr, está ouvindo? Cuide de tudo. Depressa.

Piotr, serviçal moderno, que não beijou a mão do jovem senhor, mas apenas inclinou-se diante dele de longe, desapareceu novamente atrás do portão.

– Estou com a minha carruagem aqui. Para a sua também tenho três cavalos – dizia Nikolai Petrovitch preocupado, enquanto Arcádio bebia água de um pote de ferro que a dona da pousada havia trazido. Bazárov acendia seu cachimbo e se aproximava do cocheiro que desatrelava os cavalos.

– A carruagem possui apenas dois lugares. Não sei como o seu amigo irá se acomodar...

– Ele irá na outra carruagem – respondeu Arcádio em voz baixa. – Por favor, não tenha cerimônia com ele. É um bom rapaz e é muito simples, você verá.

O cocheiro de Nikolai Petrovitch levou os cavalos para fora do estábulo.

– Vamos, barbudo, mexa-se! – disse Bazárov, dirigindo-se ao cocheiro.

– Está ouvindo, Mitiúkha – exclamou outro cocheiro, com as mãos nos bolsos do seu capote de peles –, como o jovem senhor o chamou? Barbudo, você é mesmo barbudo.

Mitiúkha apenas sacudiu o seu gorro e puxou pelo freio o cavalo suado.

– Vamos, vamos, rapazes; depressa! – exclamou Nikolai Petrovitch. – Darei uma boa gorjeta quando chegarmos.

Em alguns minutos, os cavalos já estavam atrelados. O pai e o filho acomodaram-se em uma carruagem, Piotr subiu à boleia. Bazárov entrou na outra carruagem e encostou a cabeça em uma almofada de couro, e as carruagens partiram.

3

— Finalmente está em casa, o meu candidato — disse Nikolai Petrovitch, tocando Arcádio no ombro e no joelho. — Finalmente!

— E o tio, como está? — perguntou Arcádio. Apesar da alegria sincera e quase infantil que estava sentindo, ele estava tentando trocar o assunto excitante por um mais comum.

— Está muito bem. Queria vir comigo, mas mudou de ideia, não sei por quê.

— E você me esperou muito tempo?

— Umas cinco horas.

— Que paciência, papai!

Arcádio virou para o pai com alegria e beijou-o no rosto.

Nikolai Petrovitch riu em silêncio, feliz.

— Reservei um excelente cavalo para você! — começou ele. — Você o verá logo. O seu quarto foi decorado com papel de parede.

— Temos um quarto para Bazárov?

— Sim, teremos um para ele também.

— Por favor, papai, seja gentil com ele. Você nem consegue imaginar como aprecio a amizade de Bazárov.

– Conhece-o há muito tempo?
– Há pouco.
– Não o vi durante o inverno passado. O que ele faz?
– Dedica-se às ciências naturais. Ele sabe tudo. O ano que vem pretende cursar medicina.
– Ah, sim! – falou Nikolai Petrovitch. – Faculdade de medicina. Piotr – acrescentou, estendendo a mão –, será que aqueles são os nossos homens que estão chegando?

Piotr olhou na direção indicada pelo senhor. Algumas carroças, puxadas por cavalos sem freios, andavam rapidamente pelo caminho estreito. Em cada uma havia uma ou duas pessoas com os capotes de pele abertos.

– Exatamente, são eles – disse Piotr.
– Estão indo para a cidade? – perguntou Arcádio.
– Parece que estão indo sim, para a taberna – respondeu Nikolai Petrovitch com desprezo, abaixando-se para o cocheiro como se quisesse ouvir a opinião dele. Porém ele nem se moveu. Era das antigas, estranhava as ideias modernas.
– Este ano meus homens estão me dando muito trabalho – continuou Nikolai Petrovitch, dirigindo-se ao filho. – Não pagam as dízimas. O que quer que eu faça?
– E seus trabalhadores assalariados satisfazem-no?
– Sim – mal respondeu Nikolai Petrovitch. – Prejudicam-nos, esse é o problema. E eles não têm boa vontade para trabalhar. Estragam arreio, mas aram bem, apesar de tudo. Com paciência tudo se fará.
– Será que a fazenda o preocupa agora?
– Não há sombra suficiente, eis o que me preocupa – falou para Arcádio, sem responder à última pergunta. – Mandei colocar uma marquise sobre o terraço do lado Norte – disse Nikolai Petrovitch. – Agora podemos almoçar ao ar livre.
– Tudo isto me lembra bem a casa de campo... Mas realmente, isso não tem importância nenhuma. Que ar temos aqui! Que aroma divino!

Eu acho que em parte alguma do mundo tem um aroma igual a este! E que céu...

Arcádio parou de falar de repente e olhou para trás.

– Realmente – disse Nikolai Petrovitch –, é natural, pois você nasceu aqui. Tudo deve parecer especial...

– Para um ser humano não tem importância um lugar de nascimento, papai. Não tem nada de especial.

– Mas...

– Não. Afirmo que realmente não tem importância.

Nikolai Petrovitch olhou para o filho de soslaio. Eles andaram meio quilômetro até que a conversa foi reatada.

– Não me lembro se escrevi a você – retomou a conversa Nikolai Petrovitch –, mas a sua antiga babá Iegórovna faleceu.

– Sério? Pobre velhinha! E Prokófitch, ele ainda está vivo?

– Sim; o humor dele é o de sempre. Em suma, você não encontrará grandes mudanças em Maryino.

– Seu gerente ainda é o mesmo?

– Não, tive que substituir. Resolvi romper com todos os servos espontaneamente libertados, ou, pelo menos, não confiar a eles as tarefas que exigem alguma responsabilidade. – Arcádio indicou Piotr com o olhar. – *Il est libré, en effet*[1] – disse Nikolai Petrovitch em voz baixa –, e ele é o chefe dos serviçais. Meu atual gerente é descendente de burgueses. Parece-me um homem de confiança. Pago a ele duzentos e cinquenta rublos por ano. No mais – acrescentou Nikolai Petrovitch, passando a mão pela testa, o que era sinal de confusão interna –, já disse que não encontrará mudanças em Maryino... bom, não é totalmente verdade, eu devo preveni-lo mas...

Ele parou por um momento e continuou em francês:

– Um moralista severo estranhará minha sinceridade. Em primeiro lugar, não posso ocultá-la, e, depois, você já sabe que sempre defendi princípios especiais nas relações entre pais e filhos. Claro, evidentemente

---

[1] Ele está livre, de fato. (N.T.)

terá direito de censurar-me. Na minha idade... Afinal, essa... essa moça de quem já deve ter ouvido falar...

– Fenitchka? – perguntou descaradamente Arcádio.

Nikolai Petrovitch ficou vermelho.

– Fale baixo, por favor... Bem... ela agora vive comigo. Coloquei-a em casa... em dois pequenos quartos. Mas podemos mudar tudo.

– Por quê?

– Seu amigo será nosso hóspede... está errado...

– Quanto a Bazárov, não se preocupe, por favor. Ele está acima de tudo isso.

– Bem, e você também – disse Nikolai Petrovitch. – O seu quarto é muito pequeno, esse é o problema.

– O que está dizendo! – exclamou Arcádio. – Parece que me pede desculpas, não está certo isso.

– Pode acreditar, sinto-me envergonhado – respondeu Nikolai Petrovitch, corando cada vez mais.

– Basta, papai, basta! – disse Arcádio, sorrindo suavemente. "Nem precisa desculpar-se!", pensou. Um sentimento de compaixão para o seu bondoso pai e uma sensação de perfeição secreta inundaram a sua alma. – Basta, por favor – repetiu, desfrutando-se da percepção de consciência de seu próprio desenvolvimento e de sua liberdade.

Nikolai Petrovitch olhou para ele por baixo dos dedos da mão com a qual continuava a esfregar a testa e algo o picou no coração... Mas ele imediatamente se culpou.

– Já estamos vendo os nossos campos – disse ele após um longo silêncio.

– Lá adiante é a nossa floresta? – perguntou Arcádio.

– É ela mesma. Aliás, eu a vendi. Este ano irão cortar todas as árvores.

– Por que vendeu?

– Precisava de dinheiro. Além disso, essa terra passa aos meus homens.

– Os que não pagam a dízima?

– Isso já é com eles. Um dia pagarão.

– Tenho pena da floresta – falou Arcádio e olhou ao redor.

Os lugares por onde passavam não podiam ser chamados de pitorescos. Campos e mais campos estendiam-se até o horizonte, elevando-se suavemente e abaixando-se de novo. Aqui e ali havia pequenas florestas e depressões com uma vegetação pobre de arbustos, lembrando a imagem nos desenhos antigos dos tempos de Catarina. Riachos com as margens escavadas e pequenas represas gastas pelo tempo, assim como aldeias com as casinhas baixas de telhados escuros e malconservados; pequenos depósitos de debulhar o trigo, tortos e com as paredes feitas de varas trançadas; igrejas, às vezes feitas de tijolo, com a pintura gasta aqui e ali, outras de madeira, com as cruzes inclinadas; e cemitérios devastados. Arcádio sentiu um aperto no coração. Por uma coincidência, os homens que encontraram eram todos sujos e levavam cavalos muito magros. Como verdadeiros mendigos esfarrapados. As árvores próximas à estrada estavam descascadas e com os galhos quebrados. As vacas, magras e esqueléticas, devoravam sofregamente a escassa grama das valetas. Parecia que tinham acabado de se livrar das garras mortíferas de algum monstro feroz. A triste imagem dos animais exaustos em um dia avermelhado de primavera recordava o fantasma branco de um inverno infeliz e interminável com as suas tempestades, dias frios e gelos… "Não", pensou Arcádio, "esta região não é muito rica. Ela não impressiona pela abundância nem pelo excesso de vontade de trabalhar. Não pode ficar assim, estão precisando de reformas… Mas como executá-las, como iniciá-las?…"
   Assim pensava Arcádio… e, enquanto isso, a primavera tomava conta de tudo. Tudo ao redor era de tonalidade verde-dourada. Tudo se agitava ampla e suavemente, ondulando-se e brilhando ao sopro de um vento quente. Tudo: árvores, arbustos e grama. Por toda parte vibrava interminavelmente o canto das aves que pairavam bem alto sobre os prados e os quero-queros que saltitavam de moita em moita. Como manchas escuras no verde intenso dos campos semeados, passeavam as gralhas, que desapareciam no meio das plantações de centeio ainda baixas. De vez em quando, surgiam as cabecinhas no ondulante oceano de trigo. Arcádio observava a paisagem. Enfraquecendo aos poucos, suas reflexões desvaneciam… Ele

tirou o capote e olhou com tanta alegria para o pai, que não pôde deixar de abraçá-lo novamente.

– Agora estamos perto – disse Nikolai Petrovitch. – É apenas subir este morro e veremos nossa casa. Vamos viver bem, Arcádio. Irá ajudar-me nos trabalhos do sítio, se isso não o aborrecer. Temos necessidade agora de nos aproximarmos, de nos conhecermos melhor, não é verdade?

– Claro! – respondeu Arcádio. – Que lindo dia está hoje!

– É uma homenagem à sua chegada, meu filho. A primavera manifestou-se em todo o seu esplendor. Mas eu concordo com Pushkin: lembra-se do que ele diz no seu poema Eugênio Onéguin?

Quão triste é a sua criação
A primavera, o tempo do amor,
Quão...

– Arcádio! – chamou da outra carruagem a voz de Bazárov. – Mande-me fósforos para acender o cachimbo.

Nikolai Petrovitch calou-se, enquanto Arcádio, que estava já ouvindo-o bastante surpreso e até com considerável interesse, se apressava em tirar do bolso uma caixa de prata com fósforos, enviando-a a Bazárov com a ajuda de Piotr.

– Quer um cigarro? – gritou novamente Bazárov.

– Quero sim – respondeu Arcádio.

Piotr voltou, entregando a ele, com a caixa, um grosso cigarro escuro que Arcádio acendeu de pronto, espalhando em torno de si o cheiro forte e azedo de um tabaco. Nikolai Petrovitch, que nunca na vida fumara, foi obrigado a voltar o rosto imperceptivelmente para não insultar o filho.

Um quarto de hora depois, as carruagens paravam em frente a uma casa nova de madeira, pintada de cor cinza, com telhado vermelho. Era Maryino, ou Nóvaya Slobodka, ou ainda, segundo os camponeses, Aldeia dos Solteirões.

4

Não apareceu um monte de serviçais para receber os senhores. Veio somente uma pequena de uns doze anos e depois dela um moço parecido com Piotr, vestindo uma libré acinzentada com botões brancos. Era o serviçal pessoal de Pavel Petrovitch Kirssanov. Abriu silenciosamente a portinhola da carruagem e levantou a capa. Nikolai Petrovitch, acompanhado pelo filho e por Bazárov, dirigiu-se a um salão escuro e quase vazio, à entrada do qual surgiu um rosto jovem de mulher. Foram todos à sala de visitas, já com uma decoração moderna.

– Finalmente estamos em casa – disse Nikolai Petrovitch, tirando o quepe e sacudindo o cabelo. – O essencial agora é um bom jantar e depois descansar bem.

– Sim, seria bom comer alguma coisa – observou Bazárov, espreguiçando-se e em seguida sentou no sofá.

– Preparem a mesa depressa – mandou Nikolai Petrovitch e bateu os pés no chão sem motivo algum. – Aliás, aqui está Prokófitch.

Acabou de entrar um homem de uns sessenta anos de idade, de cabelos brancos, magro e moreno, vestindo um casaco castanho com botões de cobre e um lenço cor-de-rosa no pescoço. Ele sorriu, cumprimentou Arcádio, o visitante recém-chegado e ficou na porta, com mãos às costas.

– Aqui está o nosso Prokófitch – começou Nikolai Petrovitch. – Finalmente, meu filho veio... O que você acha dele?

– Acho que ele está ótimo – respondeu o velho, sorrindo de novo e em seguida franzindo a testa. – Devo servir a mesa agora? – perguntou de forma expressiva.

– Sim, sim, faça-me o favor. Não quer ver o seu quarto primeiro, Eugênio Vassílievitch?

– Não, muito obrigado, não precisa. Peço apenas que levem para lá minha maleta e este casaco – pediu ele, tirando o seu capote.

– Muito bem, Prokófitch, leve o capote deste senhor. – Prokófitch, desajeitadamente, pegou com as duas mãos o capote de Bazárov e, erguendo-o bem alto sobre a cabeça, foi embora na ponta dos pés. – E você, Arcádio, irá ao seu quarto?

– Acho bom, preciso me arrumar um pouco – respondeu Arcádio e se dirigiu imediatamente para a porta. Neste momento, entrava na sala de visitas um homem de estatura mediana, vestindo um escuro *suit* inglês, de gravata curta à última moda e sapatos envernizados. Era Pavel Petrovitch Kirssanov. Aparentava uns quarenta e cinco anos. Seus cabelos grisalhos, bem cortados e brilhosos, parecendo talheres novos. Seu rosto sério, mas sem rugas, perfeitamente desenhado, como se fosse esculpido por uma serra fina e leve, revelava traços da antiga beleza. Especialmente bonitos eram os seus olhos, negros e alongados. A aparência do tio de Arcádio, fina e nobre, conservou o seu corpo juvenil e aquela tendência para a elevação para longe da terra, que em geral desaparece depois dos vinte anos.

Pavel Petrovitch tirou do bolso da calça sua linda mão com dedos longos e rosados, mão que ficou ainda mais bonita por causa da manga branca da camisa, com uma grande opala substituindo o botão. O tio estendeu a mão ao sobrinho. Após o prévio e europeu *shake-hands*, ele beijou-o três vezes, à maneira russa; três vezes ele encostou os seus bigodes perfumados às bochechas de Arcádio e disse:

– Seja bem-vindo.

Nikolai Petrovitch apresentou-o a Bazárov. Pavel Petrovitch curvou ligeiramente seu corpo flexível e sorriu, mas não estendeu a mão e até a colocou outra vez no bolso.

– Já havia começado a pensar que não viriam hoje – disse ele com uma voz bastante agradável, balançando o corpo, movendo os ombros e mostrando seus dentes brancos e lindos. – Aconteceu alguma coisa no caminho para casa?

– Não, nada – respondeu Arcádio. – Apenas demoramos um pouco. E agora temos fome de cão. Pai, peça a Prokófitch que se apresse. Eu voltarei logo.

– Espere, vou com você – exclamou Bazárov, levantando-se inesperadamente do sofá. Os rapazes saíram do salão.

– Quem é esse rapaz? – perguntou Pavel Petrovitch.

– É um amigo de Arcacha. Segundo o que ele me disse, é um rapaz muito inteligente.

– Ele será o nosso hóspede?

– Sim.

– Esse cabeludo?

– Isso mesmo.

Pavel Petrovitch bateu com suas unhas na mesa.

– Eu acho Arcádio *s'est dégourdi*[2] – observou ele. – Estou feliz com a volta dele.

À mesa, eles conversaram pouco. Bazárov principalmente, não dizia nada, mas comia muito. Nikolai Petrovitch contava diversos casos da sua vida de fazendeiro; discutia as futuras medidas do governo, os comitês, os deputados, a necessidade de utilizar carros e assim por diante. Pavel Petrovitch lentamente andava pela sala de jantar, de um lado para outro (ele nunca jantava), bebendo de vez em quando o vinho tinto de uma taça cheia; raramente da boca dele saía qualquer observação, ou melhor, exclamação tipo Ah!, Uhum!, Hum!. Arcádio contou algumas novidades

---

[2] Mais inteligente. (N.T.)

de São Petersburgo, mas ele sentia um certo embaraço que geralmente toma conta dos jovens quando deixam de ser adolescentes e de repente voltam ao lugar onde todos estão acostumados a considerá-los ainda crianças. Sem necessidade alguma, ele prolongava a sua narração, evitando a palavra "papai", substituindo-a pelo simples termo "pai", que pronunciava por entre os dentes. Fazendo-se de moderno, jogou mais vinho na sua taça e bebeu tudo em um só gole. Prokófitch não tirava os olhos dele, e seus lábios se moviam; parecia que mastigava algo. Depois da refeição, todos foram para os seus quartos.

– É engraçado o seu tio – dizia Bazárov a Arcádio, sentado junto à cama dele, de roupão e fumando um cachimbo curtinho –, é muita elegância para uma aldeia. E as unhas dele merecem estar em uma exposição.

– Você não sabe que antigamente ele era o maior conquistador de mulheres – respondeu Arcádio. – Um dia contarei a história dele a você. Foi o mais lindo homem de sua época, as mulheres perdiam a cabeça por ele.

– Ah! Sério? Ainda se lembra do passado. Infelizmente, aqui ele não tem ninguém para jogar seu charme. Eu notei: que lindos colarinhos ele usa! Parecem feitos de pedra. E tem as bochechas perfeitamente barbeadas. Arcádio Nikoláevitch, você não acha que tudo isso é ridículo?

– Pode ser sim. Mas ele é realmente um bom homem.

– Uma reminiscência arcaica, isso sim. Seu pai é um homem ótimo. Pena que ele recita versos que ninguém quer ouvir e entende quase nada de administração.

– Meu pai é um homem extraordinário.

– Você percebeu que ele fica muito tímido?

Arcádio fez um gesto afirmativo com a cabeça, como se ele mesmo nunca ficasse tímido.

– São admiráveis – continuou Bazárov – esses velhos românticos! Eles desenvolvem seu sistema nervoso até a irritação... e perdem assim o equilíbrio. Adeus, até amanhã. No meu quarto há um lavatório inglês e a fechadura da porta não funciona. Mesmo assim, os lavatórios ingleses merecem ser exaltados: isso significa progresso!

Bazárov saiu do quarto, e Arcádio sentiu uma alegria enorme.

É tão bom adormecer na casa paterna, na cama da família, sob um bom edredom, que foi carinhosamente costurado pelas infatigáveis mãos de sua babá! Arcádio se lembrou de Iegórovna e suspirou, desejando-lhe o reino dos céus... Ele nunca rezava, nem mesmo para si próprio.

Ele e Bazárov adormeceram imediatamente, mas as outras pessoas da casa não dormiram por um bom tempo ainda. A volta do filho mexeu muito com Nikolai Petrovitch. Ele se deitou na cama, sem apagar a vela e refletiu sobre tudo durante muito tempo. Seu irmão ficou acordado muito além da meia-noite; estava no escritório, sentado em frente a lareira, onde adormecia o carvão mineral. Pavel Petrovitch não tirou nenhuma roupa do seu corpo, apenas trocou os sapatos pelos chinelos chineses vermelhos. Em suas mãos se encontrava o último número de *Galignani*, que ele não lia. Olhava para a lareira, onde, ou morrendo ou nascendo de novo, tremia uma chama azulada... Só Deus sabe onde seus pensamentos vagavam. Ele não se preocupava somente com o passado. A expressão de seu rosto era concentrada e triste, o que não acontece quando uma pessoa está preocupada apenas com suas recordações. No pequeno quartinho na parte detrás da casa, por cima de uma grande mala, estava sentada uma mulher jovem, chamada Fenitchka, vestindo uma blusa azul e um lenço branco cobrindo seu cabelo escuro. A maior parte do tempo, ela estava acordada, mas caía no sono por alguns momentos observando uma porta aberta, onde se encontrava um berço e se ouvia a respiração tranquila de uma criança adormecida.

5

Na manhã seguinte, Bazárov acordou antes de todos e logo saiu da casa. "Bem", pensou ele, olhando ao redor, "o lugar aqui não é nada de mais".

Quando Nikolai Petrovitch dividiu a terra com seus servos, ele tinha uns quatro hectares de uma área plana e quase deserta para construir a nova fazenda.

Construiu a casa, suas dependências e toda a estrutura da fazenda, plantou um jardim, fez uma represa e dois poços. As árvores jovens ainda não haviam frutificado, a represa estava quase vazia e a água dos poços tinha gosto salgado.

O que ficou bom foi apenas um pergolado de acácias, onde, às vezes, eles tomavam chá e jantavam. Bazárov em poucos minutos percorreu todo o jardim, entrou no curral, foi ao estábulo, conheceu dois moleques da fazenda e foi com eles ao pequeno pântano, a um quilômetro de distância, em busca de rãs.

– Para que o senhor quer rãs? – perguntou um dos moleques.

– Já vou dizer – respondeu Bazárov, que possuía um especial dom de conquistar a confiança das pessoas de classe baixa, mas ele nunca concordava com elas e as tratava com desprezo. – Eu corto a rã para ver o que há dentro dela. Como nós também somos uma espécie de rã, mas apenas de duas pernas, assim eu saberei o que há dentro de nós.

– E para que o senhor quer saber?

– Para não errar se você ficar doente e eu precisar curá-lo.

– O senhor é médico?

– Sou sim.

– Vaska, está ouvindo? Este senhor está dizendo que nós somos como rãs. É muito engraçado.

– Tenho muito medo de rãs – comentou Vaska, um menino de sete anos, de cabelo branco como linho, vestindo um capote cinza e descalço.

– Tem medo por quê? Será que elas mordem?

– Vamos, entrem na água, seus filósofos – mandou Bazárov.

Nesse meio tempo, Nikolai Petrovitch acordou também e foi ver o Arcádio. O filho já estava vestido. Pai e filho saíram para o terraço e sentaram sob a marquise. Ali, na mesa, entre dois ramalhetes de lilases já fervia o samovar. Apareceu uma menina, a qual ontem encontraram primeiro assim que chegaram à casa. Ela disse em uma voz fina:

– Fiedóssia Nicoláievna não está boa de saúde e não pôde vir. Mandou perguntar se servirão o chá, ou querem que eu mande a Duniacha?

– Eu mesmo servirei – respondeu apressadamente Nikolai Petrovitch. – Você, Arcádio, como quer o seu chá? Com creme de leite ou com limão?

– Com creme de leite – respondeu Arcádio. No momento seguinte ele falou: – Papai?

Confuso, Nikolai Petrovitch olhou para o filho.

– O que quer? – perguntou.

Arcádio olhou para baixo.

– Perdoe-me, papai, se achar a minha pergunta inconveniente – começou ele –, mas você mesmo, com sua franqueza de ontem, me pede para ser franco também... Você não fica zangado?

– Fale.

– Permita-me a liberdade de perguntar... Será que Fenia... não veio servir o chá por que estou aqui?

Nikolai Petrovitch voltou-se ligeiramente para um lado.

– Pode ser – disse afinal. – Ela supõe... ela está com vergonha...

Arcádio olhou para o pai.

– Não deve ter vergonha. Em primeiro lugar, você conhece o meu modo de pensar – Arcádio falou isso com muito prazer –, em segundo lugar, por que eu iria intervir na sua vida e nos seus hábitos? Além disso, tenho certeza de que não pode ter feito uma má escolha. Quando permitiu que ela morasse com você sob o mesmo teto, fez isso porque ela o merece. E também, o filho não deve julgar o pai, principalmente eu, pois falamos de um pai como você que nunca me recusava a liberdade.

Primeiro, a voz de Arcádio tremia um pouco. Ele sentia-se generoso e ao mesmo tempo compreendia que estava dando conselhos ao seu próprio pai. O som de suas próprias palavras tinha uma certa influência sobre um ser humano, então Arcádio pronunciou as últimas de uma maneira bem firme.

– Obrigado, Arcacha – falou Nikolai Petrovitch em voz baixa e novamente passou os dedos nas sobrancelhas e na testa. – Suas suposições são realmente justas. De fato, se essa jovem não merecesse... não se trata de uma vontade qualquer. Não é fácil tratar desse assunto com você. Compreenda que para ela seria difícil vir até aqui na sua presença e principalmente no primeiro dia após a sua chegada.

– Nesse caso, eu mesmo vou visitá-la – disse Arcádio, percebendo um novo afluxo de sentimentos generosos e levantando-se da cadeira. – Explicarei tudo para que não sinta vergonha na minha presença.

Nikolai Petrovitch também se levantou.

– Arcádio – começou ele –, por favor, Arcádio... espere... ainda não lhe falei tudo...

Mas Arcádio já não o ouvia e fugiu do terraço. Nikolai Petrovitch olhou o filho correndo e, comovido, sentou-se.

Seu coração batia forte... Em um momento, ele pensou na inevitável estranheza das futuras relações entre ele e o filho. Não seria prova de maior respeito expressado pelo filho se não tocasse naquele assunto? Será que o pai se acusava da própria fraqueza? Seria difícil responder. Todos esses sentimentos residiam dentro dele em forma de sensações indefinidas. E o seu rosto ficava corado e o coração batia aceleradamente.

Ele ouviu os passos apressados e logo em seguida Arcádio apareceu no terraço.

– Nós já nos conhecemos, pai! – exclamou ele com expressão de alegria e carinho no rosto. – Fiedóssia Nicoláievna definitivamente está um pouco indisposta hoje, mas ela chegará mais tarde. Por que não me disse que eu tinha um irmão? Ontem mesmo teria ido dar um beijo nele, mas acabo de fazer isso agora também.

Nikolai Petrovitch quis dizer algo, se levantou e abriu os braços... Arcádio se jogou no colo dele.

– Que é isso? Abraços de novo? – Eles ouviram a voz de Pavel Petrovitch.

Pai e filho ficaram muito felizes com o seu aparecimento, pois existem situações bastante comoventes de que todos querem sair o mais depressa possível.

– Você está surpreso? – perguntou Nikolai Petrovitch com alegria. – Até que enfim Arcacha está aqui... Desde ontem não consegui olhá-lo de perto.

– Não estou surpreso – disse Pavel Petrovitch. – Eu também quero abraçá-lo.

Arcádio se aproximou do tio e sentiu novamente em suas bochechas aqueles bigodes perfumados. Pavel Petrovitch sentou-se à mesa. Estava vestindo uma roupa matinal elegante, à inglesa, na cabeça havia um pequeno turbante. O turbante e a gravata de laço indicavam a liberdade da vida na aldeia. Mas, mesmo expressando a liberdade, o colarinho apertado da camisa multicolorida, conforme a hora matinal, empurrava por baixo seu queixo barbeado.

– Onde está seu amigo? – perguntou ele, dirigindo-se a Arcádio.

– Não está em casa. Ele costuma acordar cedo e caminhar sem rumo algum. O mais importante é que ninguém preste muita atenção nele, pois ele não gosta de cerimônias.

— Sim, eu já percebi. – Pavel Petrovitch, sem pressa, começou a passar manteiga no pão. – Durante quanto tempo irá se hospedar entre nós?
— Depende. Ele está aqui de passagem, a caminho da casa de seu pai.
— E onde mora o pai dele?
— Nesta mesma província, a uns oitenta quilômetros daqui. Tem lá um pequeno sítio. Serviu antigamente como um médico do exército.
— Bem... é por isso que me recordo desse nome: Bazárov... Nikolai, não se lembra de que na divisão comandada por nosso pai havia um médico de sobrenome Bazárov?
— Parece que havia sim.
— É isso mesmo. Então esse médico é pai dele. Muito bem! – Pavel Petrovitch mexeu os bigodes. – Esse mesmo Bazárov quem é, então? – perguntou ele, com algumas pausas.
— Quem é Bazárov? – perguntou, sorrindo Arcádio. – Quer, meu tio, que lhe diga quem ele realmente é?
— Faça-me o favor, meu sobrinho.
— Ele é niilista.
— Como assim? – perguntou Nikolai Petrovitch, enquanto Pavel Petrovitch ergueu a faca com manteiga na ponta e ficou quieto.
— Ele é niilista – repetiu Arcádio.
— Niilista – disse Nikolai Petrovitch – vem do latim, "nihil" e significa "nada", pelo que eu saiba. Quer dizer que essa palavra se refere ao ser humano que... crê em nada ou reconhece nada?
— Poderia dizer assim: o ser humano que nada respeita – explicou Pavel Petrovitch, desviando a atenção para a manteiga novamente.
— Aquele que aprecia tudo do ponto de vista crítico – notou Arcádio.
— Não é a mesma coisa? – perguntou Pavel Petrovitch.
— Não, não é a mesma coisa, não. O niilista é o ser humano que não se curva perante nenhuma autoridade e que não acredita em nenhum dos princípios, por maior respeito que aquele princípio mereça...
— E será que isso é bom? – interrompeu Pavel Petrovitch.
— Depende, meu tio. Para alguns é bom, e para outros não.

– Vejo que essa doutrina não se refere a nós. Somos homens do século passado e vamos supor que, sem os princípios – Pavel Petrovitch pronunciava essa palavra suavemente, à francesa; Arcádio, pelo contrário, pronunciava-a à russa, com a primeira sílaba bem carregada –, sem os princípios transformados, como você disse, em fé, não é possível dar um passo, nem respirar. *Vous avez changé tout cela*[3], que Deus lhes dê saúde e posse de general. E nós iremos apreciar vocês, senhores... como se chamam mesmo?

– Niilistas – pronunciou claramente Arcádio.

– Isso. Niilistas. Antes havia hegelistas, hoje há niilistas. Veremos como poderão viver no vácuo, no espaço sem ar. Por enquanto, meu irmão Nikolai Petrovitch, toque a campainha e mande buscar meu cacau que já está na hora.

Nikolai Petrovitch tocou a campainha e chamou: "Duniacha!"; em vez de Duniacha no terraço apareceu Fenitchka em pessoa. Era uma jovem de uns vinte e três anos, com pele branca e gestos suaves, cabelos e olhos negros, lábios de criança vermelhos e carnudos, e mãos delicadas. Estava usando um vestido simples, de chita. Um novo xale azul caía-lhe bem sobre os ombros. Trazia uma xícara grande de cacau, que colocou perto de Pavel Petrovitch, corando intensamente. O sangue quente derramou-se em uma onda rubra sob a pele fina do seu rosto lindo. Ela baixou os olhos e ficou frente à mesa, apoiando-se levemente às pontas dos dedos. Parecia que estava com vergonha e ao mesmo tempo sabia que tinha o direito de vir.

Pavel Petrovitch franziu a testa. Nikolai Petrovitch sentiu-se atrapalhado.

– Bom dia, Fenitchka – disse entredentes.

– Bom dia – respondeu ela em voz baixa, mas clara. Olhando de soslaio para Arcádio, que sorria amigavelmente, saiu sem fazer barulho. Ela andava como um patinho e era encantadora.

Todos ficaram em silêncio por algum tempo no terraço. Pavel Petrovitch tomava seu cacau, mas de repente levantou a cabeça.

---

[3] Vocês mudaram tudo. (N.T.)

– Lá vem o senhor niilista – disse à meia-voz.

Realmente apareceu Bazárov atravessando o jardim, passando entre as flores plantadas aqui e ali. Seu paletó e calça estavam sujos de lama. A pegajosa vegetação do pântano enrolou-se em volta do seu chapéu velho e redondo. Na mão direita, ele segurava um pequeno saco e nele algo vivo se mexia. Aproximou-se a passos rápidos do terraço, e disse, sacudindo a cabeça:

– Bom dia, senhores. Peço perdão por ter chegado tarde ao chá. Eu voltarei logo. Primeiramente quero instalar estas prisioneiras.

– São sanguessugas? – perguntou Pavel Petrovitch.

– Não, rãs.

– O senhor as come ou faz criação delas?

– Elas servem para ciência – disse Bazárov com notável indiferença e entrou em casa.

– Ele irá cortá-las – observou Pavel Petrovitch. – Não crê nos princípios e acredita nas rãs.

Arcádio olhou para o tio com pesar. Nikolai Petrovitch moveu imperceptivelmente os ombros. O próprio Pavel Petrovitch percebeu que sua piada não foi das melhores. Passou a falar dos trabalhos da fazenda e do novo administrador que, na véspera, fez uma queixa contra o empregado Fomá, que lhe causava muitos aborrecimentos. Disse-lhe, entre outras coisas: "Ele é inútil, esse Fomá. Em toda parte se mostrou ser um homem imprestável. Fica em um lugar por algum tempo e sai o mesmo idiota como era antes".

6

Bazárov voltou, sentou-se à mesa e começou a tomar o chá rapidamente.

Os irmãos o contemplavam em silêncio. Arcádio olhava imperceptivelmente para o pai e para o tio.

– Esteve muito longe? – perguntou, afinal, Nikolai Petrovitch.

– Ali, perto do bosque, existe um pequeno pântano. Encontrei alguns pássaros que você, Arcádio, poderá caçar.

– E o senhor não é caçador?

– Não.

– Está estudando física? – perguntou por sua vez Pavel Petrovitch.

– Física e ciências naturais em geral.

– Dizem que os germanos fizeram grandes progressos nessas ciências durante os últimos tempos.

– Realmente, os alemães são os nossos mestres – respondeu Bazárov de maneira fria.

Pavel Petrovitch usou a palavra "germanos" em vez de "alemães" como ironia que ninguém percebeu.

– O senhor tem grande consideração pelos alemães? – perguntou com refinada gentileza Pavel Petrovitch. Começava a sentir uma irritação não revelada. Sua natureza aristocrática estava em oposição à simplicidade de Bazárov no modo de expressar suas ideias. Aquele filho de médico de aldeia não só se mostrava indiferente como também de má vontade. Na sua voz até aparecia umas notas rudes e quase provocantes.

– Os cientistas de lá são homens valiosos.

– De acordo. E que pensa dos cientistas russos? Não tem a mesma opinião deles?

– Acho que não.

– É um louvável gesto de renúncia – disse Pavel Petrovitch, endireitando-se. – Por que então Arcádio Nikoláevitch nos afirmou há pouco que o senhor não reconhece nenhuma autoridade? Não confia neles?

– Para que preciso reconhecer a autoridade deles? Em que irei acreditar? Dirão-me algo positivo, eu concordarei. Pronto.

– Todos os alemães são homens positivos? – insistiu Pavel Petrovitch. E seu rosto assumiu tal expressão de alheamento e de indiferença que ele parecia estar com o pensamento muito longe.

– Nem todos – respondeu em um bocejo Bazárov, que visivelmente não queria continuar essa briga.

Pavel Petrovitch olhou para Arcádio, como se dissesse: "O seu amigo é homem bem-educado, sem sombra de dúvida".

– Quanto a mim – continuou ele com algum esforço –, eu, pecador, não aprecio os alemães. Não me refiro aos alemães russos: sabemos bem quem são. Não suporto os verdadeiros alemães. Ainda os antigos eram suportáveis. Tinham lá seu Schiller ou seu Goethe... Meu irmão, por exemplo, aprecia-os bastante... agora apenas tem químicos e materialistas...

– Um bom químico é vinte vezes mais útil que qualquer poeta – insinuou Bazárov.

– Realmente? – perguntou Pavel Petrovitch, parecendo pegar no sono e levantando levemente as sobrancelhas. – O senhor então não reconhece o valor da arte?

– A arte de ganhar dinheiro, ou seja, não existem mais problemas! – falou Bazárov com um sorriso irônico.

– Muito bem; o senhor gosta de fazer piadas. Pelo que vejo, nega tudo. Quer dizer que acredita somente na ciência?

– Já lhe disse que não acredito em coisa alguma. Que é a ciência em geral? Existem ciências, existem também artes e profissões. A ciência de um modo geral não existe.

– Tudo bem, e a sua atitude será também negativa em face das demais instituições aceitas pela humanidade?

– Aliás, estou prestando um depoimento? – perguntou Bazárov.

Pavel Petrovitch ficou um pouco pálido... Nikolai Petrovitch achou necessário intervir na conversa.

– Meu caro Eugênio Vassílievitch, um dia falaremos mais detalhadamente sobre este assunto. Conheceremos sua opinião, e o senhor a nossa. De minha parte, estou satisfeito por saber que o senhor se dedica às ciências naturais. Já ouvi falar que Liebig fez surpreendentes descobertas a respeito de adubação dos campos. O senhor poderá auxiliar-me nos meus trabalhos agrícolas. Poderá dar-me alguns conselhos úteis.

– Estou às suas ordens, Nikolai Petrovitch. Estamos, porém, muito longe de Liebig! Primeiro precisamos aprender o beabá e somente depois ler o livro. Nós não vimos ainda um "a".

"É, você realmente é um niilista", pensou Nikolai Petrovitch.

– Mesmo assim, permita-me que recorra ao senhor em caso de necessidade – acrescentou em voz alta. – Agora vamos, meu irmão. Precisamos conversar com o gerente.

Pavel Petrovitch levantou-se da cadeira.

– Realmente – disse, sem olhar para ninguém –, é triste passar assim cinco anos na aldeia, longe das pessoas inteligentes! Torna-se idiota. A gente se esforça por não esquecer o que aprendeu e agora acontece que nada vale, porque lhe dizem que os homens de responsabilidade já não tratam dessas coisas. Só falta então acusar-nos de homens acabados. O que fazer? Parece que os jovens são mais inteligentes do que nós somos...

Pavel Petrovitch lentamente fez meia-volta e saiu devagar, acompanhado de Nikolai Petrovitch.

– Ele é sempre assim? – perguntou tranquilamente Bazárov, dirigindo-se a Arcádio, mal os dois irmãos saíram.

– Eugênio, você o tratou muito mal – observou Arcádio. – Você realmente o ofendeu.

– Acha-me capaz de papariar esses aristocratas de província? Tudo isso não passa de amor próprio, egoísmo e hábitos de conquistador. Seria melhor que ele continuasse sua carreira em São Petersburgo, se sua índole é essa... Mas isso pouco nos importa! Acabo de encontrar um raríssimo modelo de besouro aquático; conhece o *Dysticus marginatus*? Vou mostrar-lhe.

– Prometi lhe contar a história dele – disse Arcádio.

– A história do besouro?

– Pare, Eugênio. A história de meu tio. Verá que ele não é o homem que você imagina. Merece mais compaixão do que ironia.

– Claro, pode ser. Por que lhe interessa tanto seu tio?

– Deve ser justo, Eugênio.

– Que conclusão é essa?

– Ouça...

A seguir, Arcádio contou a história de seu tio. O leitor irá encontrá-la no capítulo seguinte.

7

Pavel Petrovitch Kirssanov foi educado primeiramente em casa, assim como seu irmão caçula, Nikolai, e depois passou ao Corpo de Pagens. Desde a infância, ele atraía a atenção de todos por sua extraordinária beleza. Era egoísta, um pouco divertido e extremamente irônico; todos gostavam dele. Começou a aparecer em todos os lugares assim que o promoveram a oficial do exército. Era adorado por todos, e ele mesmo reconhecia o seu valor e isso o fazia feliz. As mulheres ficavam doidas por ele, os homens chamavam-no de dândi e secretamente o invejavam. Como já disse, vivia em companhia de seu irmão, a quem amava sinceramente, embora não se parecesse em nada com ele. Nikolai Petrovitch mancava um pouco, tinha traços miúdos, pequenos olhos negros, cabelos finos e macios, era agradável, porém um pouco triste. Ele gostava de fazer nada, lia muito e evitava a sociedade. Pavel Petrovitch nunca passou uma tarde em casa. Era conhecido por sua coragem e rapidez (fez com que a ginástica fosse praticada pelos jovens da sua época). Leu apenas cinco ou seis livros em francês. Aos vinte e oito anos de idade já era capitão. Esperava-o uma carreira brilhante, mas tudo mudou inesperadamente.

Naquele tempo, na alta sociedade de São Petersburgo, aparecia de vez em quando uma mulher de quem todos se lembram até hoje: a Princesa R. Era casada com um homem bem-educado, distinto, mas burro. Ela não tinha filhos, costumava viajar inesperadamente para o estrangeiro e da mesma forma voltava à Rússia. Em geral, levava uma vida esquisita. Todos a julgavam ser uma mulher leviana e faceira, porque entregava-se de corpo e alma aos prazeres, dançava até cair de cansaço, ria e fazia piadas dos rapazes que recebia antes do jantar na penumbra de sua sala de visitas. À noite chorava e rezava, nunca se mantinha calma e quase sempre passava horas agitadas no seu quarto, torcendo com desespero as mãos, ou lendo a Bíblia. De dia, novamente se transformava em dama de alta sociedade, saía de novo, ria, conversava e parecia atirar-se de braços abertos a tudo o que lhe proporcionasse a menor distração. Era surpreendentemente bem-feita, sua trança dourada e pesada como o próprio ouro caía abaixo dos joelhos. Não se poderia dizer que fosse uma mulher bela. Em seu rosto só eram belos os olhos e não propriamente os olhos, pequenos e cinzentos, mas seu olhar rápido e profundo, impassível de coragem e pensativo de tristeza, era um olhar enigmático. Nele brilhava algo de extraordinário, mesmo quando sua boca pronunciava ou murmurava as frases mais vazias. Ela se vestia com muito bom gosto e elegância. Pavel Petrovitch a conheceu em um baile, dançaram uma mazurca, durante a qual ela não falou nenhuma palavra inteligente. Mas ele se apaixonou por ela perdidamente. Acostumado às vitórias, ele conseguiu mais uma para a sua coleção. Porém a facilidade com que a conseguiu não esfriou os seus sentimentos. Pelo contrário, mais dolorosamente ainda ele se ligou a essa mulher, que, mesmo quando se entregava completamente, não deixava de guardar ainda algo promissor e inacessível, que ninguém podia penetrar. O que exatamente havia naquela alma só Deus sabia! Parecia até estar possuída pelas forças ocultas e desconhecidas. Sua inteligência limitada não resistia aos seus desejos... sua conduta era bastante extravagante. As únicas cartas que poderiam levantar suspeitas do marido, escreveu a um homem que quase não conhecia, e seu amor tinha muita tristeza. Ela não ria nem paquerava o escolhido, mas ouvia-o, estranhando muito. Às vezes, quase sempre de repente, esse estado de alma se transformava em pavor frio. Seu rosto ficava parecendo morto e selvagem. Trancava-se então no quarto de dormir, e a diarista, pelo buraco da fechadura, a via chorando sem soltar nenhum som. Muitas vezes, ao voltar para casa, após o encontro amoroso, Kirssanov sentia no coração o insuportável e amargo arrependimento que acompanha um definitivo fracasso. "O que eu quero"?, ele perguntava a si mesmo, e o coração doía. Uma vez ele ofereceu a ela um anel com a esfinge gravada na pedra.

– Que é isso? – perguntou ela. – Esfinge?
– Sim – respondeu ele. – Essa esfinge é você.
– Eu? – disse ela, erguendo lentamente o seu olhar enigmático para Kirssanov. – Sabe porventura que isso me lisonjeia muito? – ela falou com um sorriso nada sério, enquanto seus olhos o observavam estranhamente, como sempre. Pavel Petrovitch sofria muito; até quando a Princesa R. o amaria? Mas quando o amor dela enfraqueceu, o que aconteceu pouco depois, Pavel quase enlouqueceu de dor. Ficava enciumado e a seguia por todos os lugares. Irritada com essa perseguição, ela partiu para o exterior. Kirssanov saiu do exército, apesar dos conselhos dos amigos e comandantes, e foi para o exterior atrás da princesa. Passou quatro anos seguindo-a, partilhando a companhia dela, e de vez em quando perdendo-a intencionalmente de vista. Tinha vergonha de si mesmo e odiava a própria fraqueza, mas nada lhe ajudava. A imagem, incompreensível, mórbida e altamente expressiva, estampou-se fundo na alma do homem. Em Baden, ele conseguiu juntar-se outra vez a ela. Parecia que nunca a tivesse amado tanto... Porém um mês depois tudo acabou. A chama acendeu pela última vez e se apagou para sempre. Pressentindo a inevitável separação, Kirssanov pretendeu finalmente conquistar a amizade dela, como se amizade fosse possível com uma mulher dessa... Ela saiu às escondidas de Baden e, a partir daquele momento, sempre evitou Kirssanov. Pavel Petrovitch voltou à Rússia e, tentando viver como antes, não conseguiu nada disso. Vagava por toda a parte como um enfermo. Costumava ainda sair, já que

conservou os hábitos de homem de alta sociedade e ainda conseguiu fazer mais duas ou três conquistas. Entretanto, já nada esperava dele próprio nem dos outros, nem fazia coisa alguma. Envelheceu rapidamente. Passar as tardes no clube, sentir tédio e discutir sem interesse algum em uma sociedade de solteirões, tudo isso se tornou uma necessidade, tornou-se mau sinal, como se sabe. Claro que já não pensava em se casar. Dez anos se passaram voando, monótonos e sem nenhum proveito. Em parte alguma do mundo o tempo corre tão depressa como na Rússia. Dizem que na prisão o tempo corre mais rápido ainda.

Um dia, jantando no clube, Pavel Petrovitch recebeu a notícia da morte da Princesa R. Ela acabara de falecer em Paris, quase louca. Ele deixou a mesa e começou a vagar pelas salas do clube, parando perto das mesas de jogo. Não voltou para casa mais cedo. Algum tempo depois, recebeu pelo correio um pacote. Nele encontrou o anel que deu à princesa. Antes de morrer, ela fez o sinal da cruz por cima da esfinge, mandando dizer a ele que a cruz era a resposta do seu enigma.

Isso ocorreu no início de 1848, na época em que Nikolai Petrovitch, já viúvo, vinha a São Petersburgo. Pavel Petrovitch quase não se encontrava com o irmão desde que ele foi morar na casa de campo. O casamento de Nikolai coincidiu com os primeiros dias do relacionamento amoroso de Pavel Petrovitch com a princesa. Ao voltar do exterior, foi passar uns dois meses com o irmão no campo e ver sua felicidade; mas ficou lá apenas por uma semana. A diferença entre os irmãos era muito grande. Tornou-se, porém, menor quando, em 1848, Nikolai Petrovitch perdeu sua esposa e Pavel Petrovitch as suas recordações. Após a morte da princesa, ele tentou não pensar nela. Nikolai Petrovitch era o exemplo de uma vida regular. Ele viu seu filho crescer. Pavel Petrovitch, ao contrário, solteirão sempre, entrava naquela idade crepuscular e estranha, de insatisfação e esperanças enterradas, idade em que se sente que a juventude passou e a velhice não chegou ainda.

Esse período foi mais difícil para Pavel Petrovitch: tendo perdido o passado, perdeu tudo.

— Não o convido para Maryino — disse-lhe um dia Nikolai Petrovitch (ele deu esse nome à propriedade em homenagem a Maria, sua esposa). — Quando minha mulher era viva, você passou lá uma semana entediado. Agora suponho que será capaz de morrer.

— Eu era burro e fútil naquela época — respondeu Pavel Petrovitch. — A partir de então fiquei mais tranquilo, tenho mais juízo. Agora, pelo contrário, se você permitir, vamos viver juntos para sempre.

Um abraço foi a resposta de Nikolai Petrovitch. Mas passou-se um ano e meio, após essa conversa, antes que Pavel Petrovitch se resolvesse a realizar a sua intenção. Em compensação, desde que se instalou na casa de campo, já não saía da aldeia, nem mesmo durante os três invernos que Nikolai Petrovitch passou com o filho em São Petersburgo. Ele começou a ler muito e quase que o tempo todo lia os livros em inglês. Vivia a sua vida à inglesa; raramente falava com os vizinhos e só saía para as eleições, nas quais ficava calado, irritando e assustando os donos dos sítios fiéis aos costumes antigos, de opiniões liberais, e nem se aproximava dos representantes da nova geração. Todos o consideravam orgulhoso. Ambas as partes o respeitavam por suas maneiras refinadas e aristocráticas, pelas histórias das suas conquistas, pelas roupas de ótima qualidade, pelo fato de ocupar sempre o melhor quarto no melhor hotel e pelo seu bom gosto ao escolher restaurantes, pois um dia jantou até em companhia de Wellington no Luís Filipe. Respeitavam-no também pois ele trazia sempre consigo uma caixinha de viagem de prata e banheiro portátil, porque usava perfumes surpreendentes, finíssimos e "nobres", porque jogava muito bem *whist*, perdendo sempre e finalmente porque era muito honesto. As mulheres o achavam um melancólico encantador e romântico, mas ele não quis saber do sexo frágil.

— Está vendo, Eugênio? — disse Arcádio, terminando sua história. — Você não é justo em relação ao meu tio! Eu nem falo mais dele ter auxiliado muitas vezes meu pai nos momentos de dificuldade, deixando todo o seu dinheiro para ele. Não sei se sabe que o sítio ainda não foi partilhado entre eles. Meu tio está disposto a ajudar a todos e defende sempre os funcionários, mas, falando com eles, ele sempre faz caretas e cheira a água de colônia...

– Já sei, ele é nervoso – interrompeu Bazárov.

– É possível sim, mas ele tem um bom coração. É muito inteligente. Que conselhos úteis ele me deu... principalmente... principalmente quando se tratava das relações com mulheres.

– Sei, claro! Não teve resultado em sua própria vida e agora quer assegurar o outro dos erros. A cantiga é velha!

– Bem – continuou Arcádio –, é um homem profundamente infeliz. Pode acreditar, é pecado desprezá-lo.

– Quem o despreza? – exclamou Bazárov. – Vou lhe dizer, o homem que toda a sua vida arriscava e no final perdeu no jogo do amor e, quando isso aconteceu, ficou triste e se tornou incapaz de fazer alguma coisa, essa pessoa não é homem, nem macho ele é. Afirma que ele é infeliz e deve saber melhor do que eu por que ele é assim. Digo que continua sendo burro. Acho que se considera realmente um homem útil, porque lê algo e uma vez por mês salva o funcionário do castigo.

– Não deve esquecer a educação dele e a época em que viveu – falou Arcádio.

– Educação... – repetiu Bazárov. – Todo ser humano deve educar a si mesmo, por exemplo, como eu... Referindo-se à época, por que iria depender dela? Que ela dependa de mim! Não, meu amigo, trata-se de desleixo e futilidade. Que relações misteriosas são essas entre o homem e a mulher? Nós, fisiologistas, as conhecemos muito bem. Estude um pouco a anatomia do globo ocular: de onde surge esse, como você fala, olhar enigmático? Tudo não passa de romantismo, fantasia, coisas podres e artificiais. Vamos ver o nosso besouro, será mais útil.

Os rapazes se dirigiram ao quarto de Bazárov, onde já se sentia um cheiro da sala de cirurgia e de cigarros baratos.

8

Pavel Petrovitch não ficou muito tempo em companhia do irmão durante a conversa com o administrador, um homem alto e magro, com voz docinha e olhos maliciosos. O administrador, a todas as falas de Nikolai Petrovitch, repetia: "Pelo amor de Deus, eu sei sim", e acusava os funcionários de serem alcoólatras e ladrões. O sítio, reorganizado há pouco tempo, rangia como uma roda sem graxa ou móveis caseiros feitos de madeira úmida. Nikolai Petrovitch não desanimava, mas suspirava, pensativo. Percebia que sem dinheiro não podia progredir e que ele estava em falta. Arcádio tinha razão: Pavel Petrovitch ajudou muitas vezes seu irmão nas dificuldades financeiras. Vendo isso, Pavel Petrovitch, aproximando-se lentamente da janela com as mãos nos bolsos, costumava dizer: *"Mais je puis vous donner de l'argent"*[4]. E dava-lhe em seguida o dinheiro. Mas nesse dia ele não tinha dinheiro, por isso preferiu sair. As dificuldades do sítio causavam-lhe aborrecimento. Sempre lhe parecia que Nikolai Petrovitch, apesar de seu entusiasmo e amor ao trabalho, não

---

[4] Mas eu posso te dar dinheiro. (N.T.)

fazia as coisas como deviam ser feitas. Mas ele não iria conseguir apontar os erros. "Meu irmão não é um homem prático e todo mundo o engana", pensava. Por sua vez, Nikolai Petrovitch apreciava muito a praticidade de Pavel Petrovitch e sempre pedia conselhos. "Sou uma pessoa mole, fraca e passei toda a minha vida na casa de campo", dizia. "Você viu tanta gente e conhece bem as pessoas. Tem visão de águia". Pavel Petrovitch, sem responder a essas palavras, virava o rosto, sem tentar persuadir o irmão.

Tendo deixado Nikolai Petrovitch no seu gabinete, ele seguiu pelo corredor que separava a parte anterior da casa da posterior. Diante de uma porta baixa ele parou, pensativo, tocou nos bigodes e bateu na porta.

– Quem é? Pode entrar – ouviu-se a voz de Fenitchka.

– Sou eu – disse Pavel Petrovitch, abrindo a porta.

Fenitchka levantou-se da cadeira em que estava sentada com o filho e, entregando-o a uma moça que imediatamente o levou para fora, arrumou o xale nos ombros.

– Perdão se a incomodei – começou Pavel Petrovitch, sem olhar para ela. – Queria pedir-lhe apenas... se hoje mandarem alguém para a cidade... para comprar um pouco de chá verde para mim.

– Pois não – respondeu Fenitchka. – Quanto o senhor quer?

– Acho que vou querer meia libra de chá verde. Estou notando uma certa mudança aqui – acrescentou, olhando rapidamente em volta e passando por Fenitchka. – Estou vendo cortinas – disse, ao perceber que ela não o compreendia.

– Sim, cortinas, sim. Nikolai Petrovitch ofereceu-as, já estão aqui há algum tempo.

– Há muito tempo que não vejo a senhora. Agora ficou muito aconchegante aqui.

– Agradeço a gentileza de Nikolai Petrovitch – murmurou Fenitchka.

– A senhora sente-se melhor aqui do que no outro quarto? – perguntou Pavel Petrovitch delicadamente e em tom sério.

– Muito melhor.

– Quem está ocupando agora o seu quarto?
– Lá estão agora as mulheres que lavam roupas.
– Bem...

Pavel Petrovitch ficou em silêncio. "Já ele vai embora", pensava Fenitchka. Mas ele não saía e ela permanecia de pé, mexendo devagar nos dedos das mãos.

– Por que mandou levar o pequeno para fora do quarto? – disse, afinal, Pavel Petrovitch. – Gosto muito de crianças. Mostre-me o seu filho?

Fenitchka ficou vermelha de vergonha e alegria. Tinha medo de Pavel Petrovitch; ele nunca falava com ela.

– Duniacha – chamou. – Pode trazer Mítia. – Fenitchka tratava todos em casa por senhor ou senhora. – O senhor espere um pouco, preciso trocar a roupa de Mítia.

Fenitchka dirigiu-se para a porta.

– Não se incomode – disse Pavel Petrovitch.

– Eu volto logo – respondeu Fenitchka, saindo rapidamente.

Pavel Petrovitch ficou sozinho e olhou mais uma vez ao redor. O quarto pequeno com teto baixinho em que se achava era limpo e confortável. Sentia-se ali um cheiro de chão recém-pintado, camomila e melissa. Junto às paredes estavam as cadeiras com os encostos em forma de lira. Esses móveis tinham sido comprados pelo falecido general na Polônia, na época da sua expedição. Em um canto, havia o berço coberto de um cortinado de filó, ao lado de um baú de ferro. Diante da imagem escura de São Nikolai Taumaturgo, estava acesa uma pequena lâmpada. No peito do santo, via-se um minúsculo ovo de porcelana pendente de uma fita vermelha, iluminado no reflexo da lâmpada. Nas janelas estavam os vidros de geleia, ainda do ano passado, cuidadosamente amarrados e refletindo uma luz verde. Nas tampas de papel lia-se a palavra groselha em grandes letras escritas por Fenitchka. Nikolai Petrovitch gostava muito dessa geleia. Do teto pendia uma gaiola com um pássaro de cauda curta. Ele saltava e cantava sempre, balançando a gaiola. Os grãos de alpiste caíam no chão com leve barulho. Em uma parede, sobre a pequena estante, havia péssimas fotografias de Nikolai Petrovitch em poses diversas, obra de um artista ambulante. Via-se também uma fotografia muito ruim de Fenitchka: um rosto sem olhos sorria forçadamente dentro de uma moldura negra; o resto ninguém percebia. Sobre a fotografia de Fenitchka, havia uma foto do General Iermólov, de burca, contemplando ameaçadoramente as montanhas distantes do Cáucaso.

Passaram-se cinco minutos. No compartimento vizinho ouvia-se um barulho. Pavel Petrovitch pegou um livro com as páginas bem gordurosas: era um volume dos Arcabuzeiros de Massaláki. Virou algumas páginas... A porta se abriu e Fenitchka entrou com Mítia no colo. A criança vestia uma pequena camisa vermelha de gola bordada e estava bem penteada e limpa. Respirava com dificuldade, agitava o corpo e mexia os bracinhos, como fazem todas as crianças. Ele deve ter gostado muito da camisa vermelha, que causou grande impressão no menino. Seu rostinho gorducho expressava prazer. Fenitchka arrumou os cabelos e ajeitou o xale. Ela estava diferente. E, de fato, existe no mundo alguma coisa mais bela do que uma jovem mãe com um filho saudável nos braços?

– Que rapaz – disse carinhosamente Pavel Petrovitch, fazendo cócegas no queixo gordo de Mítia com a longa unha de seu dedo indicador. A criança viu o pássaro da gaiola e sorriu.

– É seu tio – disse Fenitchka, inclinando a cabeça para o filho e agitando-a levemente, enquanto Duniacha colocava na janela uma vela acesa e utilizada para fumar, colada a uma moeda.

– Quantos meses tem ele? – perguntou Pavel Petrovitch.

– Seis. No dia 11 completará sete meses.

– Não são oito meses, Fiedóssia Nicoláievna? – perguntou timidamente Duniacha.

– Não, sete meses! – O bebê sorriu novamente, olhou no baú e com os cinco dedos agarrou a mãe pelo nariz e pelos lábios. – Brincalhão – disse Fenitchka, sem tirar o rosto dos dedos de seu filho.

– Parece-se muito com o meu irmão – observou Pavel Petrovitch.

"Com quem teria que parecer?", pensou Fenitchka.

– Realmente – continuou Pavel Petrovitch, como se falasse consigo mesmo –, a semelhança é total. – Olhou para Fenitchka com atenção e quase com tristeza.

– É o titio – repetiu ela, agora em voz baixa.

– Oi, Pavel, você está aqui – de repente houve uma exclamação de Nikolai Petrovitch.

Pavel Petrovitch virou-se depressa e franziu a testa. Seu irmão, porém, olhava-o com o sentimento de gratidão, ele não pôde deixar de responder-lhe com um sorriso.

– Que bonito filho você tem – disse, olhando o relógio. – Vim aqui por causa do chá verde.

Com uma expressão de indiferença, Pavel Petrovitch saiu do quarto.

– Ele veio sozinho? – perguntou Nikolai Petrovitch a Fenitchka.

– Sim; bateu e entrou.

– E Arcacha não esteve mais aqui?

– Não. Seria melhor que eu mudasse para outro aposento, não acha, Nikolai Petrovitch?

– Para quê?

– Penso que seria melhor, durante os primeiros dias.

– Não – falou hesitante Nikolai Petrovitch, passando a mão na testa. – Teria sido melhor fazer isso antes... Bom dia, gorducho – disse ele com repentina alegria, e, aproximando-se do filho, beijou-o na bochecha. Em seguida, curvando-se um pouco, encostou seus lábios na mão de Fenitchka, que parecia branca como leite no vermelho intenso da camisinha de Mítia.

– O que faz Nikolai Petrovitch? – murmurou ela baixando os olhos e depois levantando-os devagarinho. Deliciosos eram a sua expressão e o brilho dos olhos quando ela olhava de soslaio e sorria carinhosamente.

Foi assim que Nikolai Petrovitch conheceu Fenitchka: há três anos, precisou passar uma noite na pousada de uma cidade distante da província. Ficou agradavelmente impressionado com a limpeza do quarto onde dormia e com os lençóis frescos da cama. "Será que a dona desta pousada é alemã?", pensou. Mas a dona da pousada era uma russa, mulher de uns cinquenta anos, bem-vestida, de expressão inteligente e nobre e o jeito de falar tranquilo e reservado. O hóspede conversou com ela enquanto tomava o chá. Ela agradou-lhe muito. Nikolai Petrovitch tinha mudado havia pouco tempo para o seu novo sítio e, não querendo manter servos, pagava o serviço dos empregados. A dona da pousada, por sua vez, queixava-se da falta dos hóspedes e dos tempos difíceis. Ele propôs a ela um emprego de governanta em sua casa. Ela concordou. Seu esposo tinha falecido há muito tempo, deixando uma filha única, Fenitchka. Duas semanas depois, Arina Sávichna, a governanta, chegou em companhia da filha a Maryino e instalou-se em uma pequena casinha. A escolha de Nikolai Petrovitch foi ótima. Arina colocou a casa em ordem. Fenitchka, que então completou dezessete anos, passava despercebida e quase ninguém a via. Ela levava uma vida tranquila, modesta e só aos domingos Nikolai Petrovitch descobria a presença dela na igreja, sempre perto da parede, com o seu perfil fino. Assim se passou mais de um ano.

Uma certa manhã, Arina apareceu no seu gabinete e, fazendo uma reverência segundo o costume da casa, perguntou-lhe se não podia ajudar a sua filha. Uma faísca entrou nos olhos da menina. Nikolai Petrovitch, como todos os homens cautelosos, tinha uma caixinha com os remédios homeopáticos em casa, chamando a pequena à sua presença. Sabendo que o senhor a chamava, Fenitchka ficou com muito medo e foi vê-lo em companhia da mãe. Nikolai Petrovitch levou-a à janela e segurou a sua cabeça com as duas mãos. Depois de examinar bem seu olho vermelho e inflamado, receitou o remédio que ele mesmo preparou na hora. Rasgando o seu próprio lenço, mostrou como se devia aplicá-lo. Fenitchka, depois de ouvi-lo, quis sair. "Beije a mão do senhor, boba", disse Arina. Nikolai Petrovitch não deu sua mão e, embaraçado, beijou-lhe na cabeça, nos cabelos. O olho de Fenitchka sarou logo, mas a impressão que ela produziu em Nikolai Petrovitch não passou tão rápido. Ele sonhava com aquele rosto puro, delicado e timidamente levantado para cima. Ele sentia com os dedos aqueles cabelos macios, via aqueles lábios inocentes e semiabertos, revelando as pérolas dos dentes que brilhavam discretamente na boca.

Começou então a olhá-la na igreja, tentando falar com ela. No início, Fenitchka tinha medo dele. Um dia, à tarde, encontrou-o em uma trilha estreita que os pedestres abriram em um campo de centeio. Ela entrou na alta e densa plantação, cheia de ervas daninhas e flores diferentes, com o propósito de evitar o encontro com ele. Nikolai Petrovitch viu sua cabecinha através das espigas douradas, de onde ela o olhava como um animalzinho medroso, e ele gritou carinhosamente:

– Bom dia, Fenitchka! Pode aproximar-se. Não mordo.

– Bom dia – murmurou, sem sair do seu esconderijo.

Pouco a pouco ela começou a habituar-se à presença dele. Mas ainda ficava tímida quando enfrentava Nikolai Petrovitch. Nesse tempo, sua mãe Arina morreu de cólera. Onde iria a pobre Fenitchka? Herdou da mãe o amor à ordem, o raciocínio e a tranquilidade. Era muito jovem e tão sozinha! Nikolai Petrovitch era tão bom e modesto! Não precisa falar mais nada...

– Então meu irmão veio visitá-la? – inquiriu Nikolai Petrovitch. – Bateu e entrou?

– Sim.

– Está muito bem. Deixe brincar um pouco com Mítia.

E Nikolai Petrovitch jogou ao ar seu filho, quase até o teto, com grande prazer do bebê e ansiedade da mãe que, a cada salto do menino, estendia os braços em direção às suas perninhas nuas.

Pavel Petrovitch voltou ao seu elegante gabinete, com papel de parede da cor selvagem, a coleção de armas sobre um colorido tapete persa, os móveis de nogueira forrados de verde-escuro, a biblioteca *renaissance* de estantes de carvalho negro, uma mesa cheia de estatuetas de bronze e a lareira... Ele jogou-se no sofá, apoiou a cabeça nas mãos e ficou, assim, olhando com desespero o teto. Quem sabe se queria esconder das próprias paredes as modificações do seu rosto. Ele se levantou, abriu as pesadas cortinas e novamente se jogou no sofá.

9

No mesmo dia, Bazárov conheceu Fenitchka. Em companhia de Arcádio, ele passeava pelo jardim e explicava ao amigo por que certas árvores, de preferência as mudas de carvalho, não haviam crescido ainda.

– Precisa plantar aqui mais álamos e mais abetos, assim como tílias, pondo neles um pouco de terra preta. Veja como o pergolado ficou florido e bonito – disse ele. – Isso porque as acácias e os lilases não exigem muitos cuidados. Espere aqui, deve ter alguém.

No pergolado estava Fenitchka com Duniacha e Mítia. Bazárov parou de andar enquanto Arcádio cumprimentava Fenitchka, como um velho amigo.

– Quem é? – perguntou Bazárov quando passaram o caramanchão. – É muito bonita!

– De quem está falando?

– Você sabe: a única mulher bonita deste lugar.

Arcádio, muito envergonhado, explicou em poucas palavras quem era Fenitchka.

– Quem diria! – disse Bazárov. – Seu pai tem bom gosto. Gosto muito do seu pai, realmente! É um homem muito bom. Porém, preciso conhecê-la – concluiu, dirigindo-se ao pergolado.

– Eugênio! – exclamou com espanto Arcádio. – Cuidado, pelo amor de Deus.

– Não se preocupe – respondeu Bazárov. – Somos experientes, porque já vivemos nas cidades grandes.

Aproximando-se de Fenitchka, ele tirou o quepe.

– Permita que me apresente – começou, em uma distinta reverência. – Sou amigo de Arcádio Nikoláevitch e pessoa muito tranquila.

Fenitchka levantou-se do banco e olhou para ele em silêncio.

– Que linda criança! – continuou Bazárov. – Não se incomode: nunca tive mau-olhado. Por que o pequeno tem as bochechas tão vermelhas? Será que os dentes estão nascendo?

– É isso mesmo – respondeu Fenitchka. – Já nasceram quatro dentinhos. As gengivas incharam de novo.

– Pode mostrar para mim... Não tenha medo, eu sou médico.

Bazárov pegou a criança no colo. Para grande surpresa de Fenitchka e Duniacha, o bebê não mostrou a mínima resistência. Nem chorou, nem ficou assustado.

– Já estou vendo... tudo vai muito bem. Serão dentes excelentes. Se alguma coisa acontecer, avise-me. A senhora passa bem?

– Sim, senhor, graças a Deus.

– Graças a Deus. E a senhora? – disse, dirigindo-se a Duniacha.

Duniacha, jovem muito séria em casa e divertida fora, respondeu com um som estranho.

– Está muito bem. Aqui está o bebezão aos seus cuidados.

Fenitchka pegou dele o filho.

– Ficou tão quietinho no seu colo – disse ela baixinho.

– As crianças sempre ficam quietas comigo – respondeu Bazárov. – Conheço um segredo.

– As crianças sentem quem as ama – observou Duniacha.

– É verdade – confirmou Fenitchka. – Mítia não gosta que ninguém o pegue no colo.

– Será que ele vem no meu colo? – perguntou Arcádio que, depois de permanecer por algum tempo a distância, aproximou-se do pergolado. Ele fez um gesto convidativo a Mítia, porém Mítia virou as costas para ele e chorou, o que deixou Fenitchka muito ansiosa.

– Fica para próxima, quando ele se acostumar – disse Arcádio, e os amigos se afastaram.

– Como ela se chama? – perguntou Bazárov.

– Fenitchka... Fiedóssia – respondeu Arcádio.

– E seu patronímico? Preciso sabê-lo.

– Nicoláievna.

– *Bene*. O que me agrada nela é que ela não está muito confusa. Outra pessoa talvez a julgasse por alguma coisa. Que tolice! Por que estará tão confusa? Ela é mãe e tem razão.

– Ela tem muita razão – disse Arcádio. – Não sei se o meu pai a tem...

– Ele também tem razão – interrompeu Bazárov.

– Acho que não.

– Vejo que um herdeiro a mais não o agrada!

– Você não tem vergonha de falar disso comigo! – exclamou, contrariado, Arcádio. – Não é sob este ponto de vista que censuro meu pai. Acho que devia casar-se com ela.

– Sério? – murmurou tranquilamente Bazárov. – Veja só que generosidade! Você acha tão importante o matrimônio, eu não esperava isso de você.

Os amigos deram alguns passos em silêncio.

– Examinei todas as instalações do sítio de seu pai – recomeçou Bazárov. – O gado é péssimo e os animais de trabalho fraquíssimos. As casas também não prestam. Os trabalhadores parecem muito relaxados. Quanto ao gerente, ou é idiota ou um mentiroso profissional, ainda não sei.

– Você está severo hoje, Eugênio Vassílievitch.

– Os nossos bons funcionários enganarão seu pai com certeza. Conhece o provérbio: "O homem russo é capaz de engolir o próprio Deus"?

– Começo a concordar com meu tio – falou Arcádio. – Você acha os russos péssimas pessoas.

– Que grande novidade! O russo somente é bom porque ele mesmo se acha péssimo. O que importa muito é que dois mais dois são quatro. De resto nada seria interessante.

– E a natureza não vale nada mesmo? – disse Arcádio, olhando pelos campos lindamente iluminados pelo sol, que já estava quase se pondo.

– A própria natureza não tem nada de interessante, no sentido em que a percebe. Ela não é um templo e sim uma oficina em que um ser humano trabalha.

Sons lentos e suaves de violoncelo vinham da casa. Alguém tocava, mas tocava mal, porém com sentimento, a *Atente* de Schubert. A melodia pairava no ar como se fosse um perfume com aroma suavíssimo.

– Que é isso? – disse Bazárov, surpreso.

– É meu pai que está tocando.

– Seu pai toca violoncelo?

– Toca.

– Quantos anos tem seu pai?

– Quarenta e quatro anos.

Bazárov começou a rir.

– Por que está rindo?

– Veja só! Aos quarenta e quatro anos de idade, o homem, *pater familias*[5], em plena província, toca violoncelo!

Bazárov continuou rindo. Mas Arcádio, por mais respeito que nutrisse pelo seu professor, desta vez acabou nem sorrindo.

---

[5] Pai de família. (N.T.)

10

Passaram-se aproximadamente duas semanas. A vida em Maryino fluía como sempre: Arcádio não fazia nada e Bazárov trabalhava. Todos em casa se acostumaram com Bazárov, às suas maneiras desembaraçadas e aos seus discursos curtos. Fenitchka, em particular, tornou-se tão amiga dele que uma vez, na madrugada, mandou acordá-lo porque Mítia teve cãibras. Bazárov atendeu-a, alegre e bocejando. Passou em sua companhia umas duas horas e ajudou o menino.

Pavel Petrovitch já odiava muito Bazárov. Considerava-o orgulhoso, mal-educado, cínico e plebeu. É porque sentia que Bazárov não tinha nada de respeito pela sua pessoa e que desprezava ele, Pavel Kirssanov! Nikolai Petrovitch jamais teve medo do jovem niilista. Duvidava da sua influência sobre a educação de Arcádio. Mas ouvia-o pela vontade própria e com grande prazer observava suas experiências de física e química. Bazárov trouxe seu microscópio e muitas horas passava com o aparelho. Os criados gostavam muito dele, mesmo ouvindo suas ironias. Gostavam, porque sabiam que era um igual a eles, e não um senhor. Duniacha já conversava e ria à vontade e, de soslaio, observava Bazárov, ao passar perto do seu quarto. Piotr, homem extremamente egoísta e tolo, com as eternas rugas na testa, cuja dignidade era somente em um olhar respeitoso, em saber ler por sílabas e em limpar com uma escova seu casaco, também sorria e ficava mais alegre quando Bazárov lhe dirigia a palavra. Os meninos do sítio seguiam o "doutor" como cachorrinhos. Apenas o velho Prokófitch não gostava dele. Servia-o à mesa, chamando o rapaz de "canibal" e "vagabundo", e tentando convencer a todos de que ele, com as suas costeletas, não passava de um porco em um arbusto. Prokófitch, à sua maneira, era um aristocrata igual a Pavel Petrovitch.

Chegaram os melhores dias do ano, o início do mês de junho. O tempo era maravilhoso. Pairava no ar uma certa ameaça de cólera, mas isso já não impressionava mais os habitantes da província N., que tinham se habituado às suas visitas. Bazárov levantava-se muito cedo e se dirigia a um lugar a dois ou três quilômetros de distância e não para fazer um simples passeio – não suportava passeios sem rumo –, mas sim para colher ervas e insetos. Às vezes Arcádio lhe fazia companhia. Na volta, eles geralmente discutiam, e Arcádio sempre era o perdedor, embora falasse muito mais que o amigo.

Um dia, demoraram-se mais que de costume. Nikolai Petrovitch, preocupado, saiu para encontrá-los no jardim, e, aproximando-se do pergolado, ouviu passos rápidos e as vozes dos dois rapazes. Estavam caminhando do outro lado do pergolado e não podiam perceber sua presença.

– Não conhece meu pai o suficiente – dizia Arcádio.

Nikolai Petrovitch ficou quieto.

– Seu pai é uma boa pessoa – retorquiu Bazárov –, mas é um homem aposentado. Nada mais pode fazer.

Nikolai Petrovitch ouvia com muita atenção… Arcádio nada respondeu.

O "homem aposentado" ficou ali por uns dois minutos, imóvel, e foi lentamente para casa.

– Há três dias percebi que ele está lendo Pushkin – disse ainda Bazárov. – Você, por favor, poderia explicar-lhe que essa leitura não presta? Ele já não é criança. É tempo de deixar essas tolices. Que prazer pode haver em ser romântico no tempo de hoje? Deve dar um livro útil para ele ler.

– Que livro posso recomendar-lhe? – perguntou Arcádio.
– Que leia, para começar, *Força e matéria*, de Buechner.
– Eu também penso desse modo – aprovou Arcádio. – *Força e matéria* é uma obra escrita em linguagem bem simples.

– Está vendo que nós somos homens aposentados – dizia no mesmo dia, depois do jantar, Nikolai Petrovitch ao seu irmão, no gabinete dele. – Fazer o quê? É possível que Bazárov tenha razão. O que, porém, me dói é o seguinte: eu queria tornar-me amigo íntimo de Arcádio e no entanto verifico que sou um homem aposentado. Ele adiantou-se e eu estou atrasado e muito, então nós não podemos compreender um ao outro.

– Em que, afinal, está o adiantamento dele? Em que ele é tão diferente de nós? – exclamou impaciente Pavel Petrovitch. – Quem encheu a cabeça dele foi o senhor niilista. Detesto aquele doutorzinho. Para mim, não passa de um charlatão. Estou convencido de que, com todas as suas rãs, ele pouco entende de física.

– Não diga isso, meu irmão. Bazárov é inteligente e sábio.

– O egoísmo dele está gritando –, acrescentou Pavel Petrovitch.

– Sem dúvida – observou Nikolai Petrovitch. – É egoísta. O que não compreendo é o seguinte: parece que faço tudo de acordo com a época; ajudei os funcionários, organizei um sítio, e, por isso, em toda a província sou chamado de vermelho. Leio, estudo e quero estar ao alcance das exigências modernas. E eles falam que sou um homem aposentado. Começo a acreditar que realmente sou.

– Por quê?

– Vou lhe dizer por quê. Hoje estava lendo Pushkin... Acredito que era o poema "Os ciganos"... De repente entra Arcádio, aproxima-se de mim e, calmamente, com uma certa compaixão, tira o livro, como se eu fosse uma criança, oferecendo-me um outro escrito em alemão. Sorriu e levou o livro de Pushkin.

– Não me diga! E que livro ele lhe deu?

– Este aqui.

Nikolai Petrovitch tirou do bolso do paletó a famosa nona edição de Buechner.

Pavel Petrovitch examinou-a.

– Bem – resmungou. – Arcádio Nikoláevitch preocupa-se muito com sua educação. Já experimentou ler isso?

– Já.

– Gostou?

– Ou sou um idiota ou tudo isso é absurdo. Acredito que sou um idiota.

– Não. Ainda leio em alemão.

Pavel Petrovitch examinou novamente o livro e olhou para o irmão. Estavam calados.

– A propósito – quebrou o silêncio Nikolai Petrovitch, mudando de assunto –, recebi uma carta de Koliássin.

– De Matvei Ilyich?

– Dele mesmo. Acaba de chegar à nossa cidade, a fim de inspecionar a província. Subiu para um cargo importante. Escreve-me que deseja, na qualidade de parente, nos visitar, e convidar-nos junto com Arcádio para lhe fazer uma visita.

– Você vai? – perguntou Pavel Petrovitch.

– Não. E você?

– Nem eu. Que necessidade tenho de percorrer cinquenta quilômetros sem nenhum motivo importante? Matvie quer que vejamos toda a sua glória. Que vá ao inferno! Para ele será o suficiente o ritmo da capital da província, que fique sem a nossa presença. Grande coisa ser um conselheiro privado! Se eu continuasse no exército, seria hoje um general de divisão ou teria um cargo mais importante ainda. Além disso, somos homens aposentados.

– Sim. Parece que está na hora de prepararmos o nosso caixão e cruzarmos as mãos no peito – falou com um suspiro Nikolai Petrovitch.

– Não me entregarei tão facilmente – disse seu irmão. – Irei lutar ainda com esse doutorzinho, eu sinto isso.

A luta aconteceu no mesmo dia, durante o chá da tarde. Pavel Petrovitch desceu para a sala de estar já pronto para a luta, irritado e duro. Esperava apenas que algo acontecesse para atacar o inimigo. Esse algo demorava muito.

Bazárov falava muito pouco na presença dos "velhos Kirssanov" (assim ele chamava os irmãos), e naquela tarde ele estava um pouco indisposto e tomava seu chá, xícara após xícara, calado. Pavel Petrovitch ardia de impaciência. Seus desejos afinal se realizaram.

A conversa era sobre um dos fazendeiros vizinhos.

– Simples aristocrata, crápula – observou friamente Bazárov, que encontrara essa pessoa em São Petersburgo.

– Permita-me que lhe pergunte uma coisa – começou Pavel Petrovitch, e seus lábios tremiam. – Segundo sua opinião, as palavras "crápula" e "aristocrata" significam a mesma coisa?

– Eu disse "simples aristocrata" – respondeu Bazárov, tomando mais um gole de chá devagarinho.

– Sim, eu compreendo. Suponho que o senhor tem a mesma opinião dos aristocratas verdadeiros e dos aristocratas simples. Preciso declarar que não compartilho esse pensamento. Ouso dizer ainda que sou conhecido como um homem liberal e progressista. Por essa razão, respeito os verdadeiros aristocratas. Lembre-se, meu senhor – com essas palavras, Bazárov fixou seu olhar em Pavel Petrovitch –, lembre-se, meu senhor – repetiu ele irritado –, dos aristocratas ingleses. Eles não desistem dos seus direitos e respeitam os dos outros. Exigem o cumprimento de todas as obrigações em relação a eles e por isso mesmo cumprem suas obrigações. A aristocracia libertou a Inglaterra e defende essa liberdade.

– Já ouvimos essa cantiga muitas vezes – falou Bazárov. – Que quer o senhor provar com isso?

– Com isso, meu senhor. – Pavel Petrovitch, quando ficava com raiva, utilizava a palavra "isso" contra todas as regras da gramática. Essa palavra foi o que sobrou dos tempos do Czar Alexandre. A nobreza daqueles tempos de vez em quando a utilizava assim, variando um pouco a pronúncia, porque se achavam russos legítimos, superiores às regras gramaticais.
– Com isso, meu senhor, quero demonstrar que, sem a noção da sua dignidade, sem o respeito de si mesmo, em um aristocrata esses sentimentos estão desenvolvidos, não existe nenhuma base sólida do *bien public* ou do

edifício público. A personalidade é mais importante, meu caro senhor. A personalidade humana deve ser resistente como uma rocha, porque sobre ela tudo se baseia. Sei perfeitamente, por exemplo, que o senhor acha ridículos ou contraproducentes meus hábitos, minhas roupas e minha decência, afinal, mas tudo decorre dos sentimentos de respeito próprio, do sentimento do dever, sim, do dever. Vivo na casa de campo, no meio do nada, mas eu não me acho uma pessoa de baixo nível. Eu respeito o homem em mim.

– Perdoe-me, Pavel Petrovitch – disse Bazárov. – O senhor respeita a sua personalidade e está aqui sem fazer nada. Que utilidade isso tem para o *bien public*? Seria melhor que não se respeitasse e fizesse alguma coisa útil.

Pavel Petrovitch ficou pálido.

– Trata-se de um outro assunto. Não tenho obrigação de lhe dar satisfação neste momento sobre futilidade, como o senhor acaba de defini-la. Quero apenas dizer que a aristocracia é um princípio e, sem princípios, na nossa época, só podem viver seres humanos amorais ou nulos. Já o disse a Arcádio no dia seguinte após a sua chegada e repito agora. Certo, Nikolai?

Nikolai Petrovitch meneou afirmativamente a cabeça.

– Aristocratismo, liberalismo, progresso, princípios! – disse Bazárov. – Quantas palavras estrangeiras e inúteis! Uma pessoa realmente russa não precisa delas.

– De que precisa um russo então? Na sua opinião, estamos fora da humanidade e fora das suas leis. Perdão, mas a lógica da história exige...

– Qual é o propósito dessa lógica? Vivemos muito bem sem ela.

– Como assim?

– É fácil. Acho que o senhor não precisa de lógica para colocar um pedaço de pão na boca quando está com fome. De que nos servem essas coisas sem sentido?

Pavel Petrovitch deu de ombros.

– Não compreendo. O senhor ofende o povo russo. Não sei como é possível negar os princípios, as regras. Em que se baseia o senhor para agir assim?

– Eu já lhe disse, tiozinho, que nós não reconhecemos autoridades – interveio Arcádio.

– Nós agimos inspirados na força do que reconhecemos útil – disse Bazárov. – Na época atual, o mais útil é negar, então negamos.

– Tudo?

– Tudo.

– Como assim? Não somente a arte, a poesia... mas... é pavoroso até pensar, quanto mais falar...

– Tudo – com inexpressível calma, repetiu Bazárov.

Pavel Petrovitch olhou-o fixamente. Nunca esperava uma conclusão dessas. Mas Arcádio até corou de prazer.

– Vamos de novo – disse Nikolai Petrovitch. – Vocês negam tudo, ou seja, destroem tudo... É necessário construir também.

– Não é da nossa conta. Primeiramente é preciso limpar o lugar.

– O estado atual do povo assim o exige – acrescentou Arcádio, se sentindo importante. – Devemos atender a essas demandas, nós não temos o direito de satisfazer apenas o nosso egoísmo pessoal.

Esta última frase visivelmente não agradou muito a Bazárov. Ela cheirava um ar de filosofia, ou seja, de romantismo, porque Bazárov considerava a própria filosofia um romantismo. Não achou, entretanto, necessário contradizer seu jovem discípulo.

– Não e não! – exclamou de maneira inesperada Pavel Petrovitch. – Não quero acreditar que os senhores conheçam bastante o povo russo e sejam representantes das suas necessidades e tendências! Não, o povo é diferente do que os senhores imaginam. Ele guarda e respeita escrupulosamente suas tradições, é patriarcal e não pode viver sem fé...

– Não quero discutir isso – interrompeu Bazárov. – Estou até pronto a afirmar que o senhor tem toda a razão.

– Se eu tenho razão...

– Mesmo assim prova nada.

– Efetivamente, prova nada – repetiu Arcádio com a convicção de um experiente jogador de xadrez que prevê um lance arriscado do seu oponente e não se preocupa.

– Como assim prova nada? – exclamou Pavel Petrovitch surpreso. – Então, pretendem lutar contra o seu próprio povo?

– Se for preciso, sim – falou Bazárov. – O povo, quando ouve a trovoada, acha que o profeta Elias está passeando pelo céu em sua carruagem de fogo. Então, eu devo, neste caso, concordar com o povo? Além disso, estamos falando do povo russo, e será que eu não sou russo?

– Não. Deixou de ser russo depois do que acabou de dizer! Não posso reconhecer o senhor como meu conterrâneo.

– Meu avô arava a terra – disse com orgulho Bazárov. – Pode perguntar a qualquer de seus funcionários: em quem, de nós dois, ele reconhece seu conterrâneo? Você nem sabe falar com ele.

– O senhor fala com o funcionário e despreza-o ao mesmo tempo.

– Bem, ele merece ser desprezado? O senhor acusa o meu jeito de ver e julgar o assunto. Quem lhe disse que esse ponto de vista é casual em mim e que não surgiu por causa do próprio espírito do povo, em nome de quem está se manifestando?

– Justamente! Os niilistas não são muito necessários!

– Não nos cabe decidir se são ou não são necessários. O senhor também se acha um homem útil.

– Meus senhores, evitemos por favor questões pessoais! – exclamou Nikolai Petrovitch, levantando-se.

Pavel Petrovitch sorriu e, colocando a mão no ombro do seu irmão, o fez sentar-se novamente.

– Não se preocupe – ele disse. – Não ficarei provocado, pois possuo aquele sentimento de dignidade criticado muito por este senhor... Senhor doutor: permita-me perguntar-lhe – continuou, se dirigindo a Bazárov – se por acaso acha que a sua doutrina é uma novidade? O senhor está enganado. O materialismo que prega já é antigo e sempre se mostrou insustentável...

– Novamente mais uma palavra estrangeira! – interrompeu Bazárov. Ele estava começando a ficar com raiva e seu rosto adquiriu uma cor acobreada e áspera. – Primeiro, não pregamos nada. Não é o nosso hábito...

– Que fazem então?

– Vou lhe dizer o que fazemos. Antes, ainda há pouco, dizíamos que os nossos funcionários públicos recebiam propina, não tínhamos nem estradas, nem comércio, nem um tribunal decente...

– Compreendo. Os senhores são acusadores e assim posso expressar-me. Concordo com algumas das suas acusações, mas...

– E aí descobrimos que conversar, só conversar sobre os nossos problemas não vale a pena, que só leva à vulgaridade e à doutrina. Vimos que os nossos intelectuais, os chamados progressistas e acusadores, são inúteis, que estamos fazendo bobagens, falando sobre algum tipo de arte, criatividade inconsciente, sobre parlamentarismo, sobre a justiça e sobre Deus sabe o que, quando falamos do pão de cada dia, quando a mais brutal superstição nos sufoca, quando todas as nossas sociedades anônimas desmoronam unicamente por falta de gente honesta, quando a própria liberdade que o governo busca dificilmente nos servirá, porque nosso camponês é capaz de roubar a si mesmo só para se embriagar em uma taberna.

– Bem – interrompeu Pavel Petrovitch –, agora entendi. Vocês se convenceram de tudo isso e resolveram não se preocupar seriamente com coisa alguma.

– Resolvemos de fato não nos preocupar com coisa alguma – repetiu em tom lúgubre Bazárov.

Invadia-o uma raiva de si mesmo pelo fato de ter-se revelado tanto para aquele aristocrata.

– E somente brigar? – continuou o aristocrata.

– Brigar também.

– Isso é o niilismo?

– Isso é o niilismo – repetiu Bazárov desafiando-o.

Pavel Petrovitch fechou um pouco os seus olhos.

– Agora compreendo! – disse com voz estranhamente calma. – O niilismo deve auxiliar-nos em todas as desgraças. Os senhores são nossos salvadores e heróis. Sim, porque assim vocês acusam os próprios acusadores. Não jogam as palavras em vão como os demais.

— Podemos ter outros pecados, menos esse — disse Bazárov.

— Realmente? Será que os senhores agem? Pretendem agir?

Bazárov respondeu nada, Pavel Petrovitch estremeceu-se e logo dominou a si mesmo.

— Sim... agir, destruir — continuou. — Destruir sem saber para que, como é?

— Destruímos, porque somos uma força — explicou Arcádio. Pavel Petrovitch olhou para seu sobrinho e sorriu.

— Sim, somos uma força que age livremente — observou Arcádio e ficou com o corpo reto.

— Infeliz! — gritou Pavel Petrovitch, que perdeu definitivamente o controle de si mesmo. — Se ao menos pensasse o que realmente você está defendendo com essa sua vulgaridade na Rússia! Não, tudo isso pode fazer um anjo perder a paciência! Força! Em um *calmyque* selvagem, em um mongol também existe força. Para que nós precisamos dela? Nós apreciamos a civilização. Sim, seus frutos são muito valiosos para nós. Não me diga que os frutos da civilização valem nada. O último dos indecentes, um *barbouilleur*[6], um rapaz que toca piano no restaurante e que recebe cinco moedas por noite são mais úteis do que os senhores, porque representam a civilização e não a força brutal dos mongóis! Vocês se acham os homens da vanguarda. Mas se sentiriam bem em uma cabana de *calmyque*! Força! Lembrem-se, afinal, senhores fortes, de que são apenas quatro pessoas e meia e contra os senhores existem milhões que não lhes permitirão colocar os pés nas suas crenças sagradas, pois irão esmagá-los!

— Esmagarem-se, assim é que tem que ser — disse Bazárov. — Mas não somos tão poucos como o senhor acha.

— Como? Pretende chegar seriamente a um acordo com todo o povo?

— Saiba o senhor que Moscou já foi destruída pelo incêndio causado por uma vela que custou uma moeda — respondeu Bazárov.

— Sei, sei. Vejo primeiramente um orgulho quase satânico e depois, sacrilégio. Aí está o que preocupa os jovens! Aí está o que domina o coração

---

[6] Trapalhão. (N.T.)

inexperiente dos meninos! Olhe um deles aqui, que está sentado a seu lado, só falta ele louvar vocês. – Arcádio virou para outro lado e franziu a testa. – Esse mal já se espalhou para longe, contaminando muitos. Disseram-me que em Roma os nossos artistas nunca vão ao Vaticano, consideram Rafael idiota, só porque ele é autoridade. Mas eles mesmos não têm talento, são a futilidade em pessoa. A sua fantasia ou imaginação não vai além da *Moça da Fonte*. E esse quadro é realmente péssimo. Em sua opinião, eles são legais, não é mesmo?

– Em minha opinião – respondeu Bazárov –, nem Rafael vale uma moeda, nem os nossos artistas são melhores do que Rafael.

– Bravo! Ouça, Arcádio... Assim devem pensar os rapazes de hoje! Como, nesse caso, eles não irão segui-los? Antigamente os rapazes eram obrigados a estudar: não queriam passar por imbecis e por isso trabalhavam. Agora basta eles falarem: "Nada no mundo tem valor!" E está tudo bem. Os jovens ficaram animados. Antes, os rapazes eram simples idiotas, hoje se tornaram de repente niilistas.

– O senhor traiu o seu sentimento da própria e tão proclamada dignidade – observou fleumático Bazárov, enquanto Arcádio acendeu-se como se fosse um fósforo e seus olhos brilhavam. – A nossa discussão foi muito longe... É melhor terminá-la. E eu concordarei com o senhor – acrescentou, levantando-se – apenas quando me indicar uma só regra da nossa época, social ou familiar, que não passasse de uma negação completa e irrefutável.

– Posso apresentar-lhe milhões de semelhantes regras e princípios – exclamou Pavel Petrovitch. – Milhões! A comuna, por exemplo.

Um sorriso frio aflorou aos lábios de Bazárov.

– Quanto à comuna camponesa – respondeu –, é melhor que fale com seu irmão. Ele, eu acho, já viveu a comuna na prática, assim como ônus comum, sobriedade e outras coisas.

– E, finalmente, a família, sim, a família assim como ela existe entre os nossos funcionários! – exclamou Pavel Petrovitch.

– Também essa questão deve ser melhor examinada pelo senhor do que por ninguém. Já ouviu falar em casamenteiros? Ouça-me, Pavel Petrovitch, dê uns dois dias de prazo para você, pois de imediato o senhor não consegue achar nada. Examine todas as nossas classes sociais e pense bem em cada uma, enquanto nós, Arcádio e eu...

– Irão rir de tudo e de todos – completou Pavel Petrovitch.

– Não. Nós iremos dissecar as rãs. Vamos, Arcádio. Até logo, senhores!

Os dois amigos saíram. Os irmãos ficaram a sós e olharam um para o outro, inconformados.

– Aí está – disse afinal Pavel Petrovitch. – São os jovens de hoje! São os nossos herdeiros!

– Herdeiros – repetiu tristemente, com um suspiro, Nikolai Petrovitch. Durante toda a discussão se sentia mal e só de soslaio contemplava Arcádio. – Sabe de que me lembrei, irmão? Uma vez discuti com minha mãe. Ela, zangada, não queria me ouvir... Finalmente eu disse que ela não podia compreender-me porque pertencíamos a gerações diferentes. Ela sentiu-se profundamente ofendida, e eu pensei: "O que fazer? A pílula é amarga, mas é necessário engoli-la". Chegou agora a nossa vez. Os nossos herdeiros ou descendentes podem falar para nós: "Vocês não são da nossa geração".

– Você é muito generoso e modesto – respondeu Pavel Petrovitch. – Eu, pelo contrário, estou convencido de que nós dois temos muito mais razão do que esses senhores, ainda que nós nos expressemos, possivelmente, em uma linguagem um pouco antiquada, *vieilli*[7], sem possuir aquela confiança ousada... Como são presunçosos os jovens de hoje! A gente pergunta a qualquer rapaz: "Que vinho prefere, tinto ou branco?" "Eu costumo tomar vinho tinto!", responde em uma voz rouca e com muita importância, como se todo o universo o olhasse nesse momento...

– O senhor quer mais chá? – disse Fenitchka, cuja cabecinha apareceu de repente à porta. Não se atrevia a entrar na sala de visitas enquanto ouvia ali as vozes das pessoas discutindo.

– Não. Pode levar o samovar, ou mande que alguém o leve – respondeu Nikolai Petrovitch, levantando-se. Pavel Petrovitch disse um breve *bonsoir* ao irmão e entrou no seu gabinete.

---

[7] De uma certa idade. (N.T.)

11

Meia hora depois, Nikolai Petrovitch foi passear no jardim, no seu pergolado predileto. Estava tendo pensamentos tristes. Pela primeira vez, percebeu a distância que o separava do filho. Pressentia que, com o tempo, essa distância iria aumentar cada vez mais. Pareceu-lhe que foram inúteis os dias inteiros que passou durante o inverno em São Petersburgo lendo as obras mais recentes. Em vão ouvia atentamente os discursos dos rapazes e se alegrava quando conseguia interpor uma palavra em seus debates quentes. "Meu irmão fala que estamos certos", pensava, "e pondo de lado qualquer amor próprio, parece-me também que eles estão mais longe da verdade do que nós estamos. Ao mesmo tempo, sinto que possuem algo que nós não temos, uma certa superioridade sobre nós… Juventude? Não. Não é só juventude. O seu predomínio não consiste possivelmente no fato de serem menos aristocratas do que nós somos"?

Nikolai Petrovitch abaixou a cabeça e passou a mão no rosto.

"Mas negar a poesia?", pensou. "Não simpatizar pela arte, pela natureza…" Olhou ao seu redor, como se quisesse compreender de que modo a natureza pode deixar de existir. Entardecia. O sol escondeu-se atrás do pequeno bosque a meio quilômetro do jardim. Sua sombra, alongava-se pelos campos tranquilos. Um camponês vinha montado em um cavalinho branco pelo caminho escuro e estreito que ladeava o bosque. Ele era claramente visível, distinguiam-se até os remendos no ombro, embora cavalgasse na sombra. As pernas do cavalo ficaram visivelmente distintas. Os raios do sol, por sua vez, subiam até o bosque e, abrindo caminho pelo matagal, derramavam nos troncos do álamo uma luz tão quente que eles se assemelhavam aos troncos dos pinheiros. Sua folhagem era quase azul. Sobre ela se erguia o azul-pálido do céu, levemente corado pelos reflexos do pôr do sol. As andorinhas voavam alto. O vento parou completamente; abelhas tardias zumbiam preguiçosamente e sonolentas nas flores lilases; mosquitos batiam em um pilar sobre um galho solitário e distante. "Que bom, meu Deus!", pensou Nikolai Petrovitch, e seus versos favoritos chegaram aos lábios; ele se lembrou de Arcádio, *Força e matéria*, e ficou em silêncio, mas continuou sentado, se entregando ao jogo triste e gratificante de pensamentos solitários. Ele gostava de sonhar; a vida na casa de campo desenvolveu essa habilidade nele. Há quanto tempo ele sonhava da mesma forma, esperando o filho na pousada, e desde então já houve uma mudança; o relacionamento já estava decidido, mas ainda não estava claro... e como! Sua falecida esposa apareceu de novo para ele, mas não aquela que ele conhecia há muitos anos, não como uma dona de casa gentil e caseira, mas como uma jovem com um corpo esbelto, um olhar inocente e curioso e uma trança fortemente torcida na nuca sobre o pescoço infantil. Lembrou-se da primeira vez em que a viu. Ainda era um estudante. Ele a encontrou na escada do apartamento onde morava e, ao empurrá-la sem querer, virou-se, quis se desculpar e só conseguiu murmurar: "Perdão, *monsieur*", e ela baixou a cabeça, sorriu e de repente pareceu assustada e saiu correndo. Na curva da escada, ela rapidamente olhou para ele, virou-se, séria, e corou. E depois disso aconteceram as primeiras visitas tímidas, meias-palavras, meio sorrisos e tristeza e impulsos e, finalmente, esta alegria ofegante... Onde tudo isso desapareceu? Ela se tornou sua esposa, ele era tão feliz quanto poucos na terra... "Mas", ele pensou, "aqueles doces primeiros momentos, por que eles não viveriam uma vida eterna e imortal?"

Ele não tentou esclarecer sua ideia para si mesmo, mas sentiu que queria manter aquele momento feliz com algo mais forte do que a memória; queria sentir de novo a sua Maria, sentir o seu calor e a sua respiração e já imaginava como se por cima dele estivesse...

– Nikolai Petrovitch –, ele ouviu a voz de Fenitchka perto dele –, onde o senhor está?

Ele estremeceu. Nele não sentiu dor nem vergonha... nem mesmo admitia a possibilidade de uma comparação entre sua esposa e Fenitchka, mas lamentava que ela quisesse procurá-lo. A voz dela o lembrou imediatamente seu cabelo grisalho, sua velhice, seu presente...

O mundo mágico, no qual ele já havia entrado, que já tinha emergido das ondas nebulosas do passado, agitou-se e desapareceu.

– Estou aqui – respondeu ele –, eu já vou, vá para casa.

"Aqui estão eles, os vestígios do senhorio", passou por sua cabeça. Fenitchka silenciosamente olhou dentro do seu pergolado e desapareceu, enquanto ele notava com espanto que a noite havia caído enquanto esteve sonhando. Tudo ao seu redor ficou escuro e silencioso, e o rosto de Fenitchka deslizou diante dele, tão pálido e pequeno. Então se levantou e queria voltar para casa, porém seu coração amolecido não conseguia se acalmar no seu peito; começou a caminhar vagarosamente pelo jardim, ora olhando pensativamente para os pés, ora erguendo os olhos para o céu, onde as estrelas já enxameavam e piscavam. Caminhou muito, quase até o cansaço, mas aquele sentimento ruim dentro dele, uma espécie de ansiedade buscadora, vagava, triste, não diminuía. Oh, como Bazárov iria rir dele se soubesse o que estava acontecendo! O próprio Arcádio o condenaria. Ele, um homem de quarenta e quatro anos, agrônomo e proprietário, estava quase que chorando sem motivo algum; era cem vezes pior do que um violoncelo.

Nikolai Petrovitch continuava a caminhar, ainda sem coragem de voltar para casa, naquele ninho tranquilo e aconchegante que o olhava de maneira tão acolhedora com todas as suas janelas iluminadas. Ele não conseguia se separar da escuridão, do jardim, da sensação de ar fresco no rosto e dessa tristeza, dessa ansiedade...

Pavel Petrovitch o encontrou na virada do caminho.

– Qual é o problema? – perguntou a Nikolai Petrovitch.– Está pálido como um fantasma; você não está bem; por que não vai se deitar?

Nikolai Petrovitch explicou em palavras curtas seu estado de espírito e saiu. Pavel Petrovitch chegou ao fim do jardim e também pensou sobre o que conversara com o irmão e ergueu os olhos para o céu. Mas seus lindos olhos escuros refletiam nada além da luz das estrelas. Ele não nasceu romântico, e sua alma seca e apaixonada, à francesa, misantrópica, não sabia sonhar...

– Sabe o quê? – Bazárov disse a Arcádio naquela mesma noite. – Uma ótima ideia me veio à mente. Seu pai disse hoje que recebeu um convite desse ilustre parente. Seu pai não irá, vamos juntos para ***, pois esse senhor está chamando você também. Veja como está o tempo aqui e vamos dar uma volta, conheceremos a cidade. Vamos ficar lá por cinco ou seis dias e pronto!

– E de lá você vai voltar para cá?

– Não, eu tenho que visitar o meu pai. Sabe, ele está a trinta milhas de distância. Faz muito tempo que não o vejo, nem a minha mãe, precisamos distrair um pouco os velhos. São boas pessoas, principalmente meu pai, ele é muito engraçado. Eu sou o único filho deles.

– Você ficará muito tempo com eles?

– Acho que não. Com certeza, vai ser chato.

– Você virá nos ver quando voltar?

– Não sei... vou dar uma olhada. Bem, então o quê? Nós vamos?

– Vamos – observou Arcádio, preguiçosamente.

Ele ficou muito feliz com a proposta do amigo, mas considerava o seu dever esconder seus sentimentos. Ele era um niilista!

No dia seguinte, ele partiu com Bazárov para a ***. Os jovens de Maryino lamentaram sua partida; Duniacha até começou a chorar... mas os velhos suspiraram de alívio.

12

A cidade *** que nossos amigos foram visitar estava sob a jurisdição de um jovem governador, progressista e déspota, como costuma acontecer na Rússia. Durante o primeiro ano de sua gestão, ele conseguiu se desentender não só com o líder provincial, capitão da guarda aposentado, criador de cavalos e pessoa hospitaleira, como também com seus próprios oficiais. As brigas que surgiram por causa disso infelizmente assumiram tais proporções que o ministério em Petersburgo achou necessário enviar um confidente encarregado de resolver tudo na hora. A escolha das autoridades recaiu sobre Matvei Ilyich Koliássin, filho daquele Koliássin, sob cuja tutela os irmãos Kirssanov estiveram um dia. Também era dos "jovens", ou seja, completou recentemente quarenta anos, mas já visava ser o funcionário do estado e trazia uma estrela de cada lado do peito. Uma, porém, era estrangeira, das piores. Igual a do governador que ele veio para julgar. Era considerado um progressista, porém uma pessoa de prestígio não se parecia com a maioria dos homens iguais a ele. Achava-se superior a todos; sua vaidade não tinha limites, mas se manteve simples, olhava com aprovação, ouvia com condescendência e ria tão bem que a princípio poderia até se passar por um "cara maravilhoso". Em ocasiões importantes, entretanto, sabia mostrar os dentes. "A energia é indispensável", costumava dizer, "*L'énergie est la première qualité d'un homme d'État*"[8]; e com tudo isso, permanecia um tolo, e todo oficial um tanto experiente fazia dele um serviçal. Matvei Ilyich falava com grande respeito de Guizot e tentava convencer a todos de que ele não pertencia às fileiras dos burocratas rotineiros e atrasados, que não desprezava uma única manifestação importante da vida pública... Todas essas palavras ele conhecia bem. Até acompanhava, mas com uma dignidade descuidada, o desenvolvimento da literatura moderna: assim, um adulto, encontrando uma procissão de moleques na rua, às vezes se junta a ela. Na verdade, Matvei Ilyich não se afastou muito daqueles estadistas da época de Alexandre, que, preparando-se para ir à recepção na casa de Madame Svechina, que então morava em São Petersburgo, liam uma página de *Condillac* previamente pela manhã; apenas suas técnicas eram diferentes, mais modernas. Ele era um cortesão inteligente, muito astuto e nada mais. Não possuía faro para os negócios, não possuía inteligência, mas sabia conduzir o seu próprio negócio: aqui ninguém podia impor a ele e isso é o principal.

Matvei Ilyich recebeu Arcádio com a gentileza característica de um alto funcionário, com grande alegria. Ele ficou, no entanto, surpreso quando soube que os parentes que convidou permaneceram na casa de campo.

– Seu pai continua sendo um esquisitão – observou ele, mexendo no seu esplêndido roupão de veludo com suas borlas e, de repente, voltou-se para o funcionário irrepreensivelmente fardado e exclamou em tom preocupado: Que deseja?

– O jovem, cujos lábios estavam grudados pelo silêncio prolongado, levantou-se e olhou perplexo para o chefe. Mas, tendo intrigado o subordinado, Matvei Ilyich não prestava mais atenção nele. Nossos altos funcionários geralmente adoram confundir seus subordinados; as formas que usam para atingir esse objetivo são bastante variadas. O seguinte método, aliás, está em grande uso, "é bastante favorito", como dizem os

---

[8] Energia é a qualidade mais importante para um funcionário estadual. (N.T.)

ingleses: o alto funcionário de repente deixa de entender as palavras mais simples, assume a surdez. Ele pergunta, por exemplo: que dia é hoje?

Respeitosamente relatam-lhe: "Sexta-feira, Excelência".

– Como assim? O quê? Do que está falando? – O alto funcionário repete, tenso.

– Hoje é sexta-feira, Excelência.

– Quê? O quê? Que sexta-feira? Que sexta-feira?

– Sexta-feira, Excelência, dia da semana.

– Atreve-se a ensinar-me?

Matvei Ilyich era também um alto funcionário, mesmo que passasse por liberal.

– Recomendo-lhe, meu amigo, que vá visitar o governador – disse ele a Arcádio. – Compreende que lhe aconselho essa visita não porque me apegue aos costumes antiquados de serem indispensáveis as visitas às autoridades, e sim porque o governador é um homem de bem. Além disso, evidentemente, você quer conhecer a sociedade local... Você não é um urso, certo? O governador organizou um grande baile para depois de amanhã.

– O senhor vai a esse baile? – perguntou Arcádio.

– O baile é em minha honra – disse Mateus Ilyich, parecendo lamentar essa homenagem. – Não dança?

– Danço muito mal.

– É ruim. Há moças lindas aqui, e o jovem não tem direito de não saber dançar. Novamente, não estou dizendo isso por causa de conceitos antigos; não acredito que a mente deva estar nos pés, mas o byronismo é ridículo, *il a fait son temps*[9].

– Bem, tio, eu não sou um byronista de modo algum...

– Vou apresentá-lo às moças locais, vou colocá-lo sob minha proteção, – interrompeu Matvei Ilyich e riu presunçosamente. – Você vai sentir calor, hein?

O serviçal entrou e relatou a chegada do presidente da tesouraria, um velho de olhos doces e lábios enrugados que gostava muito da natureza,

---

[9] O tempo dele já passou. (N.T.)

principalmente em um dia de verão, quando, em suas palavras, "toda abelha recebe suborno de cada flor..." Arcádio saiu.

Ele encontrou Bazárov na taverna onde estavam hospedados e por um longo tempo tentava convencê-lo a ir ao governador.

– Bem, fazer o quê! – Bazárov disse finalmente. – Tudo bem, já que eu estou nessa! Viemos ver os proprietários; vamos vê-los!

O governador recebeu os jovens calorosamente, mas não os convidou para sentar e ele próprio também ficou de pé. Estava agitado e apressado; pela manhã vestia um uniforme e uma gravata extremamente justos, parecia subnutrido e mal bebido; no comando de tudo, talvez não lhe sobrasse tempo para se alimentar. Na província, ele foi apelidado de Bourdaloue, mas querendo falar, não é que se parecesse com o famoso pregador francês, mas sim com um burdá, que em russo significa um prato nojento. Ele convidou Kirssanov e Bazárov para seu baile e dois minutos depois os convidou uma segunda vez, considerando-os já irmãos e chamando-os de Kaissárovs.

Eles estavam saindo da casa do governador quando de repente um homenzinho vestindo uma jaqueta eslavófila saltou de uma carruagem que passava e gritou: "Eugênio Vassílievitch!" e correu para Bazárov.

– E! É você, Herr Sitnikov – disse Bazárov, continuando a caminhar pela calçada –, o que tá fazendo aqui?

– Imagine, foi uma coincidência – respondeu ele e, voltando-se para a carruagem, acenou com a mão cinco vezes e gritou: – Siga-nos, vá! Meu pai tem negócios aqui – continuou ele saltando uma valeta –, bem, então ele me perguntou... Hoje eu soube da sua chegada e já fui visitar vocês no hotel... – (De fato, os amigos, voltando para o quarto, encontraram lá um cartão com cantos dobrados e com o nome de Sitnikov, de um lado em francês, do outro, em escrita eslava). – Espero que não esteja voltando do governador!

– Não tenha muitas esperanças, viemos direto dele.

– Nesse caso irei visitá-lo... Eugênio Vassílievitch, apresente-me ao seu amigo... ao senhor...

— Kirssanov, este aqui é Sitnikov — murmurou Bazárov.

— Um grande prazer em conhecê-lo — disse Sitnikov, dando um passo para o lado, sorrindo e tirando rapidamente suas luvas elegantíssimas. — Eu já ouvi falar muito no senhor... Sou velho conhecido de Eugênio Vassílievitch e posso dizer que sou seu discípulo. Devo-lhe a minha regeneração.

Arcádio olhou com certa atenção para o discípulo de Bazárov. Uma expressão ansiosa e monótona apareceu nos traços miúdos, embora agradáveis de seu rosto elegante; pequeno, como se os olhos deprimidos parecessem atentos e inquietos, e ele riu de um jeito apreensivo: com uma espécie de risada curta e dura.

— Acredite — continuou — que, quando Eugênio Vassílievitch me disse pela primeira vez em minha presença que não devemos reconhecer nenhuma autoridade, senti muito prazer... como se eu tivesse encontrado uma luz! Bem, pensei que finalmente tinha achado um homem! A propósito, Eugênio Vassílievitch, com certeza você deve procurar uma senhora aqui que é perfeitamente capaz de entendê-lo e para quem sua visita será uma verdadeira festa. O senhor deve visitá-la sem falta. Você já ouviu falar dela?

— Como é o nome dela? — perguntou Bazárov sem muita vontade.

— Senhora Kúkchina, Eudoxie, Eudóxia Kúkchina. É um temperamento excepcional, mulher realmente *émancipée*, inteligente. Sabe de uma coisa? Vamos todos visitá-la. Ela reside perto daqui. Lá tomaremos café da manhã. Ainda não tomaram café da manhã?

— Não.

— Muito bem. Ela, vocês sabem, se separou do marido e não depende de ninguém.

— É bonita? — perguntou Bazárov.

— Não... não posso dizer assim.

— Então por que diabo nos convida para ir à casa dela?

— Que brincalhão... Ela vai oferecer champanhe para nós.

— Nossa! Dá para ver de longe um homem prático. Aliás, seu pai ainda é agiota?

– Ainda é, sim –, murmurou rapidamente Sitnikov e riu de maneira desagradável.

– Vamos, então?

– Não sei, para falar a verdade.

– Você disse que ia olhar os homens. Então vá –, disse Arcádio em uma voz baixa.

– E o senhor Kirssanov? – exclamou Sitnikov. – Precisamos de sua companhia.

– Vamos todos juntos?

– Claro. A senhora Kúkchina é uma pessoa maravilhosa.

– Tomaremos uma garrafa de champanhe? – perguntou Bazárov.

– Três! – exclamou Sitnikov. – Isso eu garanto-lhes.

– Que garantias oferece?

– A minha própria cabeça.

– A melhor garantia seria o bolso de seu pai. Vamos então.

13

A pequena casa de estilo moscovita onde morava Avdótia Nikítichna Kúkchina (ou Eudóxia) estava localizada em uma das ruas da cidade em que recentemente houve um incêndio. Sabemos que nas cidades provinciais russas acontecem incêndios de cinco em cinco anos.

Em cima da porta, sobre um cartão de visitas colado, havia a corda da campainha. Na sala de espera, os recém-chegados foram recebidos por uma criada de chapéu que talvez fosse uma amiga da dona da casa, o que indicava claramente as tendências progressistas da dona. Sitnikov perguntou:

– Avdótia Nikítichna está?

– É você, Victor? – ouviu-se uma voz fina do quarto vizinho. – Entre.

A mulher, criada ou amiga da dona da casa, desapareceu em seguida.

– Eu não vim só – disse Sitnikov, tirando rapidamente a jaqueta, sob a qual havia uma espécie de paletó. Olhou para Arcádio e Bazárov.

– Tanto faz – respondeu a voz. – Entrem!

Os rapazes entraram num quarto que mais parecia um gabinete do que uma sala de visitas. Papéis, cartas, volumes das revistas russas, na maioria novos, viam-se sobre as mesas empoeiradas. Por toda parte, no chão, havia bitucas de cigarros.

Sobre um sofá de couro, semideitada, estava uma mulher ainda jovem, loira, descabelada. Ela usava um vestido de seda não muito fresco, grandes pulseiras nos braços curtos e um lenço de renda na cabeça. Levantou-se do sofá, colocou despreocupada um manto de camurça com gola de pele de um animal e disse indolentemente:

– Bom dia, Victor! – apertando a mão de Sitnikov.

– Esses aqui são Bazárov e Kirssanov – disse Sitnikov, rispidamente, imitando Bazárov...

– Muito prazer em conhecê-los. Entrem – respondeu a senhora Kúkchina, fixando seus olhos redondos em Bazárov, olhos entre os quais havia um narizinho empinado parecendo um órfão. Acrescentou: – Já o conheço. – E apertou a mão dele.

Bazárov fez careta. Não havia nada de feio no corpo pequeno e indefinido da mulher emancipada; mas a expressão em seu rosto tinha um efeito desagradável no espectador. Involuntariamente, a pessoa tinha vontade de perguntar a ela: "Você está com fome? Ou está entediada? Ou você é tímida? Por que está escondendo seus pensamentos"? Como Sitnikov, ela sempre sentia algo desagradável perturbando a sua alma. Falava e se movia casualmente e ao mesmo tempo sem graça: óbvio que se considerava uma criatura bem-humorada e simples, e enquanto isso, não importava o que ela fizesse, as pessoas sempre pensavam que aquilo era exatamente o que não queria fazer; tudo acabou para ela, como dizem as crianças, de propósito; ou seja, nada natural e bastante complicado.

– Sim, eu conheço-o, Bazárov – repetiu ela. Tinha o costume das mulheres da província e das de Moscou: no primeiro dia, chamava os homens pelo sobrenome. – Quer um cigarro?

– Um cigarro seria bom – disse Sitnikov, já deitado na poltrona com a perna levantada. – Mas nós queremos tomar café da manhã antes. Temos uma fome de cão. Mande trazer uma garrafinha de champanhe.

– Sibarita – disse Eudóxia e começou a rir. Quando ria, seu lábio superior deixava as gengivas à mostra.

– Tenho razão, Bazárov, ele é sibarita?

– Adoro um conforto na minha vida – disse Sitnikov com um tom de importância. – Isso não me impede de ser liberal.

– Impede sim! – exclamou Eudóxia, pedindo café da manhã e o champanhe à sua criada. – Que pensa o senhor? – disse a Bazárov. – O senhor certamente ficará do meu lado?

– Nunca – respondeu Bazárov. – Um pedaço de carne é melhor que um pedaço de pão, até sob o ponto de vista químico.

– O senhor estuda química? É a minha paixão! Eu até inventei uma cola.

– Cola? A senhora que inventou?

– Fui eu sim. Sabe com que finalidade? Para fazer bonecas e colar a cabeça delas. Também sou prática. Mas ainda não está tudo pronto. Precisamos ler um pouco mais de Liebig. A propósito, você leu o artigo de Kisliakov sobre o trabalho feminino em Moskovskiye Vedomosti? Por favor, leia. A questão feminina interessa a você? E as escolas também? O que seu amigo faz? Qual o nome dele?

A senhora Kúkchina soltava perguntas a cada segundo, desinteressada, sem aguardar pela resposta. As crianças mimadas falam assim com suas babás.

– Chamo-me Arcádio Nikoláevitch Kirssanov – disse ele. – Eu não faço nada na vida.

Eudóxia achou isso engraçado e começou a rir.

– Maravilhoso! O senhor não fuma? Victor, estou chateada com você.

– Por quê?

– Dizem por aí que começou a elogiar George Sand novamente. É uma mulher atrasada e nada mais! Como é possível compará-la com Emerson? Ela não tem nenhuma ideia da educação, da fisiologia e de coisa alguma. Eu tenho certeza de que ela nunca ouviu falar em embriologia, mas em nossos tempos como a pessoa pode viver sem ela? – Eudóxia até abriu os braços. – Oh, que artigo incrível Ielissiéievitch escreveu sobre esse assunto! Este é um senhor brilhante! – Ela constantemente usava a palavra "senhor" em vez de "homem". – Bazárov, sente-se aqui pertinho de mim no sofá. Talvez você não saiba que eu tenho muito medo de você.

— Por quê? Fiquei curioso.

— O senhor é um homem perigoso. Você adora criticar. Meu Deus! Como isso deve soar ridículo, eu falando como qualquer fazendeira atrasada! Mas eu sou uma verdadeira fazendeira. Eu mesma cuido de minha fazenda. Tenho um administrador chamado Ierofiei, uma pessoa admirável, igual ao Pathfinder, de Cooper; ele é extraordinário e inconfundível! Mudei-me definitivamente para cá, mas esta cidade é insuportável! Mas fazer o quê?

— É uma cidade normal – observou Bazárov, tranquilo.

— Os interesses das pessoas são mesquinhos e é horrível! Antes eu passava o inverno em Moscou... Agora lá reside meu marido, o senhor Kúkchin. E Moscou agora... Tenho planos de viajar ao exterior, ano passado eu quase que viajei.

— Paris, certo? – perguntou Bazárov.

— Paris e Heidelberg.

— Por que lhe interessou tanto Heidelberg?

— Pelo amor de Deus, lá fica Bunsen!

Para essa frase, Bazárov não achou uma resposta.

— Pierre Sapozhnikov... conhece essa pessoa?

— Não, não conheço.

— Pense, Pierre Sapozhnikov... ele sempre frequenta a casa de Lídia Khostatova.

— Eu nem conheço essa mulher.

— Bem, Sapozhnikov vai me acompanhar nas minhas viagens graças a Deus, estou solteira, não tenho filhos... Por que eu disse: *graças a Deus?* Bom, tanto faz.

Eudóxia fez um cigarro com seus dedos amarelos por causa do tabaco, passou a língua pelo papel, acendeu e sugou-o. Entrou uma criada com uma bandeja.

— Aqui está o café da manhã! Quer comer? Victor, abra a garrafa, é o seu dever.

— O meu, o meu – murmurou Sitnikov e riu novamente.

— Há mulheres bonitas aqui? — perguntou Bazárov, acabando com a terceira dose.

— Há — respondeu Eudóxia —, mas elas são tão vazias. Por exemplo, *mon amie* Odintsova é bem bonita. Pena que ela já prejudicou sua reputação... Bem, não é um defeito, mas não tem nenhuma liberdade de visão, de vida, nada disso. Todo o sistema de educação deve ser reformado. Eu já pensei sobre isso; nossas mulheres têm péssima educação.

— Vocês não irão conseguir fazer nada com elas — completou Sitnikov. — Elas têm que ser desprezadas e eu as desprezo completamente! — A possibilidade de desprezar e expressar o seu desdém era a sensação mais prazerosa para Sitnikov; embora sempre atacasse as mulheres, não sabia que logo iria se humilhar diante à sua mulher apenas porque ela era a princesa Durdoleóssov.) Nenhuma delas iria entender a nossa conversa; nenhuma das mulheres merece que nós, homens falemos dela!

— Elas não precisam nem entender a nossa conversa — falou Bazárov.

— Sobre quem vocês estão falando? — Eudóxia intrometeu-se.

— Sobre as mulheres bonitas.

— Como assim? Então o senhor apoia a opinião de Proudhon?

Bazárov ergueu-se com altivez.

— Eu não apoio opiniões de ninguém. Eu tenho as minhas.

— Fora as autoridades! — gritou Sitnikov, que ficou feliz pela oportunidade de expressar-se assim na presença da pessoa que ele idolatrava.

— Mas o próprio Macaulay... — começou Kúkchina.

— Fora Macaulay! — gritou Sitnikov. — A senhora apoia essas mulherzinhas?

— Não as mulherzinhas, mas sim os direitos das mulheres que eu jurei defender até a última gota do meu sangue.

— Fora! — E nesse momento Sitnikov parou. — Eu não as nego — falou ele.

— Não, eu vejo que o senhor é eslavófila!

— Não, não sou, mas mesmo assim...

— Não, não, não! O senhor é eslavófila. O senhor segue Domostroy. O senhor ficaria bem com o chicote nas mãos!

– O chicote é bom – observou Bazárov –, mas nós chegamos até a última gota...

– De quê? – interrompeu Eudóxia.

– De champanhe, prezada Avdótia Nikítichna, champanhe, e não de seu sangue.

– Eu não consigo aguentar tranquilamente quando atacam as mulheres – continuou Eudóxia. – É horrível, horrível. Em vez de atacá-las, melhor que leiam o livro de Michelet *De l'amour*. É uma maravilha! Prezados senhores, vamos falar de amor – acrescentou Eudóxia e deixou cair o seu braço na almofada do sofá.

De repente todos ficaram em silêncio.

– Não, para que falar de amor? – disse Bazárov. – Mas a senhora mencionou Odintsova... É assim a senhora a chamou, certo? Quem é ela?

– Maravilha! maravilha! – gritou Sitnikov em uma voz fininha. – Eu a apresento a você. Ela é muito inteligente, rica e viúva. Infelizmente, não é muito educada. Ela deveria conhecer melhor a nossa Eudóxia. Sua saúde, Eudoxie! Tchin-tchin! *Et toc, et toc, et tin-tin-tin! Et toc, et toc, et tin-tin-tin*!!

– Victor, o senhor é um palhaço.

O café da manhã durou bastante tempo. Após a primeira garrafa de champanhe, foi-se a segunda, depois a terceira e até a quarta... Eudóxia tagarelava sem parar; Sitnikov fazia o mesmo. Eles conversaram bastante sobre o que era o matrimônio; o preconceito ou um crime? E as pessoas nascem iguais ou diferentes? E também tentaram responder uma questão: o que é individualidade? A conversa terminou assim: Avdótia, toda vermelha o vinho que tinha tomado, começou a tocar o velho piano batendo com as unhas achatadas no teclado, cantando em uma voz rouca, primeiro canções ciganas, depois um romance do Seymour Shiff *Granada está dormindo*, e Sitnikov, com a echarpe na cabeça, estava vivendo um apaixonado quando se ouvia a passagem:

E juntar seus lábios com os meus
Em um beijo quente.

Arcádio logo perdeu a paciência.

– Senhores, isso já está parecendo um hospício – notou ele em voz alta.

Bazárov, que apenas ocasionalmente inseria uma palavra irônica na conversa –, estava ocupado com champanhe –, bocejou em voz alta, levantou-se e, sem se despedir da anfitriã, saiu do quarto com Arcádio. Sitnikov correu atrás deles.

– Então, então? – perguntava ele sem parar, correndo de um lado para o outro. – Eu falei para vocês, eu falei: ela é uma pessoa legal! Gostaria que tivesse mais mulheres iguais a ela. Avdótia é, à sua maneira, um fenômeno altamente moral.

– Essa instituição de seu pai também é um fenômeno moral? – disse Bazárov, apontando com o dedo a taberna por onde passavam naquele instante.

Sitnikov riu novamente em uma voz fininha. Ele tinha muita vergonha de sua origem e não sabia se deveria se sentir lisonjeado ou ofendido pela frase inesperada de Bazárov.

14

Poucos dias depois, aconteceu o baile com o governador. Matvei Ilyich foi o verdadeiro "herói da festa". O chefe da província anunciou a todos que tinha vindo, de fato, por respeito a ele. E o governador, mesmo em pleno baile, permanecia quieto e continuou "dando ordens". A delicadeza da conversa de Matvei Ilyich só poderia ser igual à sua majestade. Ele acariciava a todos: alguns com um toque de nojo, outros com um toque de respeito; como *en vrai chevalier français*[10], mostrava-se diante das damas e ria sem parar com um riso forte, ruidoso e solitário, como deveria se comportar um funcionário do governo. Ele deu um tapinha nas costas de Arcádio e chamou-o em voz alta de "sobrinho". Presenteou Bazárov, que vestia um fraque velho, com um olhar distraído mas condescendente atrás da bochecha e um mugido vago, mas amigável, em que só era possível distinguir "eu"… e "muito"; ofereceu o dedo a Sitnikov e sorriu para ele, mas já virando a cabeça; até à própria Kúkchina, que compareceu ao baile sem crinolina e de luvas sujas, mas com um pássaro do paraíso no cabelo, até mesmo à Kúkchina, ele disse: *Enchantée*[11]. Havia muita gente e não

---

[10] Um verdadeiro cavalheiro francês. (N.T.)
[11] Prazer em conhecê-la. (N.T.)

faltavam cavalheiros. Os civis se aglomeraram mais perto das paredes, mas os militares dançaram muito, especialmente um deles, que morou por seis semanas em Paris, onde aprendeu várias exclamações estrangeiras como: "*Zut*"[12], "*Ah fichtrrre*"[13], "*Pst, pst, mon bibi*"[14], etc. Ele as pronunciou perfeitamente, com o verdadeiro chique parisiense e ao mesmo tempo disse "*si j'aurais*"[15] em vez de "*si j'avais*"[16], "*absolument*"[17] no sentido: "certamente", ou seja, ele cometia muitos erros e se expressava em russo à francesa, o tipo do idioma que diverte bastante os franceses quando eles não precisam confessar aos nossos irmãos que falamos a língua deles como anjos, *comme des anges*[18].

Arcádio dançava mal, como já sabemos, e Bazárov nem sabia dançar: os dois sentaram-se em um canto e Sitnikov juntou-se a eles. Com um sorriso sarcástico, fazendo observações venenosas, ele olhava ao seu redor querendo provocar todo mundo e parecia sentir um verdadeiro prazer.

De repente, a expressão do seu rosto mudou e, voltando-se para Arcádio, ele, como se estivesse envergonhado, disse:

– A senhora Odintsova chegou.

Arcádio olhou em volta e viu uma mulher alta em um vestido preto parada na porta da sala. Ela o impressionou com a dignidade de sua postura. Seus braços nus estendiam-se lindamente ao longo de seu corpo esbelto; ramos leves de fúcsia caíam da cabeleira maravilhosa sobre os ombros bonitos; seus olhos claros, tranquilos e inteligentes, olhavam calmamente, e os lábios mostravam um sorriso quase imperceptível. Algum tipo de poder gentil e suave emanava de seu rosto.

– O senhor conhece essa mulher? – perguntou Arcádio ao Sitnikov.

– Um pouco. Quer que eu a apresente?

– Pode ser... depois dessa quadrilha.

---

[12] Droga. (N.T.)
[13] Ah, caramba. (N.T.)
[14] Ps, ps, meu chapéu. (N.T.)
[15] Se eu tivesse. (N.T.)
[16] Se tivesse. (N.T.)
[17] Absolutamente. (N.T.)
[18] Como anjos. (N.T.)

Bazárov também prestou atenção na senhora Odintsova.

– Quem é ela? – perguntou ele. – Não se parece com as outras mulheres daqui.

Após a quadrilha, Sitnikov levou Arcádio até a senhora Odintsova; mas ele mal a conhecia: ele próprio se confundiu em seus discursos, e ela o olhou com certo espanto. No entanto, seu rosto assumiu uma expressão cordial quando ouviu o nome de Arcádio. Ela perguntou se ele era filho de Nikolai Petrovitch.

– Exatamente.

– Eu vi o seu pai duas vezes e ouvi falar muito a respeito dele – continuou ela –, estou muito feliz em conhecê-lo.

Naquele momento, algum ajudante chegou e a convidou para uma quadrilha. Ela aceitou.

– A senhora dança? – respeitosamente perguntou Arcádio.

– Danço sim. Por que o senhor acha que eu não danço? Ou o senhor me acha muito velha?

– Claro que não, me desculpe... Então, neste caso eu gostaria de convidá-la para a mazurca.

Odintsova sorriu.

– Claro – disse ela e olhou para Arcádio assim como as irmãs casadas olham para seus irmãos muito jovens.

Odintsova era um pouco mais velha que Arcádio; ela tinha vinte e nove anos, mas na presença dela ele se sentia muito tímido, como se fosse um estudante, como se a diferença de idade entre eles fosse muito maior. Matvei Ilyich se aproximou dela com um ar majestoso e discursos obsequiosos. Arcádio afastou-se, mas continuou a observá-la: não tirou os olhos dela nem mesmo durante a quadrilha. Ela não demonstrava nenhum afeto ao seu parceiro, falava com ele da mesma forma como falaria com o dignitário, movia silenciosamente a cabeça e os olhos e ria baixinho uma ou duas vezes. Seu nariz era um pouco grosso, igual ao nariz de quase todos os russos, e a cor de sua pele não era completamente uniforme; apesar disso, Arcádio chegou à conclusão que nunca tinha encontrado uma mulher tão adorável. O som da voz dela não saía de seus ouvidos; até as dobras de seu vestido pareciam ter o caimento diferente do das outras mulheres, mais finas e largas, e seus movimentos eram especialmente suaves e naturais ao mesmo tempo.

Arcádio sentiu uma certa timidez no coração quando, aos primeiros sons da mazurca, sentou-se ao lado de sua parceira e, preparando-se para iniciar uma conversa, apenas passava a mão nos cabelos e não encontrava uma palavra. Mas a timidez não durou por muito tempo; a tranquilidade da senhora Odintsova passou-se para ele: em menos de um quarto de hora, e ele já falava tranquilamente do pai, tio, da vida em Petersburgo e na casa de campo.

A senhora Odintsova ouvia-o com simulada atenção, abrindo e fechando ligeiramente o leque; sua conversa ficava interrompida quando seus cavalheiros a tiravam para dançar; Sitnikov, aliás, convidou-a duas vezes. Ela voltava, sentava-se novamente, pegava o leque e até mesmo seu peito não respirava com mais frequência, e Arcádio voltava a conversar com ela, pois estava se achando em sua presença, falando com ela, olhando em seus olhos, em sua bela testa e seu belo e inteligente rosto. Ela falava pouco, mas o conhecimento da vida se refletia em suas palavras; de acordo com suas outras observações, Arcádio concluiu que essa jovem mulher já sofrera muito nesta vida...

– Com quem você estava – perguntou ela – quando o senhor Sitnikov lhe apresentou para mim?

– Também viu esse homem? – perguntou Arcádio. – Ele é uma pessoa muito simpática, não é mesmo? Ele chama-se Bazárov, meu amigo.

Arcádio começou a falar sobre "seu amigo". Falava dele com tantos detalhes e tanto entusiasmo que a senhora Odintsova se voltou para ele e o olhou com atenção. Enquanto isso, a mazurca já estava quase acabando. Arcádio não quis separar-se de sua parceira: ele passou cerca de uma hora com ela e sentiu-se tão bem! Falando a verdade, durante todo esse tempo, ele constantemente percebia uma certa condescendência dela com ele, e isso o obrigava a ser grato a ela... mas o coração dos jovens não fica sobrecarregado com esse sentimento.

A música parou.

– *Merci* – disse Odintsova e levantou-se. – Você prometeu me visitar, traga seu amigo junto. Estou muito curiosa para ver uma pessoa que tem coragem de não acreditar em nada.

O governador foi até a senhora Odintsova, anunciou que o jantar estava pronto e com uma expressão preocupada no rosto deu-lhe a mão. Ao sair, ela se virou, sorriu e acenou para Arcádio pela última vez. Ele fez uma reverência profunda, olhou para ela (como o corpo dela lhe parecia esbelto, inundado no brilho acinzentado da seda negra!) e, pensando: "Nesse momento ela já esqueceu da minha existência", ele sentiu uma espécie de humildade graciosa em sua alma...

– Então? – perguntou Bazárov a Arcádio, assim que ele voltou para o canto. – Você gostou? Um senhor acabou de me dizer que esta senhora é - oh - oh - oh; mas aquele senhor parece ser um tolo. Bem, você acha que ela é exatamente - oh - oh - oh?

– Eu não entendo muito bem essa definição – respondeu Arcádio.

– Que coisa! Que ingenuidade!

– Nesse caso, não entendo o que quer dizer. Odintsova é muito doce, sem dúvida, mas ela se comporta de forma tão fria e severa que...

– Nas águas turvas... você sabe! – interrompeu Bazárov. – Você diz que ela é fria, mas geralmente é uma questão de gosto. Talvez você goste de frieza.

– Talvez – murmurou Arcádio –, não posso julgar sobre isso. Ela quer conhecê-lo e me pediu para levá-lo até ela.

– Posso imaginar como você me descreveu! No entanto, você fez bem. Leve-me. Seja ela quem for, seja uma leoa provinciana, seja uma "emancipa" como Kúkchina, ela tem os ombros tão bonitos como eu nunca vi na minha vida.

Arcádio ficou chocado com o cinismo de Bazárov, mas como costumava acontecer quase sempre, ele censurou seu amigo por outro motivo em absoluto e não exatamente porque não gostava dele...

– Por que você não quer permitir a liberdade de pensamento das mulheres? – ele disse em voz baixa.

– Porque, irmão, pelo que observei, somente as mulheres loucas pensam *livremente*.

A conversa acabou aí. Os dois foram embora imediatamente após o jantar. Kúkchina riu nervosamente, mas com timidez: seu orgulho estava profundamente ferido, pois nem um nem outro prestavam atenção nela. Ela ficou até mais tarde no baile e às quatro horas da manhã dançou com Sitnikov uma polca-mazurca à maneira parisiense. Com este espetáculo instrutivo, acabou a festa do governador.

15

– Vamos ver a que categoria de mamíferos essa pessoa pertence – disse no dia seguinte Bazárov a Arcádio, subindo com ele as escadas do hotel onde a senhora Odintsova estava hospedada. – Estou sentindo que algo está errado.

– Estou surpreso! – exclamou Arcádio. – Como? Você, *você*, Bazárov, segue aquela moralidade estreita que...

– Que excêntrico você é! – Bazárov interrompeu casualmente. – Você não sabe que em nosso dialeto e para nosso irmão, "errado" significa "certo"? Estou sentindo riqueza aqui. Você não disse hoje que ela se casou de maneira estranha, embora, na minha opinião, casar com um velho rico não seja nada estranho, mas, ao contrário, inteligente. Eu não acredito em conversas fúteis da cidade; mas gosto de pensar, como diz nosso educado governador, que eles são justos.

Arcádio não respondeu nada e bateu na porta do quarto. Um jovem criado de libré conduziu os dois amigos a uma grande sala, com mobília ruim, como todos os quartos de hotéis russos, mas cheia de flores. Logo a própria Odintsova apareceu em um vestido simples matinal. Ela parecia ainda mais jovem à luz do sol da primavera. Arcádio apresentou Bazárov a ela e notou com surpresa que ele parecia constrangido, enquanto a senhora Odintsova permanecia perfeitamente calma, como na véspera. O próprio Bazárov sentiu-se envergonhado e por isso ficou aborrecido. "Aí está! Estou com medo dessa mulher!", pensou e, esparramando-se em uma poltrona igual ao Sitnikov, começou a falar de uma maneira exageradamente casual, enquanto a senhora Odintsova não tirava seus olhos claros dele.

Anna Sergeevna Odintsova nasceu na família de Sergei Nicoláievitch Loktev, um homem famoso e bonito, vigarista e jogador que, após resistir e viver uma carreira agitada de quinze anos em São Petersburgo e Moscou, acabou perdendo tudo no jogo e foi forçado a se estabelecer na aldeia, onde, no entanto, logo morreu, deixando uma pequena fortuna para suas duas filhas, Anna, de vinte anos, e Katherine, de doze. Sua mãe, de uma família empobrecida de príncipes X, morreu em São Petersburgo quando o marido ainda estava em plena atuação. A vida de Anna após a morte do pai era muito difícil. A educação brilhante que recebeu em São Petersburgo não a preparou para suportar tarefas domésticas e uma vida triste no campo. Ela não conhecia absolutamente ninguém em toda a vizinhança e não tinha ninguém para pedir conselho. Seu pai tentou evitar relações com vizinhos; ele os desprezou, e eles o desprezaram, cada um a seu modo. Ela, no entanto, não perdeu a cabeça e imediatamente escreveu para a irmã de sua mãe, a princesa Avdótia Stepanovna X, uma velha, má e arrogante que, ao se instalar na casa de sua sobrinha, ocupou os melhores quartos, resmungava de manhã à noite e até caminhava pelo jardim acompanhada de seu único servo, um criado triste em uma libré verde velha com um bordado azul e um chapéu de três bicos. Anna suportava com paciência todos os caprichos de sua tia, gradualmente envolvida na educação de sua irmã e, ao que parecia, já havia aceitado a ideia de desaparecer no meio do nada... Mas o destino lhe prometeu outra coisa. Ela foi acidentalmente vista por um homem de sobrenome Odintsova, um homem muito rico de quarenta e seis anos, um excêntrico, hipocondríaco, rechonchudo, gordo e azedo, mas não estúpido ou malvado; apaixonou-se por ela e pediu a moça em casamento. Ela aceitou ser sua esposa, e ele viveu com ela por seis anos e, morrendo, deixou toda a sua fortuna em nome dela. Anna Sergeevna não saiu da aldeia durante um ano após sua morte. Então, foi para o exterior com a irmã, mas apenas visitou a Alemanha; sentiu falta e voltou a morar em seu querido Nikolskoe, que ficava a quarenta quilômetros da cidade ***. Lá, ela possuía uma casa esplêndida, perfeitamente decorada, um jardim maravilhoso com estufas. O falecido Odintsova não negava nada. Anna Sergeevna vinha à cidade em raras ocasiões, principalmente a negócios e apenas por um curto período de tempo. Não gostavam dela na província, detestavam seu casamento com Odintsova, contavam todo tipo de histórias sobre ela, garantiam que ajudava seu pai trapaceiro, que viajava para o exterior apenas pela necessidade de esconder as lamentáveis consequências... "Pois digo", diziam indignados os contadores de histórias. Que ela passou pelo fogo e pela água e o conhecido pândego provinciano costumava acrescentar: "E pelos tubos de cobre". Todos esses rumores chegaram até ela, mas os ignorou: seu caráter era livre e bastante decidido.

A senhora Odintsova estava sentada, encostada em uma poltrona, e, com uma mão em cima da outra, ouvia Bazárov. Ele falava bastante, ao contrário de seus hábitos e, obviamente, tentava interessar sua interlocutora, o que tornou a surpreender Arcádio. Ele não tinha certeza se Bazárov conseguiu seu objetivo. Pelo rosto de Anna Sergeevna era difícil adivinhar suas impressões: mantinha a mesma expressão, amável, sutil; seus belos olhos brilhavam com atenção, mas com atenção serena. Olhar Bazárov exibindo-se nos primeiros minutos de sua visita teve um efeito desagradável sobre ela, como um cheiro ruim ou um som áspero; mas ela soube imediatamente que ele se sentia envergonhado, e isso até a lisonjeava. Apenas a frivolidade causava-lhe má impressão, mas ninguém acusaria Bazárov por isso.

Arcádio ficou bastante surpreso naquele dia. Ele esperava que Bazárov falasse com a senhora Odintsova sobre suas convicções e pontos de vista: ela mesma expressou o desejo de ouvir um homem "que tem coragem de não acreditar em nada", mas em vez disso, Bazárov falava sobre medicina, homeopatia, botânica... Acontece que Odintsova não perdia tempo na solidão: lera vários bons livros e se expressava na língua russa correta. Ela começou a falar sobre música mas, percebendo que Bazárov negava a arte, aos poucos voltou à botânica, embora Arcádio começasse a falar sobre o significado das melodias folclóricas. Odintsova continuava a tratá-lo como a um irmão mais novo: ela parecia apreciar nele a bondade e a inocência da juventude, e apenas isso. A conversa durou mais de três horas, sem pressa, variada e animada.

Os amigos finalmente se levantaram e começaram a se despedir.

Anna Sergeevna olhou para eles com carinho, estendeu sua linda mão branca para os dois e, depois de pensar um pouco, com um sorriso indeciso, mas bonito, disse:

– Se os senhores não têm medo do tédio, venham me visitar em Nikolskoe.

– Claro, Anna Sergeevna – exclamou Arcádio –, eu serei imensamente feliz...

– E o senhor Bazárov?

Bazárov apenas fez uma reverência, e Arcádio se surpreendeu mais uma vez: percebeu que o amigo ficou envergonhado.

– Então? – falava-lhe assim que eles saíram do hotel. – Continua achando que ela é uma mulher vazia?

– Quem sabe! Olha ela toda fria! – disse Bazárov e, após uma pausa, acrescentou: – Uma princesa, uma pessoa soberana. Ela poderia usar um manto nos ombros e uma coroa na cabeça.

– Nossas princesas não falam russo assim – observou Arcádio.

– Ela viajou bastante, meu irmão, comeu muito pão.

– Mas mesmo assim, ela é uma pedra preciosa – falou Arcádio.

– Que corpo valioso! – continuou Bazárov. – Ele poderia ser exposto no laboratório anatômico.

– Pare, pelo amor de Deus, Eugênio! Não fale assim.

– Não fique com raiva, princesinha. Ela é alto padrão, vamos visitá-la mais uma vez.

– Quando?

– Pode ser daqui um dia. O que vamos fazer aqui? Beber champanhe com Kúkchina? Ou ouvir seu parente, um dignitário liberal? Visitaremos amanhã. Aliás, o sítio do meu pai também é perto de lá. Essa aldeia Nikolskoe fica na estrada ***?

– Isso mesmo.

– *Optime*[19]. Não podemos nos atrasar; apenas os tolos e os inteligentes se atrasam. Estou lhe dizendo, que corpo valioso!

Três dias depois, os dois amigos pegaram estrada para Nikolskoe. O dia estava claro e não muito quente, e os cavalos bem alimentados correram em uníssono, agitando levemente a cauda retorcida e trançada. Arcádio olhava para a estrada e sorria, sem saber por quê.

– Dê-me os parabéns! – de repente exclamou Bazárov. – Hoje, 22 de junho, é o dia do meu anjo. Vamos ver como isso funciona, como ele cuida de mim. Todos me esperam em casa – acrescentou ele, abaixando a sua voz. – Eles que esperem, pois não tem nenhuma importância!

---

[19] Ótimo. (N.T.)

16

O sítio onde Anna Sergeevna morava ficava em uma suave colina aberta, não muito longe de uma igreja de pedra amarela com telhado verde, colunas brancas e pinturas ao ar livre acima da entrada principal, representando a "Ressurreição de Cristo" do estilo "italiano". Particularmente notável por seus contornos arredondados era um guerreiro moreno de chapéu chamado Shishak, deitado em primeiro plano. Atrás da igreja, se estendia em duas fileiras uma longa aldeia com algumas chaminés sobre telhados de palha. A casa do proprietário foi construída no mesmo estilo da igreja, conhecido em nosso país pelo nome de Aleksandrovsky. Esta casa também foi pintada de amarelo e tinha o telhado verde, colunas brancas e um frontão com um brasão. O arquiteto provincial ergueu os dois prédios com a aprovação do falecido Odintsova, que não tolerou nenhuma inovação fútil e espontânea, como ele mesmo dizia. A casa era unida nos dois lados por árvores escuras de um antigo jardim, e uma alameda de pinheiros ornamentais levava à entrada.

Nossos amigos foram recebidos na sala de espera por dois criados de libré; um deles foi atrás do mordomo. Um homem gordo de fraque preto apareceu imediatamente e levou os convidados por uma escada atapetada até uma sala especial, onde já havia duas camas com todos os acessórios à toalete. Aparentemente, a ordem reinava na casa: tudo estava limpo, todos os quartos cheiravam a um aroma muito agradável, igual ao das salas de recepção ministerial.

– Estou ouvindo.

– Anna Sergeevna pede que vocês desçam em meia hora – relatou o mordomo. – Não terá nenhuma ordem sua?

– Não haverá pedidos, prezado – respondeu Bazárov –, mas poderia trazer uma dose de vodca.

– Agora mesmo – disse o mordomo, surpreso, e saiu, rangendo as botas.

– Que *grand genre*![20] – falou Bazárov. – É assim que você chama isso? É uma princesa. Basta.

– A princesa é uma pessoa importante – argumentou Arcádio –, e ela convidou aristocratas tão fortes como você e eu logo no primeiro encontro.

– Principalmente eu, o futuro médico, o filho do médico e o neto do sacristão... Você sabe que sou o neto do sacristão?... Como Speransky – acrescentou Bazárov após um breve silêncio e curvando os lábios. – Mas olhe esse luxo todo, esta senhora exige muito de nós! Vamos ter que colocar fraque?

Arcádio apenas deu de ombros... mas também se sentiu um pouco envergonhado.

Meia hora depois, Bazárov e Arcádio entraram na sala de estar. Era grande, alta, mobiliada com bastante luxo, mas sem muito bom gosto. Móveis pesados e caros estavam encostados nas paredes, com forro da cor marrom com listras douradas. O falecido Odintsova comprou esses móveis em Moscou com a ajuda de seu amigo e agente, um comerciante de vinhos. Acima do sofá do meio estava pendurado um retrato de um homem loiro e com traços flácidos –; ele parecia estar olhando hostilmente aos convidados.

– Deve ser ele próprio – Bazárov sussurrou para Arcádio e, franzindo o nariz, acrescentou: – Acho que seria melhor ir embora.

---

[20] Grande pessoa. (N.T.)

Mas nesse momento a anfitriã entrou. Ela estava usando um vestido leve de gaze. Seu cabelo, penteado para trás das orelhas, dava um ar de juventude a seu rosto limpo e fresco.

– Obrigada por manter sua palavra, sejam bem-vindos: aqui, realmente, é bom. Vou apresentá-los à minha irmã, ela toca bem o piano. Para o senhor Bazárov isso não faz muita diferença, mas o senhor Kirssanov parece-me que ama música; além da minha irmã, minha velha tia mora comigo, e meu vizinho de vez em quando vem para jogar cartas: assim é a nossa sociedade. Agora vamos nos sentar, por favor.

A senhora Odintsova proferiu todo esse pequeno discurso com clareza particular, como se o tivesse decorado, então se virou para Arcádio. Acontece que a mãe dela conhecia a mãe de Arcádio e era até mesmo sua confidente no amor por Nikolai Petrovitch. Arcádio falou com ardor da falecida; e Bazárov entretanto começou a examinar os álbuns. "Como eu me tornei manso", ele pensou consigo mesmo.

Um belo cão galgo com coleira azul entrou na sala, batendo as unhas no chão, e atrás veio uma menina de dezoito anos, de cabelos escuros e pele morena, com um rosto redondo, mas agradável, com pequenos olhos escuros. Ela estava segurando uma cesta cheia de flores.

– Aqui está a minha Kátia – falou Anna Odintsova, apontando-a com a cabeça.

Kátia sentou-se um pouco, ficou ao lado da irmã e começou a separar as flores. O cão galgo, cujo nome era Fifi, aproximou-se, abanando o rabo alternadamente para os dois convidados e cutucou cada um na mão com o focinho frio.

– Você colheu tudo sozinha? – perguntou Odintsova.

– Sozinha – respondeu Kátia.

– Tia vem para o chá?

– Virá.

– E a tia vem tomar chá?

– Vem.

Quando Kátia falou, ela sorriu docemente; era muito tímida e franca, seu olhar, que engraçado!, muito severo, olhando de baixo para cima. Tudo nela ainda era jovem: sua voz e todo o rosto, mãos rosadas com círculos esbranquiçados nas palmas e seus pequenos ombros... Ela corava sem parar e respirava fundo.

Odintsova voltou-se para Bazárov.

– Você está olhando fotos por educação, Eugênio Vassílievitch – começou ela. – Elas não lhe interessam. Junte-se a nós e vamos discutir sobre algo.

Bazárov aproximou-se.

– Sobre o que vamos discutir? – perguntou ele.

– Sobre o que você quiser. Aviso-lhe que sou uma adversária perigosa.

– A senhora?

– Sim. Parece que esse fato o surpreende. Por quê?

– Porque, pelo que sei, a senhora tem um temperamento calmo e frio e para discutir bem é preciso ter paixão.

– Como o senhor conseguiu me descobrir tão cedo? Eu, em primeiro lugar, sou impaciente e persistente, pode perguntar a Kátia; e em segundo lugar, eu me empolgo muito facilmente.

Bazárov olhou para Anna Sergeevna.

– Talvez a senhora saiba melhor. Então, a senhora quer discutir. Por favor, vamos discutir. Olhei as paisagens da Suíça Saxônica em seu álbum, e a senhora me falou que isso não pode me manter ocupado. Disse isso porque não vê um senso artístico em mim, sim, eu realmente não o tenho, mas essas paisagens poderiam me interessar do ponto de vista geológico, em termos de formação de montanhas, por exemplo.

– Desculpe; como geólogo, o senhor preferiria recorrer a um livro, a um ensaio especial, e não a um desenho.

– O desenho me mostrará claramente o que é apresentado no livro em até dez páginas.

Anna Sergeevna ficou em silêncio.

– E então, o senhor não tem o menor senso artístico? – disse ela, apoiando os cotovelos na mesa, e com esse mesmo movimento aproximou o seu rosto do de Bazárov. – Como pode viver sem ele?

– E para que ele serviria, posso perguntar?

— Bem, pelo menos para ser capaz de reconhecer e estudar as pessoas.
Bazárov deu uma risada.

— Em primeiro lugar, há experiência da vida para isso; e em segundo lugar, vou relatar à senhora que não vale a pena estudar indivíduos. Todas as pessoas são iguais em corpo e alma; cada um de nós tem o mesmo cérebro, baço, coração, pulmões; e assim as chamadas qualidades morais são as mesmas para todos: pequenas modificações não significam nada. Estudar um ser humano é suficiente para conhecer os restantes. As pessoas são como árvores na floresta; nenhum botânico irá cuidar de bétula separadamente.

Kátia, que separava lentamente as flores uma por uma, ficou surpresa, olhou para Bazárov e, ao encontrar o seu olhar rápido e altivo, corou até as orelhas. Anna Sergeevna balançou a cabeça.

— Árvores na floresta — repetiu ela. — Então, na sua opinião, não existe diferença entre uma pessoa tola e uma inteligente, entre o bem e o mal?

— Claro que existe: assim como existe a diferença entre a pessoa doente e saudável. Os pulmões de um tuberculoso são diferentes dos nossos pulmões, embora tenham a mesma constituição. Sabemos aproximadamente por que ocorrem doenças corporais; e as doenças morais ocorrem da má-educação de todos os tipos de tolices com que desde a infância se enchem a cabeça das pessoas, do mau estado da sociedade, para resumir. Reformem a sociedade e não haverá doenças.

Bazárov falava isso como se pensasse consigo mesmo: "Acredite em mim ou não, isso é indiferente para mim!" Ele passava seus dedos longos sobre as costeletas e seus olhos vagavam pelos cantos da sala.

— E você acha — disse Anna Sergeevna — que quando a sociedade melhorar, não haverá mais pessoas estúpidas ou más?

— Pelo menos com a correta organização da sociedade será absolutamente indiferente se a pessoa for estúpida ou inteligente, má ou gentil.

— Sim, entendo, todos terão o mesmo baço.

— Isso mesmo, senhora.

Odintsova voltou-se para Arcádio:

— E qual é a sua opinião, Arcádio Nikoláevitch?

— Concordo com Eugênio — respondeu ele.

Kátia olhou para ele por baixo das sobrancelhas.

— Vocês me surpreendem, senhores — disse Odintsova —, mas voltaremos a falar sobre isso mais tarde. E agora, estou ouvindo a minha tia, ela vai tomar chá conosco e devemos poupar os ouvidos dela.

A tia de Anna Sergeevna, princesa Kh..., uma mulher magra, com rosto pequeno do tamanho de um punho e olhos maus e imóveis sob as sobrancelhas grisalhas, entrou na sala de estar. Após cumprimentar rapidamente os convidados, ocupou uma ampla cadeira de veludo, na qual ninguém além dela tinha direito de sentar-se. Kátia colocou um banco sob seus pés: a velha não agradeceu nem olhou para ela, apenas moveu as mãos sob o xale amarelo que cobria quase todo o seu corpo frágil. A princesa adorava amarelo: ela tinha fitas amarelas brilhantes em seu gorro.

— Como você está? Descansou, tia? — perguntou Odintsova, em voz alta.

— Este cachorro está aqui de novo — a velha resmungou e em resposta, percebendo que Fifi deu dois passos hesitantes em sua direção. Ela exclamou: — Fora! Fora!

Kátia chamou Fifi e abriu a porta para ela.

Fifi correu feliz para fora, esperando que eles a levassem para dar um passeio, mas, deixada sozinha do lado de fora, começou a unhar a porta e chorar. A princesa franziu a testa, Kátia estava prestes a sair...

— Acho que o chá está pronto — disse Odintsova. — Senhores, vamos. Tia, por favor, vamos tomar chá.

A princesa se levantou da cadeira sem falar uma palavra e foi a primeira a sair da sala. Todos a seguiram até a sala de jantar. Um cossaco de libré empurrou ruidosamente para longe da mesa a cadeira almofadada que a princesa ocupou. Kátia, que servia o chá, ofereceu-lhe antes de todos uma xícara com um brasão pintado. A velha pôs mel na xícara (ela achava caro tomar chá com açúcar, embora ela mesma não gastasse um centavo em nada) e de repente perguntou com voz rouca:

— E o que o príncipe Ivan escreveu?

Ninguém respondeu a ela. Bazárov e Arcádio logo perceberam que ninguém prestava atenção a ela, embora a tratassem com respeito. "É apenas pela pura importância, por isso eles mantêm a velha, porque é uma prole principesca", pensou Bazárov. Depois do chá, Anna Sergeevna sugeriu fazer um passeio; mas começou a chover e todo o grupo, com exceção da princesa, voltou para a sala. Chegou um vizinho, adepto dos jogos de cartas, chamado Porfiriy Platonich, um homem gordo e grisalho de pernas curtas, muito educado e risonho. Anna Sergeevna, que falava cada vez mais com Bazárov, perguntou se ele gostaria de combatê-los em um jogo de cartas à moda antiga. Bazárov concordou, dizendo que precisava se preparar com antecedência para o próximo posto de médico distrital.

– Cuidado – observou Anna Sergeevna. – Porfiriy Platonich e eu combateremos você. E você, Kátia – acrescentou ela –, toque alguma coisa para Arcádio Nikoláevitch; ele adora música. A propósito, vamos ouvir também.

Kátia, sem mostrar muita vontade, se aproximou do piano, e Arcádio, embora certamente amasse música, também sem muita vontade a seguiu: parecia-lhe que Odintsova o estava mandando embora, e seu coração, como o de qualquer jovem em sua idade, já fervilhava com alguma sensação vaga e agonizante, semelhante a premonição de amor. Kátia ergueu a tampa do piano e, sem olhar para Arcádio, disse em voz baixa:

– O que o senhor gostaria de ouvir?

– Qualquer obra – respondeu Arcádio com indiferença.

– De que tipo de música o senhor mais gosta? – Kátia repetiu sem mudar de posição.

– A música clássica – afirmou com indiferença Arcádio.

– Gosta de Mozart?

– Aprecio Mozart.

Kátia tocou a sonata *Fantasia em si bemol*, de Mozart. Tocava muito bem, embora um pouco secamente. Sem afastar os olhos das partituras musicais e com os lábios fortemente fechados, ela permanecia firme e reta. Somente ao terminar a sonata seu rosto se iluminou bastante. Uma madeixa pequena dos cabelos caiu por cima da sobrancelha escura.

A última parte da sonata impressionou Arcádio; aquele trecho em que, na alegria sincera da música, surgem de repente notas de uma tristeza profunda, quase trágica... Os pensamentos, acordados pela música de Mozart, não se dirigiam a Kátia. Olhando-a, ele apenas pensava: "Esta senhorita toca bem e é muito bonita também".

Ao terminar a sonata, Kátia perguntou sem tirar as mãos do teclado:

– Quer que toque mais?

Arcádio falou que não queria dar-lhe mais trabalho. Ele começou a falar sobre Mozart. Perguntou se ela tinha escolhido aquela sonata por conta própria, ou se alguém havia recomendado. Kátia respondeu-lhe em palavras muito curtas: ela se escondeu, recolheu-se em si. Sempre que aquilo acontecia, ela não saía logo. Seu rosto tomou então uma expressão imperturbável e quase tola. Não era tímida, mas sim desconfiada e um pouco dominada pela irmã que a educou. Sobre esse fato ninguém tinha conhecimento. Arcádio terminou chamando Fifi e começou a fazer carinho nela. Kátia voltou às suas flores.

Bazárov perdia uma partida após outra. Anna Sergeevna jogava muito bem, Porfiriy Platonich jogava bem também. Bazárov perdeu pouco, mas não gostou do fato. Durante o jantar, Anna Sergeevna começou a falar sobre botânica.

– Vamos dar um passeio amanhã. Quero conhecer os nomes latinos das plantas silvestres e suas propriedades.

– Para que a senhora precisa dos nomes latinos? – perguntou Bazárov.

– Preciso colocar tudo em ordem – respondeu a senhora Odintsova.

– Que mulher admirável é essa Anna Sergeevna – exclamou Arcádio quando ficou a sós com seu amigo no quarto reservado para eles.

– Sim – respondeu Bazárov. – Essa mulher tem cabeça. Ela é muito vivida, muito experiente.

– Em que sentido diz isso, Eugênio Vassílievitch?

– Em um bom sentido, Arcádio Nikoláevitch! Tenho certeza de que ela sabe administrar seu sítio. Mas a maravilha não é ela e sim sua irmã.

– Como? Aquela moreninha?

– Sim, aquela moreninha. Tem algo de fresco, virgem, tímido, silencioso e tudo o que quiser nessa jovem. Essa merece minha atenção. Dela ainda se pode moldar o que quiser, mas a outra já tem muita experiência de vida.

Arcádio nada respondeu. Cada um foi dormir com seus pensamentos. Anna Sergeevna, na mesma noite, pensava em seus hóspedes. Bazárov agradou-lhe por sua sinceridade e pelo deboche de suas opiniões. Viu nele algo novo que nunca encontrou na vida, e ela era muito curiosa.

Anna Sergeevna não deixava de ser uma pessoa bastante estranha. Livre de quaisquer preconceitos, sem convicções firmes de espécie alguma, não cedia às opiniões alheias e raramente frequentava a sociedade. Via muita coisa com clareza, vários assuntos a preocupavam ou interessavam e nada a satisfazia. Ela nem desejava uma satisfação completa.

Sua inteligência era penetrante e fria, suas dúvidas nunca se acalmavam completamente e nunca a agitavam de todo. Se ela não fosse rica e independente, poderia jogar-se à luta, conhecer as paixões... Ela vivia uma vida leve, mesmo ficando com tédio algumas vezes. Assim se passavam os dias calmos e com poucas novidades. A vida às vezes lhe parecia bela ante os olhos. Repousava quando as visões desapareciam, sem sentir esse desprendimento. A imaginação a levava além dos limites daquilo que pelas leis da moral comum se considera permitido. Nesses momentos também o sangue circulava tranquilamente em seu maravilhoso corpo. Às vezes, saindo de um banho perfumado, toda quente e mole, ficava pensando nas misérias da vida, na desgraça, no trabalho e no mal... Sua alma enchia-se de coragem, fervendo de impulsos nobres. Bastava então que soprasse o vento pela janela aberta para que Anna Sergeevna se encolhesse toda, e quase se zangasse e ficasse com raiva. Só lhe interessava então uma coisa: fazer parar aquele vento desagradável.

Como todas as mulheres que não conseguiram se apaixonar, queria algo que ela mesma não sabia o que era. Na verdade, não queria nada, embora parecesse que queria tudo. Ela mal podia suportar o falecido Odintsov (casou-se com ele por conveniência, embora provavelmente não tivesse aceitado se tornar sua esposa se não o considerasse uma pessoa gentil) e desenvolveu um desgosto secreto por todos os homens que ela imaginava nada mais do que serem desleixados, pesados e letárgicos, impotentes e irritantes. Uma vez, em algum lugar no exterior, conheceu um jovem sueco bonito com uma expressão cavalheiresca no rosto, com honestos olhos azuis sob a testa alta; ele causou uma forte impressão nela, mas isso não a impediu de retornar à Rússia.

"Este médico é um homem estranho!", pensou ela, deitada em sua magnífica cama, sobre almofadas de renda, sob uma leve manta de seda... Anna Sergeevna herdou do pai um certo gosto pelo luxo. Ela amava muito seu pai pecador, porém gentil. Ele a adorava, brincava com ela amigavelmente como uma igual, e confiava totalmente nela, até pedia conselhos. Ela mal se lembrava de sua mãe.

"Este médico é estranho!", repetiu para si mesma. Ela se espreguiçou, sorriu, colocou as mãos atrás da cabeça, depois folheou duas páginas de um romance francês idiota, largou o livro e adormeceu, toda limpa e fria, em roupas limpas e perfumadas.

Na manhã seguinte, imediatamente após o café da manhã, Anna Sergeevna partiu para uma excursão botânica com Bazárov e voltou pouco antes do jantar. Arcádio não saiu para lugar nenhum e passou cerca de uma hora com Kátia. Ele não estava entediado, ela mesma se ofereceu para repetir a sonata da noite passada; mas quando Odintsova finalmente voltou, quando ele a viu, o coração dele se afundou instantaneamente... Ela caminhava pelo jardim e parecia estar um pouco cansada. Suas bochechas estavam vermelhas e seus olhos brilhavam mais do que o normal sob um chapéu redondo de palha. Ela girou a haste fina de uma flor silvestre em seus dedos, uma mantilha clara caiu sobre seus cotovelos e as largas e acinzentadas fitas de seu chapéu desciam-lhe até o peito. Bazárov caminhava atrás dela, autoconfiante e desembaraçado, como sempre, mas Arcádio não gostou da expressão no rosto dele, embora alegre e até afetuosa. Murmurando por entre os dentes "Olá!", Bazárov foi para o quarto dele, e Odintsova, distraidamente, apertou a mão de Arcádio e também o deixou.

"Olá", pensou Arcádio... "Não nos vimos hoje?"

17

O tempo (é óbvio) às vezes voa como um pássaro, às vezes se arrasta como um verme; mas um ser humano se sente bem quando não percebe se o tempo passou muito rápido ou devagar. Arcádio e Bazárov assim passaram quinze dias no sítio da senhora Odintsova. Em parte, isso se devia à ordem que ela mantinha em sua casa e em sua vida. Ela aderiu estritamente ao tempo e forçou outros a se submeterem a ele. Durante o dia, tudo era realizado em um determinado horário. Pela manhã, exatamente às oito horas, todos se reuniam para o chá; do chá ao café da manhã, cada um fazia o que queria, a própria dona de casa estava ocupada com o administrador, com o mordomo e com a governanta-chefe. Antes do jantar, todos voltavam a se reunir para conversa ou leitura; a noite era dedicada a caminhadas, cartas, música; às dez e meia, Anna Sergeevna ia para o quarto, dava ordens para o dia seguinte e ia para a cama. Bazárov não gostava dessa vida cotidiana medida e solene; "Como se andasse nos trilhos", ele pensava; os criados uniformizados e mordomos dignos insultavam seu sentimento democrático. Achava que com aquele sistema todos deviam sentar-se à mesa segundo o estilo inglês: de fraque e gravata branca. Certa vez, ele explicou isso a Anna Sergeevna. Ela se comportava de tal maneira que cada pessoa, sem ofensas, expressava suas opiniões diante dela.

Ela o ouviu e disse:

– Do seu ponto de vista, você tem razão, e talvez neste caso eu seja uma aristocrata; mas não se pode viver em desordem em uma aldeia. O tédio prevalecerá. – E continuou a viver à maneira dela.

Bazárov resmungava; mas é por isso que era tão fácil para ele e Arcádio na casa da senhora Odintsova, que tudo "andava como se fosse nos trilhos". Com tudo isso, em ambos os jovens, desde os primeiros dias de sua estada em Nikolskoe, houve uma mudança. Em Bazárov, a quem Anna Sergeevna obviamente favorecia, embora em raras ocasiões concordasse com ele, uma ansiedade sem precedentes começou a aparecer: ele se irritava fácil, falava com relutância, parecia zangado e não conseguia ficar parado, como se algo o estivesse provocando. E Arcádio, que por fim decidiu consigo mesmo que estava apaixonado por Odintsova, começou a se entregar a um desânimo silencioso. No entanto, isso não o impediu de se aproximar de Kátia; até o ajudou a estabelecer uma relação afetuosa e amigável entre eles. "Anna não me aprecia! Deixa ela! Mas este bom ser humano não me rejeita", pensava ele, e seu coração voltou a saborear a doçura das generosas sensações. Kátia compreendia vagamente que ele procurava algum tipo de consolo na companhia dela e não negava a si mesma o prazer inocente de uma amizade meio tímida e meio confiante. Na presença de Anna Sergeevna, eles não se falavam: Kátia sempre se encolhia sob o olhar vigilante de sua irmã, e Arcádio, como um homem apaixonado deveria se comportar perto de seu objeto de paixão, não conseguia prestar atenção em mais nada nem em ninguém; mas se sentia bem apenas com Kátia. Percebia que não conseguiria fazer a senhora Odintsova interessar-se por ele. Ficava tímido e perdido quando estava a sós com ela; Anna não sabia o que dizer-lhe: ele era muito jovem para ela. Pelo contrário, com Kátia, Arcádio sentia-se em casa; tratava-a com bondade, não a impedia de expressar o que a música causava nela, lendo contos, poemas e outras bobagens, sem ele mesmo perceber que essas banalidades também o interessavam. Por sua vez, Kátia não o impedia de ficar triste. Arcádio se sentia bem na presença dela. Odintsova estava com Bazárov e, portanto, geralmente acontecia assim: os dois casais, depois de passarem algum tempo juntos, cada um partia em sua própria direção, principalmente durante as caminhadas. Kátia adorava a natureza e Arcádio a amava, embora não ousasse admitir isso. Odintsova era bastante indiferente a ela, assim como Bazárov. A separação quase constante de nossos amigos não ficou sem consequências: mudaram as suas relações. Bazárov parou de falar com Arcádio sobre a senhora Odintsova, ele até deixou de criticar seus "modos aristocráticos". Ele elogiava Kátia como antes e apenas a aconselhou a moderar suas inclinações sentimentais. Mas seus elogios eram apressados, seus conselhos eram secos e, em geral, ele falava com Arcádio muito menos do que antes... parecia evitá-lo, como se tivesse vergonha dele...

Arcádio percebia tudo o que estava se passando, mas mantinha suas observações para si mesmo.

A verdadeira razão de toda esta "mudança" era a sensação que a senhora Odintsova inspirava em Bazárov. Um sentimento que o atormentava e enfurecia e que ele teria abandonado de imediato com uma gargalhada sarcástica e abuso cínico, se alguém tivesse mesmo remotamente sugerido a possibilidade do que estava acontecendo com ele. Bazárov era um grande conhecedor de mulheres e da beleza feminina, mas o amor ideal ou romântico, como costumava qualificá-lo, achava absurdo, imperdoável estupidez. Considerava o sentimento cavalheiresco algo como aleijão ou doença, e mais de uma vez expressava sua surpresa, por que não colocaram Toggenburg com todos os *minnesingers*[21] e trovadores na casa amarela? "Se você gosta da mulher", costumava dizer, "tente ter bom senso; mas, se não pode, então não pode. Afaste-se. A terra é muito grande".

Bazárov gostava da Odintsova: os rumores difundidos sobre ela, a liberdade e independência de seus pensamentos, sua indubitável disposição para com ele, tudo parecia falar a seu favor; mas logo percebeu que com ela "não seria possível" e, para sua surpresa, não conseguia virar as costas para Anna. Seu sangue pegava fogo assim que se lembrava dela. Teria lidado facilmente com seu próprio sangue, mas outra coisa o possuía, e ele

---

[21] Cantores medievais. (N.T.)

não permitia de forma alguma, da qual sempre zombava, o que revoltava seu orgulho. Em conversas com Anna Sergeevna, ele expressava ainda mais do que antes seu desprezo por tudo que é romântico; e a sós, estava indignadamente reconhecendo uma pessoa romântica em si mesmo. Então ele ia para a floresta e andava a passos largos, quebrando galhos que encontrava no caminho e acusando em voz baixa tanto ela quanto ele; ou se trancava no palheiro do celeiro e, fechando obstinadamente os olhos, esforçava-se a dormir, mas, é claro, nem sempre conseguia. Às vezes, imaginava que um dia seus braços fortes envolveriam o colo da mulher amada e seus lábios irônicos responderiam aos beijos dela. Os olhos inteligentes e cheios de ternura encontrariam os dele e a cabeça giraria até que esqueceriam tudo. Então sua indignação se manifestava novamente. Bazárov pegava-se em todos os tipos de pensamentos "vergonhosos", como se o demônio estivesse brincando com ele. Às vezes parecia que alguma mudança estava ocorrendo na pessoa da senhora Odintsova, que algo especial se manifestava na expressão dela, que possivelmente... Nesse caso, ele batia o pé no chão, rangia os dentes e ameaçava a si mesmo.

No entanto, Bazárov não estava de todo enganado. Tinha conseguido atingir a imaginação da senhora Odintsova; ele a interessava, ela pensava muito nele. Na sua ausência, ela não se aborrecia, não esperava por ele; mas o seu aparecimento imediatamente a reanimava; de boa vontade permanecia sozinha com ele e de boa vontade conversava com ele, mesmo quando a irritava ou ofendia seu gosto, seus hábitos elegantes. Ela parecia querer testá-lo e testar a si mesma.

Um dia, passeando com ela no jardim, de repente disse com uma voz mal-humorada que pretendia partir em breve para a aldeia para ver o pai... Ela ficou pálida, como se algo a picasse em seu coração, mas doeu tanto que ela não deixou de pensar naquilo. Bazárov anunciou sua partida não com o intuito de testá-la, nem para ver o resultado do seu pronunciamento: ele nunca mentiu. Na manhã daquele dia, ele encontrou o Timofeich, o administrador do seu pai, seu ex-pajem. Esse Timofeich, um velho experto e ágil, com cabelos amarelos desbotados, rosto vermelho e envelhecido e pequenas lágrimas nos cantos dos olhos, apareceu inesperadamente diante de Bazárov em seu curto chuyka feito de tecido grosso cinza-azulado, cintado com um pedaço de corda e botas de piche.

– Bom dia, meu velho! – exclamou Bazárov.

– Bom dia, querido Eugênio Vassílievitch – falou o velhinho e deu um largo sorriso, assim o seu rosto ficou todo enrugado.

– Por que veio? Meu pai mandou me buscar?

– Tenha misericórdia, meu senhor, como pode! – murmurou Timofeich (lembrou-se da ordem estrita que recebeu do seu patrão ao partir). – Fomos à cidade a negócios. Ouvi dizer que o senhor estava aqui e resolvi passar por este sítio para vê-lo... Não me atrevo a incomodá-lo!

– Bem, não minta – Bazárov o interrompeu. – Será que é este o seu caminho para a cidade?

Timofeich hesitou e não respondeu nada.

– Meu pai está saudável?

– Graças a Deus.

– E a mãe?

– E Arina Vlassievna também, obrigado Deus.

– Suponho que eles estão me esperando.

O velho inclinou sua cabecinha para o lado.

– Ah, Eugênio Vassílievitch, como não esperar! Você acredita, meu Deus, que seus pais estão morrendo de saudades do senhor?

– Tudo bem, não chore. Diga que irei visitá-los em breve.

– Obrigado, senhor! – Timofeich respondeu com um suspiro. Saindo de casa, ele puxou o boné pela cabeça com as duas mãos, subiu em uma carruagem bem desgastada que estava parada no portão e saiu a trote em uma direção que não era a da cidade.

Na noite do mesmo dia, Odintsova estava sentada no quarto dela com Bazárov, enquanto Arcádio andava de um lado para o outro e ouvia a música de Kátia. A princesa subiu para o seu quarto; ela geralmente odiava os hóspedes, especialmente esses "maltrapilhos modernos", como ela os chamava. Na sala de visita, ela apenas disfarçava seu verdadeiro humor;

mas no quarto, na frente da empregada, às vezes explodia de tal maneira que a touca saltava em sua cabeça. Odintsova sabia de tudo isso.

– Como assim vai? – começou ela. – E sua promessa?

Bazárov despertou.

– Promessa?

– Esqueceu? Queria me dar algumas aulas de química.

– O que fazer! Meu pai está esperando por mim. Não devo demorar mais. No entanto, pode ler Pelouse e Frémy, *Notions générales de chimie*[22]; este livro é bom e escrito com clareza. Nele encontrará tudo de que precisa.

– Lembre-se de que me garantia que o livro não pode substituir... eu me esqueci como se expressou, mas sabe o que eu quero dizer... lembra?

– O que fazer! – repetiu Bazárov.

– Por que partir? – disse a senhora Odintsova baixando a voz.

Ele a olhou por alguns instantes. Ela jogou a cabeça para o encosto da cadeira e cruzou os braços, nus até os cotovelos, sobre o peito. Parecia mais pálida à luz de uma lâmpada solitária com um quebra-luz de papel em forma de rede. Um largo vestido branco a cobria com suas dobras suaves; quase invisíveis, as pontas dos pés também estavam cruzadas.

– Por que ficar? – respondeu Bazárov.

A senhora Odintsova virou ligeiramente a cabeça.

– Como assim por quê? Não se sentem bem aqui? Ou acha que ninguém sentirá saudade?

– Estou convencido disso.

A senhora Odintsova ficou em silêncio.

– Não deveria pensar assim. Porém, eu não acredito. Não pode levar isso a sério. – Bazárov continuou sentado sem se mexer. – Eugênio Vassílievitch, por que está em silêncio?

– O que posso dizer? Não deve sentir pena das pessoas em geral e menos ainda de mim.

– Por quê?

– Sou uma pessoa positiva e chata. Eu nem sei conversar.

---

[22] *Noções gerais de química.* (N.T.)

— Sei que está pedindo um elogio da minha parte, Eugênio Vassílievitch.

— Não é meu hábito. Não sabe que a vida que leva é inacessível para mim, a vida que tanto valoriza?

Odintsova mordeu a ponta do lenço.

— Pense o que quiser, mas vou ficar triste quando for embora.

— Arcádio fica — observou Bazárov.

A senhora Odintsova encolheu os ombros ligeiramente.

— Vou ficar triste — repetiu ela.

— Verdade? Em qualquer caso não ficará triste por muito tempo.

— Por que acha isso?

— Porque me disse que só fica triste quando sua ordem é violada. Organizou sua vida de forma tão infalivelmente correta que não pode haver lugar para o tédio ou a saudade... quaisquer sentimentos pesados.

— Acha que eu sou infalível... ou seja, que organizei bem a minha vida?

— Claro! Por exemplo, daqui a alguns minutos serão dez horas e já sei que vai me expulsar de seu quarto.

— Não, eu não vou expulsá-lo, Eugênio Vassílievitch. Pode ficar. Abra esta janela... Está abafado.

Bazárov se levantou e abriu a janela. Ela se abriu com um estrondo... Ele não esperava que fosse abrir tão facilmente, além disso, suas mãos tremiam. A noite escura e suave olhou para o quarto com seu céu quase preto, árvores fracamente farfalhando e o aroma fresco de ar livre e limpo.

— Feche as cortinas e sente-se — disse a senhora Odintsova —, gostaria de conversar com o senhor antes de sua partida. Diga-me algo sobre sua pessoa, nunca fala sobre si mesmo.

— Tento falar sobre assuntos úteis, Anna Sergeevna.

— O senhor é muito modesto... Mas eu gostaria de saber algo sobre sua pessoa, sobre sua família, sobre seu pai, por quem está nos deixando.

"Por que ela diz tudo isso?", pensou Bazárov.

— Nada disso é minimamente interessante — disse ele em voz alta —, em especial para a senhora; nós somos pessoas tão atrasadas...

— E eu, na sua opinião, sou uma aristocrata?

Bazárov ergueu os olhos para a senhora Odintsova.

– Sim – disse ele com rispidez.

Ela deu uma risada.

– Vejo que me conhece pouco, embora fale que todas as pessoas são iguais e que não vale a pena estudá-las. Um dia vou falar sobre a minha vida... mas primeiro vai me contar sobre a sua.

– Não lhe conheço bem – repetiu Bazárov. – Talvez esteja certa; talvez, cada pessoa seja um mistério. Por exemplo, a senhora: não gosta da sociedade, se sente oprimida por ela –, e convidou dois estudantes para sua residência. Por que a senhora, tão inteligente e tão bonita, mora numa aldeia?

– Como? O que você disse? – Odintsova falou com rapidez. – Com minha... beleza?

Bazárov franziu a testa.

– Tanto faz – murmurou ele –, eu queria dizer que não entendo bem o que a levou a se estabelecer na aldeia.

– Não entende isso... Porém, o senhor consegue explicar este fato de alguma forma?

– Sim... eu acredito que fica sempre no mesmo lugar porque gosta de conforto e sente-se indiferente para todo o resto.

Odintsova tornou a sorrir.

– O senhor absolutamente não quer acreditar que sou capaz de me apaixonar por algo?

Bazárov olhou para ela por baixo das sobrancelhas.

– Por curiosidade, talvez; mas não de outra forma.

– Realmente? Bem, agora eu entendo por que nós nos demos bem; porque o senhor é igual a mim.

– Nós nos demos bem... – Bazárov disse em voz baixa.

Ele se levantou. A lâmpada iluminava fracamente no meio de uma sala escura, perfumada e isolada; através da cortina vinha o frescor incômodo da noite e ouvia-se o sussurro misterioso dela. A senhora Odintsova não mexeu um único membro, mas uma emoção secreta apoderou-se dela aos poucos... e passou para Bazárov. De repente, ele se sentiu sozinho com uma mulher jovem e linda...

– Para onde vai? – disse ela devagar. Ele não disse nada e sentou-se em uma cadeira. – Então me considera uma pessoa calma e mimada – continuou com o mesmo tom de voz, sem tirar os olhos da janela. – E eu sei tanta coisa sobre mim que estou muito infeliz.

– A senhora está infeliz! De quê? Realmente dá tanta importância assim às fofocas?

Odintsova franziu a testa. Ela ficou muito aborrecida por ele a entender dessa forma.

– Essas fofocas nem me fazem rir, Eugênio Vassílievitch, e sou orgulhosa demais para deixar que me incomodem. Estou infeliz porque... não tenho vontade, nenhum desejo de viver. O senhor me olha incrédulo, pensando: eis uma "aristocrata" falando, vestida de rendas e sentada em uma poltrona de veludo. Não estou negando: amo o que é chamado de conforto e, ao mesmo tempo, tenho pouca vontade de viver. Reconcilie com essa contradição como puder. No entanto, segundo o senhor, tudo isso é romantismo.

Bazárov balançou a cabeça.

– A senhora é saudável, independente, rica; o que mais? O que quer?

– O que eu quero? – repetiu a senhora Odintsova e suspirou. – Estou muito cansada, estou velha, acho que vivi por muito tempo. Sim, estou velha – acrescentou ela, puxando suavemente as pontas da mantilha sobre os braços nus. Seus olhos encontraram os de Bazárov e ela ficou ligeiramente corada. – Já tenho tantas lembranças do passado: a vida em São Petersburgo, a riqueza, depois a pobreza, depois a morte do meu pai, o meu casamento, depois uma viagem ao exterior... São muitas lembranças, mas não há nada para lembrar, e ainda há um longo caminho pela frente, mas não há objetivo... Eu nem quero caminhar.

– Está tão decepcionada? – perguntou Bazárov.

– Não – disse Odintsova, devagar –, mas não estou satisfeita. Acho que se eu pudesse apegar-me a algo...

— Quer amar alguém – interrompeu Bazárov –, mas não pode: é aí que reside o seu infortúnio.

A senhora Odintsova começou a examinar as mangas de sua mantilha.

— Não posso amar? – disse ela.

— Dificilmente! Só que por engano eu chamei isso de infortúnio. Pelo contrário, a pessoa que se apaixona é infeliz.

— Quem se apaixona?

— Isso mesmo.

— E como sabe disso?

— Ouvi dizer – respondeu Bazárov, irritado.

"Está flertando", pensou ele, "está entediada e me provocando porque não tem mais o que fazer, e eu..." Ele estava muito impressionado.

— Além disso, pode ser muito exigente – disse ele, inclinando todo o corpo para a frente e brincando com a franja da cadeira.

— Talvez seja. Para mim, é tudo ou nada. Vida por vida. Pegou a minha, dê-me a sua, sem arrependimento e sem retorno. Senão, melhor nem começar.

— Bem – observou Bazárov –, esta condição é justa e me pergunto como ainda... não encontrou o que queria.

— Acha que é fácil se entregar completamente?

— Não é fácil, se começar a refletir, mas espere e dê valor a si mesma, valorize-se, ou seja; em vez de pensar bem, entregar-se é muito mais fácil.

— Deixar de valorizar a minha própria dignidade? Se eu não tenho nenhum valor, quem precisa da minha fidelidade?

— Isso não é da minha conta, cabe a outra pessoa descobrir qual é o meu preço. O principal é poder sacrificar-se.

A senhora Odintsova mudou de posição na poltrona.

— Fala assim – ela começou –, como se já tivesse experimentado isso.

— Apenas falei por falar, Anna Sergeevna, sabe que tudo isso não é para mim.

— Mas o senhor seria capaz de se entregar?

— Não sei, não quero me gabar.

A senhora Odintsova não disse nada, e Bazárov ficou em silêncio. Os sons do piano vinham da sala de estar.

– Kátia está tocando tão tarde – disse Odintsova.

Bazárov levantou-se.

– Sim, agora é definitivamente tarde. Tem que dormir.

– Espere, não fique com pressa... Eu preciso dizer algo.

– O que é?

– Espere – sussurrou a senhora Odintsova.

Seus olhos pousaram em Bazárov; ela parecia estar examinando-o de perto e atentamente.

Ele atravessou a sala e, de repente, aproximou-se dela, disse "adeus" apressadamente, apertou a mão dela, que quase gritou, e saiu. Ela levou os dedos apertados aos lábios, soprou-os e repentinamente levantou-se da poltrona, andou até a porta, como se quisesse que Bazárov voltasse... A criada entrou no quarto com um jarro em uma bandeja de prata. A senhora Odintsova parou, mandou a criada embora, sentou-se novamente e voltou a pensar no assunto. Sua trança se desfez e caiu no ombro como uma cobra escura. A lâmpada ficou acesa no quarto de Anna Sergeevna e por muito tempo ela permaneceu imóvel, apenas passando ocasionalmente os dedos sobre os braços, um pouco arrepiados pelo frio noturno.

Bazárov, duas horas depois, voltou ao quarto dele com as botas molhadas de orvalho, desgrenhado e sombrio. Ele encontrou Arcádio sentado à mesa, com um livro nas mãos, em um paletó abotoado até o topo.

– Ainda não foi para a cama? – disse ele, parecendo aborrecido.

– Ficou conversando muito hoje com Anna Sergeevna, meu irmão – disse Arcádio, sem responder à pergunta.

– Sim, estava com ela o tempo todo, enquanto você e Katerina Sergeevna tocavam piano.

– Eu não estava tocando... – Arcádio começou a falar, mas parou. Ele sentiu que as lágrimas subiam à cabeça e não queria chorar na frente do amigo sarcástico.

18

No dia seguinte, quando a senhora Odintsova veio tomar chá, Bazárov ficou sentado por muito tempo, curvado sobre a xícara, mas de repente olhou para Anna... Ela se virou para Bazárov como se ele a empurrasse, e ele teve a impressão de que o rosto dela continuava ligeiramente pálido desde a noite anterior. Ela logo voltou para o quarto e apenas apareceu para o café da manhã. O tempo estava chuvoso e impedia qualquer passeio. Por isso, todos se reuniram na sala de estar. Arcádio pegou uma revista antiga e começou a ler. A princesa, como sempre, a princípio expressou surpresa em seu rosto, como se ele estivesse tramando algo indecente, depois olhou-o com raiva; mas ele não deu atenção a ela.

– Eugênio Vassílievitch – disse Anna Sergeevna –, vamos para o meu escritório... quero perguntar-lhe... Falou de algum guia ontem...

Ela se levantou e dirigiu-se até a porta. A princesa olhou sua volta com uma expressão como se quisesse dizer: "Olhem, estou apavorada!", e novamente olhou para Arcádio, mas ele levantou a voz e, trocando olhares com Kátia, ao lado de quem ele estava sentado, continuou a leitura.

A senhora Odintsova caminhou rapidamente para seu escritório. Bazárov a seguiu apressado, sem erguer os olhos e apenas ouvindo o farfalhar de um vestido de seda. A senhora Odintsova ocupou a mesma poltrona da véspera, e Bazárov também.

– Então, qual é o título daquele livro que falou? – começou ela após um breve silêncio.

– Pelouse e Frémy, *Notions générales* – respondeu Bazárov. – No entanto, também posso recomendar Ganot, *Traite elementaire de physique expérimentale*[23]. Nesta obra, os desenhos são melhores, e em geral este livro traz.

Odintsova estendeu a mão.

– Eugênio Vassílievitch, perdoe-me, mas não o chamei aqui para falar de livros didáticos. Queria retomar nossa conversa de ontem. Saiu tão de repente... Não vai ficar entediado?

– Estou às suas ordens, Anna Sergeevna. Mas lembre-me, qual era o assunto da conversa de ontem?

Odintsova lançou um olhar indireto para Bazárov.

– Ao que parece, falamos sobre felicidade. Eu lhe contei sobre mim. A propósito, mencionei a palavra "felicidade". Diga-me, por que mesmo quando apreciamos, por exemplo, música, uma noite bonita, uma conversa com pessoas simpáticas, por que tudo isso parece mais um indício de alguma felicidade efêmera do que felicidade real, ou seja, a felicidade que nós próprios possuímos? Por que é assim? Ou não sente nada disso?

– Conhece o provérbio russo: "Sempre vive-se bem onde não estamos"? – respondeu Bazárov. – Disse ontem para mim que não estava satisfeita. Mas esses pensamentos nunca vieram à minha mente.

– Talvez pareçam engraçados para você?

– Não, mas realmente nunca vieram à minha cabeça.

– Nossa! Bem, gostaria de saber em que está pensando.

– Como assim? Eu não entendi.

– Olhe, há muito tempo queria lhe contar algo. O senhor não tem nada a dizer? O senhor mesmo sabe disso, que não é uma pessoa comum; ainda é jovem, toda a sua vida está pela frente. Para que está se preparando? Que

---

[23] *Tratado elementar de física experimental.* (N.T.)

futuro o espera? Quero dizer, que objetivo deseja alcançar, para onde está indo, o que tem em sua alma? Diga-me, quem é, o que é o senhor?

— Anna Sergeevna, estou surpreso. Sabe que estou engajado em ciências naturais, e quem eu sou...

— Sim, quem é o senhor?

— Já lhe disse que sou o futuro médico distrital.

Anna Sergeevna fez um movimento impaciente.

— Por que diz isso? O senhor mesmo não acredita. Arcádio poderia ter me respondido assim, mas o senhor não.

— Em que Arcádio...

— Pare! Será que é possível que se contente com atividades tão modestas, já que o senhor mesmo sempre afirma que a medicina não existe para o senhor? O senhor, com seu orgulho, um médico distrital! Responde-me querendo se livrar de mim; por que não confia em mim? Sabe, Eugênio Vassílievitch, que eu seria capaz de compreendê-lo: eu mesma também era pobre e egoísta. Passei, talvez, pelo mesmo que o senhor.

— Tudo isso é ótimo, Anna Sergeevna, mas me dê licença... Não estou acostumado a falar nada e há uma grande distância entre a senhora e eu...

— Que distância? Vai dizer novamente que sou aristocrata? Pare, Eugênio Vassílievitch. Parece que lhe provei...

— E além disso — interrompeu Bazárov —, que desejo é esse de falar e pensar sobre o futuro, que na maioria das vezes não depende de nós? Haverá uma chance de fazer algo, tudo bem, mas se não houver, então pelo menos ficará feliz por não ter falado à toa.

— Chama uma conversa amigável de conversa à toa... Ou talvez não me considere digna de sua confiança, por eu ser mulher? Afinal, o senhor despreza todos nós.

— Eu não a desprezo, Anna Sergeevna, a senhora sabe disso.

— Não, eu não sei de nada... mas suponha: eu entendo sua falta de vontade de falar sobre suas futuras atividades; mas o que está acontecendo dentro do senhor agora...

— Acontecendo! — repetiu Bazárov. — Como se eu fosse um estado ou uma sociedade qualquer! Isso não é nada curioso, e, além disso, será que uma pessoa pode sempre dizer em voz alta tudo o que "acontece" dentro dela?

– Mas não vejo por que não podemos expressar tudo o que temos em nossa alma.

– A senhora pode? – perguntou Bazárov.

– Eu posso – respondeu Anna Sergeevna após uma breve hesitação. Bazárov baixou a cabeça.

– É mais feliz do que eu.

Anna Sergeevna olhou para ele com olhar de interrogação.

– Como quiser – continuou ela –, mas para mim está claro, algo me diz que não nos conhecemos à toa, que seremos bons amigos. Tenho certeza de que essa sua, digamos, impenetrabilidade e avareza de expressão irão desaparecer afinal.

– Percebeu avareza de expressão em mim... e o que mais mesmo... impenetrabilidade?

– Sim.

Bazárov levantou-se e foi até a janela.

– Gostaria de saber o motivo do que está acontecendo comigo?

– Sim – repetiu a senhora Odintsova com uma espécie de susto que ainda não entendia.

– E não vai ficar magoada?

– Não.

– Não? – Bazárov ficou de costas para ela. – Então saiba que eu a amo estupidamente, loucamente... Está satisfeita?

A senhora Odintsova ergueu os braços, enquanto Bazárov encostava a testa no vidro da janela, sufocando-se; todo o seu corpo tremia visivelmente. Mas não era o tremor da timidez juvenil, não foi o doce terror da primeira confissão que o dominou: era a paixão que o atingiu, paixão forte e pesada, uma paixão semelhante ao ódio e, talvez, semelhante a ela... A senhora Odintsova sentiu medo e pena dele.

– Eugênio Vassílievitch – disse ela, e uma ternura involuntária vibrou em sua voz.

Ele rapidamente se virou, lançou um olhar devorador para ela e, agarrando ambas as mãos, de repente apertou-a contra o seu peito.

Ela não se libertou imediatamente de seu abraço; mas um momento depois já estava parada no canto, olhando dali para Bazárov. Ele foi em sua direção...

– O senhor não me compreendeu – sussurrou ela, assustada. Parecia que se ele desse mais um passo, Anna gritaria... Bazárov mordeu os lábios e saiu.

Meia hora depois, a criada entregou um bilhete de Bazárov a Anna Sergeevna. Havia nele apenas uma linha: "Devo partir hoje, ou posso ficar até amanhã?". "Por que ir embora? Eu não compreendi o senhor, e o senhor não me compreendeu", respondeu Anna Sergeevna, e pensou: "Nem eu mesma compreendi".

Ela não apareceu até a hora do jantar e continuou andando para lá e para cá em seu quarto com as mãos para trás, de vez em quando parando na frente da janela, depois na frente do espelho e, lentamente, passava o lenço no pescoço, onde ainda imaginava haver uma mancha quente. Ela se perguntava o que a fazia exigir franqueza de Bazárov, se ela suspeitava de alguma coisa...

– Eu sou culpada – disse ela em voz alta. – Mas não poderia ter previsto isso.

Ela refletia e corava, lembrando-se do rosto quase feroz de Bazárov quando ele se jogou nos braços dela...

– Ou? – disse ela de repente, parou e balançou seus cachos... Ela viu-se no espelho; sua cabeça jogada para trás com um sorriso misterioso nos olhos semicerrados e os lábios estavam dizendo algo que a deixou envergonhada...

– Não – ela finalmente decidiu. – Deus sabe aonde isso vai levar, não se pode brincar com isso; tranquilidade ainda é a melhor coisa do mundo.

Sua tranquilidade não foi abalada; mas ela ficou triste e até chorou uma vez, sem saber por que, mas não foi por ofensa. Não, não se sentiu ofendida: ela se sentiu culpada. Sob a influência de vários sentimentos vagos, da consciência de uma vida passageira, do desejo de novidade, chegou a um certo ponto e viu além, nem mesmo um abismo, mas sim um vácuo... ou uma inconveniência.

19

Por mais autocontrole que Odintsova tivesse, acima de todos os preconceitos, ela também apareceu embaraçada para o almoço. No entanto, tudo correu muito bem. Porfíriy Platonich veio e contou várias piadas; tinha acabado de voltar da cidade. A propósito, relatou que o governador, Bourdaloue, ordenou que seus funcionários itinerantes usassem esporas para qualquer ordem a ser cumprida a cavalo. Arcádio conversava em voz baixa com Kátia e servia diplomaticamente à princesa. Bazárov estava triste e silencioso. Odintsova duas vezes, diretamente, não às escondidas, olhou para o rosto dele, severo, olhando para baixo, com uma impressão de determinação desprezível em cada linha e pensou: "Não... não... não..."

Depois do almoço, ela foi com todos para o jardim e, vendo que Bazárov queria falar com ela, deu alguns passos para o lado e parou. Ele se aproximou dela, mas mesmo assim não ergueu os olhos e disse estupidamente:

– Devo lhe pedir desculpas, Anna Sergeevna. Não pode ter ficado zangada comigo.

– Não, não estou zangada, Eugênio Vassílievitch – respondeu Odintsova –, mas estou aborrecida.

– Pior ainda. De qualquer forma, fui bastante castigado. Minha posição, com isso a senhora provavelmente concordará, é a mais idiota possível.

Escreveu-me: por que ir embora? E eu não posso e não quero ficar. Não estarei aqui amanhã...

– Eugênio Vassílievitch, por que está...

– Por que estou indo embora?

– Não, não era isso que eu queria dizer.

– Não se pode voltar ao passado, Anna Sergeevna... mas mais cedo ou mais tarde isso tinha que acontecer, portanto, eu preciso ir embora. Admito apenas uma condição sob a qual eu poderia permanecer aqui; mas essa condição nunca irá acontecer, porque a senhora, desculpe minha ousadia, não me ama e nunca me amará.

Os olhos de Bazárov brilharam por alguns momentos sob suas sobrancelhas escuras.

Anna Sergeevna não respondeu. "Tenho medo desse homem", passou por sua mente.

– Adeus – disse Bazárov, como se adivinhasse o que ela estava pensando, e se dirigiu para a casa.

Anna Sergeevna o seguiu em silêncio e, ao chamar Kátia, segurou-a pelo cotovelo. Ela não se separou dela até a noite. Não jogava cartas e ria cada vez mais, o que não enfeitava de forma alguma seu rosto pálido e constrangido. Arcádio estava surpreso e a observava assim como os jovens olham, ou seja, ele se perguntava constantemente: o que isso significa? Bazárov se trancou em seu quarto; para o chá, porém, ele desceu. Anna Sergeevna queria dizer algumas palavras gentis a ele, mas não sabia como falar...

Um incidente inesperado a tirou de sua dificuldade: o mordomo anunciou a chegada de Sitnikov.

É difícil expressar em palavras de que maneira o jovem progressista entrou na sala. Tendo decidido visitar uma senhora que mal conhecia, que nunca o convidou, mas que, de acordo com as informações coletadas, tinha como hóspedes pessoas tão inteligentes e próximas, ele sentia medo e, em vez de desculpas e saudações decoradas previamente, murmurou algum tipo de besteira que Eudóxia, dizem, Kúkchina o mandou para perguntar sobre a saúde de Anna Sergeevna e que ele gostava muito de Arcádio Nikolaévitch... Dizendo essas palavras, totalmente constrangido, sentou-se por cima de seu próprio chapéu. No entanto, como ninguém o expulsou, e Anna Sergeevna até mesmo o apresentou à sua tia e à irmã, ele logo se recuperou da gafe e começou a tagarelar. O aparecimento da vulgaridade muitas vezes pode ser útil na vida: ela enfraquece cordas muito bem afinadas, acalmando sentimentos de autoconfiança ou autoesquecimento, lembrando-os de seu relacionamento íntimo com eles. Com a chegada de Sitnikov, tudo se tornou um tanto mais idiota e mais simples; todos até comeram mais no jantar e foram para a cama meia hora antes do horário que costumavam dormir.

– Posso repetir agora – disse Arcádio à Bazárov, deitado na cama, que também se despia – o que me disse uma vez: "Por que está tão triste? Será que cumpriu algum dever sagrado"?

Já há algum tempo, entre os dois jovens, existe uma espécie de provocação falsa, que é sempre um sinal de secreto desprazer ou de suspeitas ocultas.

– Irei visitar meu pai amanhã – disse Bazárov. Arcádio levantou-se e apoiou-se no cotovelo. Ele ficou surpreso e, por algum motivo, feliz.

– Ah! – disse ele. – E isso o deixa triste?

Bazárov bocejou.

– Vai envelhecer se quiser saber muito.

– E quanto a Anna Sergeevna? – continuou Arcádio.

– O que tem Anna Sergeevna?

– Eu quero dizer: ela o deixará ir?

– Eu não trabalho para ela.

Arcádio ficou pensativo, mas Bazárov se deitou e virou o rosto para a parede.

Alguns minutos se passaram em silêncio.

– Eugênio! – Arcádio exclamou de repente.

– O quê?

– Vou embora contigo amanhã.

Bazárov não disse nada.

– Mas eu vou voltar para casa – continuou Arcádio. – Iremos juntos aos assentamentos Khokhlovski, e lá pegará cavalos de Fedot. Adoraria conhecer seus parentes, mas tenho medo de importuná-los. Afinal, mais tarde voltará para a nossa casa?

– Deixei meus pertences em sua casa – respondeu Bazárov sem se virar.

"Por que ele não me pergunta o motivo pelo qual estou indo embora tão repentinamente quanto ele?", pensou Arcádio. "Realmente, por que estou indo e por que ele está indo?", continuou suas reflexões. Ele não conseguiu responder sua própria pergunta de maneira satisfatória e seu coração se encheu de algo cáustico. Arcádio sentiu que seria difícil para ele abandonar esta vida a qual estava tão acostumado; mas era constrangedor ficar sozinho. "Algo estranho aconteceu entre eles", ele raciocinou, "não quero ficar na frente dela depois que Bazárov partir. Ela ficará completamente cansada de me ver ao seu lado. E também perderei a chance de agradá-la. Ele começou a imaginar Anna Sergeevna, então outras características gradualmente surgiram através da bela aparência da jovem viúva.

– Sinto pena de Kátia também! – sussurrou Arcádio no travesseiro, no qual já havia escorrido uma lágrima... De repente, ele levantou a cabeça e disse em voz alta: – Por que diabos esse idiota Sitnikov veio?

Bazárov primeiro se mexeu na cama e depois disse o seguinte:

– Meu irmão, o senhor é burro, pelo que vejo. Precisamos desses Sitnikovs. Eu, entende, eu preciso dos idiotas. Não cabe aos deuses, aliás, fazer as panelas!...

"Entendi!", pensou consigo, Arcádio. E então, apenas por um momento, todo o abismo sem fundo do orgulho de Bazárov revelou-se a ele.

– Então nós somos deuses? Ou seja, é um deus, mas eu sou um tolo?

– Sim – repetiu tristemente Bazárov –, ainda é um tolo.

Odintsova não se mostrou surpresa quando, no dia seguinte, Arcádio disse que partiria com Bazárov; ela parecia distraída e cansada. Kátia olhou para ele seriamente e em silêncio, a princesa até se benzeu debaixo do xale, e ele não pôde deixar de notar esse fato; mas Sitnikov ficou alarmado. Ele tinha acabado de sair para o café da manhã em uma nova roupa, desta vez não eslavófila; no dia anterior, ele surpreendeu o criado que cuidava dele com um monte de roupa que havia trazido e de repente seus amigos o deixaram! Mexeu um pouco com as pernas, correu como uma lebre perseguida pelos caçadores na floresta e de repente, quase com medo, quase com um grito, anunciou que também pretendia partir. A senhora Odintsova não tentou convencê-lo de ficar.

– Tenho uma carruagem muito boa – acrescentou o jovem infeliz, voltando-se para Arcádio –, posso dar-lhe uma carona e Eugênio Vassílievitch pode levar sua carruagem, assim será ainda mais conveniente.

Não, senhor, não está absolutamente em seu caminho e eu moro longe.

– Não é nada, nada. Tenho muito tempo disponível, aliás, tenho negócios para esse lado.

– Negócio de sítios? – perguntou Arcádio já com desprezo.

Mas Sitnikov estava tão desesperado que, ao contrário de seu costume, nem mesmo riu.

– Garanto que a carruagem está extremamente silenciosa – murmurou – e haverá lugar para todos.

– Aceitem a oferta do senhor Sitnikov – disse Anna Sergeevna...

Arcádio olhou para ela e baixou a cabeça significativamente. Os convidados partiram após o café da manhã. Despedindo-se de Bazárov, Odintsova estendeu a mão para ele e disse:

– Nos vemos de novo, não é?

– Como quiser – respondeu Bazárov.

– Nesse caso, nós nos veremos.

Arcádio foi o primeiro a sair para a varanda; ele subiu na carruagem de Sitnikov. O mordomo o colocava na carruagem com respeito, mas ele o espancaria ou cairia no choro. Bazárov se encaixou na carruagem. Chegando às povoações de Khokhlovski, Arcádio esperou enquanto Fedot, o dono da pousada, atrelava os cavalos e, ao chegar à carruagem, disse a Bazárov com o mesmo sorriso:

– Eugênio, leve-me contigo. Eu quero visitar sua casa.

– Tudo bem – disse Bazárov entre dentes. Sitnikov, que passeava assobiando com alegria em torno de sua carruagem, só abriu a boca ao ouvir essas palavras, e Arcádio friamente tirou seus pertences da carruagem, sentou-se ao lado de Bazárov e, após uma reverência ao seu ex-companheiro de viagem, gritou: – Vamos! – A carruagem logo sumiu de vista...

Sitnikov, completamente confuso, olhou para o cocheiro, mas ele brincava com um chicote e um cavalo. Então Sitnikov saltou para a carruagem e gritou para dois camponeses que passavam por perto:

– Ponham os chapéus, seus idiotas!

Depois foi para a cidade, onde chegou muito tarde, e no dia seguinte Kúkchina sofreu muito por causa desses dois "nojentos orgulhosos e ignorantes".

Sentado na carruagem de Bazárov, Arcádio apertou sua mão com força e não disse nenhuma palavra por um bom tempo. Parecia que Bazárov entendia e apreciava tanto esse aperto de mão quanto esse silêncio. Na noite anterior, ele não havia dormido nem fumado e não comeu quase nada durante vários dias. Seu perfil fino e abatido destacou-se nitidamente sob seu quepe.

– Bem, meu irmão – disse ele por fim –, dê-me um cigarro... Olhe se minha língua está amarela?

– Amarela – respondeu Arcádio.

– É normal... nem o cigarro eu quero. O carro está quebrado.

– Realmente mudou recentemente – observou Arcádio.

– Não é problema! Vamos ficar bem. Uma coisa é chata, minha mãe é tão compassiva: para ela, se a pessoa não tiver a barriga grande e não comer dez vezes por dia, ela fica preocupada. Bem, o pai é normal, ele passou por tudo nessa vida. Não, não posso fumar – falou ele, jogando o cigarro na poeira da estrada.

– São vinte e cinco milhas até sua propriedade? – perguntou Arcádio.

– Vinte e cinco. Basta perguntar a este sábio. – Ele apontou para o camponês, o empregado de Fedot.

Mas o sábio respondeu:

— Quem sabe, ninguém mediu essa distância. — E continuou a brigar com o cavalo em voz baixa por "chutar com a cabeça", ou seja, sacudir a cabeça. — Sim, sim — começou Bazárov —, uma lição para meu jovem amigo, um exemplo instrutivo. Deus sabe que bobagem! Cada pessoa está pendurada por um fio, o abismo pode se abrir sob ela a cada minuto, e ela ainda inventa todos os tipos de problemas para si mesma, estraga sua vida.

— O que quer dizer? — perguntou Arcádio.

— Não estou insinuando nada, estou dizendo diretamente que nós dois nos comportamos de maneira muito estúpida. O que há para dizer! Mas eu já notei, pela minha experiência: quem ficar com ódio da sua dor, ganha a batalha contra ela.

— Eu não o entendo muito bem — disse Arcádio —, parece que não tem do que reclamar.

— E se não me entende muito bem, direi o seguinte: na minha opinião, é melhor quebrar pedras na calçada do que permitir que uma mulher se apodere até mesmo da ponta do seu dedo. Isso tudo é... — Bazárov quase pronunciou sua palavra favorita "romantismo", mas resistiu e disse: — Bobagem. Não vai acreditar em mim agora, mas eu estou dizendo: nós acabamos em companhia de mulheres e foi agradável; mas abandonar tal companhia é como mergulhar na água fria em um dia quente. Um homem não tem tempo para fazer tais bobagens; um homem deve ser feroz, diz um excelente provérbio espanhol. Você, por exemplo, é casado? — perguntou, dirigindo-se ao cocheiro.

O camponês mostrou aos amigos seu rosto achatado e meio cego.

— Casado? Ah, sim. Por que não seria?

— Está batendo na esposa?

— Na esposa? Tudo acontece. Não batemos sem motivo.

— Que ótimo. Bem, ela bate em você?

O camponês puxou as rédeas.

— Que palavra você disse, senhor. Devia estar brincando... — Ele, aparentemente, ficou ofendido.

— Está ouvindo, Arcádio Nikoláevitch! Nós dois fomos batidos... isso é o que significa ser pessoas educadas.

Arcádio forçou-se para rir, enquanto Bazárov se virou e não abriu mais a boca.

Vinte e cinco milhas pareciam cinquenta para Arcádio. Mas logo na encosta de uma colina por fim apareceu uma pequena aldeia, onde os pais de Bazárov moravam. Ao lado dela, em um pequeno bosque de bétulas, havia uma casa nobre sob um telhado de palha. Na primeira cabana havia dois camponeses de chapéus, discutindo. "Você é um porco grande", dizia um ao outro, "e é pior do que um leitão". "Sua esposa é uma bruxa", falou outro.

– Pela conduta – falou Arcádio a Bazárov – e pelas palavras que ambos usam, você pode ver que os camponeses de meu pai não são muito oprimidos. E aqui está ele em pessoa, saindo para a varanda de sua casa. Ouviu, então, o sininho. É ele, é ele, eu o reconheço. Heeeei! O cabelo dele ficou muito branco, pobrezinho!

20

Bazárov colocou a cabeça para fora da carruagem. Arcádio espiava às costas do amigo e viu na varanda da casa principal um homem alto e magro com cabelo despenteado e nariz aquilino fino, vestido com um velho casaco militar aberto. Permanecia com as pernas abertas, fumando um longo cachimbo e piscando os olhos por causa do sol.

Os cavalos pararam.

– Finalmente, ele veio – disse o pai de Bazárov, continuando a fumar, embora o cachimbo ainda saltasse entre os dedos. – Saia, saia, quero abraçar você.

Ele abraçou o filho.

– Enyusha, Enyusha – veio uma voz feminina trêmula.

A porta se abriu e apareceu uma mulher velha, baixinha e gordinha com um boné branco e uma blusa curta colorida. Ela engasgou, cambaleou e provavelmente teria caído se Bazárov não a tivesse apoiado. Os braços gordinhos envolveram instantaneamente o pescoço dele, a cabeça dela ficou pressionada contra seu peito e todos ficaram em silêncio. Apenas seus soluços intermitentes foram ouvidos.

O velho Bazárov respirava profundamente e piscava os olhos mais do que nunca.

– Bem, pare, pare, Arisha! Pare com isso – ele começou trocando olhares com Arcádio, que ficou imóvel perto da carruagem, enquanto o cocheiro até virava as costas. – Não precisa chorar! Por favor, pare.

– Ah, Vassilii Ivanovich – balbuciou a velhinha –, pela primeira vez, pela primeira vez, meu querido Enyusha... – E, sem abrir as mãos, ela afastou o rosto, molhado de lágrimas e enrugado, para longe de Bazárov, olhou para ele com alegria e novamente o abraçou.

– Sim, claro, isso é natural – disse Vassilii Ivanovich –, mas é melhor entrarmos na sala. Aqui está um convidado de Eugênio, com licença – acrescentou ele, voltando-se para Arcádio e mexendo levemente o pé. Entende, é a fraqueza feminina; bem, e coração materno...

E seus próprios lábios e sobrancelhas se contraíram e o queixo tremia... mas ele, aparentemente, queria se vencer e parecia quase indiferente. Arcádio se abaixou.

– Vamos, mãe, vamos – disse Bazárov e conduziu a velhinha debilitada para dentro de casa. Ao colocá-la em uma poltrona confortável, ele rapidamente abraçou o pai mais uma vez e o apresentou a Arcádio.

– Estou sinceramente feliz em conhecê-lo – disse Vassilii Ivanovich –, só peço que não preste muita atenção nas coisas: aqui está tudo muito simples, à militar. Arina Vlasievna, acalme-se, faça-me um favor: que covardia é essa? Nosso hóspede pode censurá-la.

– Senhor – disse a velhinha em meio às lágrimas –, não tenho a honra de saber o nome e o patronímico...

– Arcádio Nikolaévitch – disse Vassilii Ivanovich com importância, em voz baixa.

– Perdoe minha estupidez. – A velha assoou o nariz e, sacudindo a cabeça primeiro para a direita, depois para a esquerda, enxugou cuidadosamente um olho após o outro. – Perdoe-me. Afinal, pensei que fosse morrer, sem ver meu *queriiiidoo*.

– E agora viu, minha senhora – falou Vassilii Ivanovich. – Tania – ele se virou para uma garota descalça de treze anos, em um vestido de chita da cor vermelha, olhando com medo atrás da porta –, traga um copo d'água para a senhora, em uma bandeja, ouviu? E vocês, senhores – acrescentou ele à moda antiga –, deixem-me pedir-lhes que visitem o escritório de um veterano aposentado.

– Deixe-me abraçá-lo mais uma vez, Enyushechka – lamentou Arina Vlasievna. Bazárov se abaixou. – Mas que homem bonito você se tornou!

– Bem, bonito ou feio, não sei – observou Vassilii Ivanovich –, mas um homem, como dizem: *ommfe*[24]. E agora espero, Arina Vlasievna, que, depois de satisfazer seu coração materno, a senhora se encarregue de satisfazer seus queridos hóspedes, porque, como você sabe, rouxinol não se alimenta com fábulas.

A velhinha levantou-se da cadeira.

– Neste mesmo momento, Vassilii Ivanovich, a mesa estará posta, eu mesma irei correndo para a cozinha e mandarei colocar o samovar, tudo será feito, tudo. Afinal, durante três anos eu não o vi, não dei comida nem bebida, acha que é fácil?

– Bem, olha, minha senhora, faça o que deve fazer; e vocês, senhores, peço que me sigam. Timofeich veio cumprimentar você, Eugênio. E ele ficou feliz, um velho cão de guarda. Sigam-me, por favor.

E Vassilii Ivanovich avançou apressadamente, arrastando os pés e batendo no chão com os sapatos gastos.

Toda a sua casinha consistia em seis quartos minúsculos. Um deles, aquele para onde ele trouxe nossos amigos, se chamava gabinete. Uma mesa de pernas grossas cheia de papéis cobertos com poeira velha, como se fossem papéis fumê, ocupava todo o espaço entre as duas janelas; nas paredes estavam penduradas armas turcas, chicotes, um sabre, dois mapas terrestres, alguns tipos de desenhos anatômicos, um retrato de Hufeland, um monograma de cabelo em uma moldura preta e um diploma sob o vidro; um sofá de couro, amassado e rasgado em alguns lugares, foi colocado entre dois enormes armários feitos de bétula da Carélia; livros, caixas, pássaros empalhados, latas, garrafas estavam amontoados nas prateleiras; um carro elétrico quebrado estava em um canto.

---

[24] Comum. (N.T.)

– Eu o avisei, meu caro visitante – começou Vassilii Ivanovich –, que vivemos aqui, por assim dizer, em acampamentos...

– Pare, por que está desculpando-se? – Bazárov o interrompeu. – Kirssanov sabe muito bem que não somos Croes e que o senhor não tem um palácio. Onde nós o colocamos, eis a questão.

– Bem, Eugênio, tenho uma sala grande no meu anexo: ele ficará muito bem acomodado lá.

– Então o senhor tem o anexo?

– Claro! Lá, onde fica a sauna, senhor – interveio Timofeich.

– Ou seja, ao lado da sauna – acrescentou Vassilii Ivanovich apressadamente. – Agora é verão... Estou correndo lá agora, vou mandar preparar; e você, Timofeich, enquanto isso, traga os pertences deles. Claro que vou lhe dar meu gabinete, Eugênio. *Suum cuique*[25].

– Aqui está! Um velho muito divertido e gentil – acrescentou Bazárov assim que Vassilii Ivanovich saiu. – O mesmo excêntrico que o seu, só que de uma forma diferente. Ele fala muito.

– E sua mãe parece ser uma mulher maravilhosa – comentou Arcádio.

– Sim, ela é uma mulher muito simples. Vai ver que jantar ela fará para nós.

– Eles não o esperavam hoje, pai, não trouxeram carne – disse Timofeich, que acabou de arrastar a mala de Bazárov até o quarto.

– Podemos viver sem carne, sem problemas. Dizem que a pobreza não é um vício.

– Quantos empregados seu pai tem? – Arcádio perguntou de repente.

– A propriedade não é dele, mas sim da mãe; pelo que eu me lembre, são quinze pessoas.

– São vinte e dois – comentou Timofeich com desagrado.

Ouviu-se o som de sapatos batendo no chão e Vassilii Ivanovich apareceu novamente.

– Em alguns minutos, seu quarto estará pronto para recebê-lo – ele exclamou com importância. – Arcádio... Nikolaévitch? É, ao que parece,

---

[25] Cada um no seu quarto. (N.T.)

como o senhor se chama? E aqui está o seu servo – acrescentou ele, apontando para um menino que tinha entrado com ele, de cabelos curtos em um cafetã azul com cotovelos rasgados e botas de outra pessoa. – Seu nome é Fedka. De novo, repito, embora meu filho proíba, desculpe a nossa modéstia. No entanto, ele sabe como encher um cachimbo. Você fuma?

– Eu fumo mais charutos – respondeu Arcádio.

– E age com muita sabedoria. Eu próprio dou preferência aos charutos, mas nas nossas terras isoladas é extremamente difícil consegui-los.

– Pare de mentir – interrompeu Bazárov novamente. Melhor, sente-se aqui no sofá e deixe eu olhar para o seu rosto.

Vassilii Ivanovich riu e sentou-se. Seu rosto era muito parecido com o de seu filho, apenas sua testa era mais baixa e estreita, e sua boca um pouco mais larga, e ele se movia constantemente, encolhia os ombros como se sua roupa, cortada nas axilas, lhe incomodasse. Ele piscava, tossia, mexia os dedos, enquanto o filho fazia poucos movimentos.

– Cantar Lazarus! – repetiu Vassilii Ivanovich. – Eugênio, não pense que eu quero, por assim dizer, fazer o hóspede sentir pena de mim: veja o deserto onde nós vivemos. Pelo contrário, sou de opinião que, para uma pessoa que pensa, não existe deserto. Pelo menos tento, se possível, não deixar o musgo crescer demais; como dizem, quero acompanhar o século.

Vassilii Ivanovich tirou um novo estojo amarelo do bolso, que pegou enquanto corria para o quarto de Arcádio e continuou agitando-o no ar:

– Eu nem estou falando sobre o fato de que eu, com prejuízo para mim mesmo, coloquei os camponeses no aluguel e dei a eles minha terra para usar. Considerei isso meu dever, a própria prudência comanda neste caso, embora outros fazendeiros nem pensem nisso: estou falando de ciência, de educação.

– Sim; então estou vendo aqui: "Amigo da Saúde" do ano de 1855 – observou Bazárov.

– Um velho amigo o mandou para mim – disse Vassilii Ivanovich apressadamente –, mas nós, por exemplo, temos uma ideia sobre frenologia – acrescentou ele, se voltando, no entanto, mais para Arcádio e apontando para uma pequena cabeça de gesso, subdividida exteriormente em quadriláteros numerados –, nós conhecemos Shenlein e Rademacher.

– Ainda acreditam em Rademacher na província de ***? – perguntou Bazárov.

Vassilii Ivanovich tossiu.

– Na província... Claro que os senhores sabem melhor; como podemos acompanhá-los? Afinal, vocês vieram para nos substituir. E no meu tempo, algum humoralista Goffman, algum Brown com seu vitalismo pareciam ridículos, apesar da sua fama em outros tempos. Alguém novo substituiu Rademacher, os senhores o idolatram, e em vinte anos, todos irão rir também desse substituto.

– Isso vai lhe servir como consolo – disse Bazárov –, que agora achamos ridícula a própria medicina e não homenageamos ninguém.

– Como assim? Quer ser médico?

– Eu quero, mas uma coisa não impede a outra.

Vassilii Ivanovich cutucou o cachimbo com o dedo do meio, onde ainda restava um pouco de cinza quente.

– Bem, talvez, talvez. Não vou discutir. Quem eu sou? Um médico aposentado do exército, *voilà tout*[26]; agora sou agrônomo. Servi junto com seu avô na brigada – ele se voltou novamente para Arcádio –, sim, sim. Eu vi muita coisa em minha vida. Que sociedades eu frequentei, de quem era amigo! Agora à sua frente estou assim. Senti o pulso do príncipe Wittgenstein e de Zhukovsky! –, aqueles do exército no Sul, do décimo quarto, entende? – E aqui Vassilii Ivanovich cerrou significativamente os lábios. – Conhecia todos, sem exceção. Agora nada tenho que ver com isso; meu negócio é bisturi, e pronto! E seu avô era um homem muito respeitável, um verdadeiro militar.

– Admita que era um idiota – disse Bazárov com preguiça.

– Ah, Eugênio, o que está dizendo! Tenha misericórdia... Claro, o general Kirssanov não era um dos...

---

[26] Só isso. (N.T.)

— Bem, deixe-o — interrompeu Bazárov. — Enquanto estava chegando até aqui, fiquei feliz em ver seu bosque de bétulas, ele cresceu bem.

Vassilii Ivanovich se animou.

— Tem que conhecer o meu pomar! Eu mesmo plantei cada árvore. Tem frutas, bagas e todos os tipos de ervas medicinais. Por mais astutos que vocês sejam, jovens senhores, mas mesmo assim o velho Paracelsky pronunciou a sagrada verdade: *in herbis, verbis et lapidibus*[27]... Afinal, sabe, desisti da prática, e uma ou duas vezes por semana tenho que fazer este trabalho. Às vezes, os pobres pedem conselhos, e não é possível mandá-los embora. Às vezes, os pobres recorrem à ajuda. E não há médicos aqui. Um vizinho local, imagine, um major aposentado, também cura. Eu pergunto: "Estudou medicina?" Ele responde: "Não, não estudei, faço isso pela filantropia" Pela filantropia! O que é isso!

— Fedka! Prepare meu cachimbo! — disse Bazárov severamente.

— Ou mais, outro médico vem ao paciente — Vassilii Ivanovich continuou com algum tipo de desespero —, e o paciente já está *ad patres*, ou seja, já morreu; nem deixavam o médico entrar, falando: "não precisa mais". O médico não esperava por isso, ficou sem graça e perguntou: "O senhor soluçava antes de morrer"? E eles: "Soluçava". "Muito"?, tornou o médico. "Muito sim". "Ah, isso é bom" e foi embora.

O velho riu sozinho, Arcádio colocou um sorriso no rosto. Bazárov apenas sugou o fumo. A conversa continuou assim por uma hora. Arcádio conseguiu entrar em seu quarto, que era muito aconchegante e limpo. Finalmente, Tanyusha entrou e anunciou que o jantar estava pronto.

Vassilii Ivanovich levantou-se primeiro.

— Vamos, senhores! Desculpem-me profundamente se falei muito. Talvez minha esposa os agrade mais do que eu.

O jantar, embora preparado às pressas, saiu muito bom, até farto; apenas o vinho, como dizem, deixava muito a desejar: o xerez quase preto, que Timofeich comprou na cidade de um comerciante conhecido, parecia

---

[27] Em ervas e pedras. (N.T.)

cobre ou resina; e as moscas também atrapalharam. Em tempos comuns, o jardineiro as afastava com um grande galho verde; mas desta vez Vassilii Ivanovich o mandou embora com medo do julgamento da geração mais jovem. Arina Vlasievna conseguiu se vestir bem; colocou um boné alto com fitas de seda e um xale azul com listras. Ela chorou de novo assim que viu seu Enyusha, mas o marido não precisou acalmá-la: ela mesma enxugou rapidamente as lágrimas para não estragar o xale. Apenas os jovens comiam: os donos já tinham jantado. Fedka serviu, aparentemente cansado de usar botas incomuns, e uma mulher torta de rosto corajoso, chamada Anfisushka, que servia como governanta, encarregada do aviário e da lavadeira, o ajudou. Vassilii Ivanovich caminhou pela sala durante o jantar e, com ar completamente feliz e até bem-aventurado, falou sobre os receios inspirados pela política de Napoleão e pela complexidade da questão italiana. Arina Vlasievna não percebia a presença de Arcádio nem o servia; apoiando o rosto redondo com o punho cerrado, ao qual tinha lábios carnudos e cor de cereja e manchas nas bochechas e acima das sobrancelhas exibiam uma expressão muito bem-humorada, ela não tirava os olhos do filho e ficava suspirando. Estava mortalmente ansiosa para saber quanto tempo ele iria passar em casa, mas tinha medo de perguntar a ele. "Bem, ele pode dizer que ficará por dois dias", ela pensava, e seu coração afundava.

Depois do assado, Vassilii Ivanovich desapareceu por um momento e voltou com uma meia garrafa aberta de champanhe.

– Aqui – exclamou ele –, embora vivamos no deserto, em ocasiões especiais temos algo para nos divertir! – Ele serviu três taças e um cálice, brindou à saúde dos "convidados inestimáveis" e imediatamente, de maneira militar, esvaziou a taça em um gole só e obrigou Arina Vlasievna a esvaziar um cálice até a última gota.

Quando chegou a vez da geleia, Arcádio, que detestava doces, considerou seu dever, entretanto, provar quatro opções diferentes, recém-preparadas, até porque Bazárov recusou-se categoricamente a prová-las e acendeu um cigarro. Trouxeram chá com creme, manteiga e pretzels; no final, Vassilii Ivanovich levou todos ao pomar para admirar a beleza da tarde. Ao passar perto do banco, ele falou em voz baixa para Arcádio:

– Aqui, neste lugar, eu gosto de filosofar, contemplando o pôr do sol: esse sentimento faz muito bem, cabe a um eremita no nosso deserto. E lá, mais longe, plantei várias árvores, as quais o poeta Horácio apreciava bastante.

– Quais árvores? – Bazárov perguntou, ouvindo com atenção.

– Bem... acácias.

Bazárov começou a bocejar.

– Suponho que é hora dos viajantes abraçarem Morfeu – observou Vassilii Ivanovich.

– Ou seja, está na hora de dormir! – falou Bazárov. – Está certo. Está na hora.

Ao se despedir da mãe, ele a beijou na testa, ela o abraçou e, atrás de suas costas, abençoou-o três vezes às escondidas. Vassilii Ivanovich acompanhou Arcádio até seu quarto e desejou-lhe "o descanso abençoado que tive na sua idade feliz". E, de fato, Arcádio dormiu bem em seu quartinho: ele cheirava a menta e dois grilos tagarelavam sonolentos atrás do fogão de lenha. Vassilii Ivanovich voltou para o gabinete e, aninhado no sofá aos pés do filho, ia conversar com ele um pouquinho, mas Bazárov imediatamente o mandou embora, dizendo que queria dormir; no entanto, só adormeceu de manhã. Com os olhos bem abertos, ele olhava furioso para a escuridão: as memórias da infância não tinham poder sobre ele e, além disso, ainda não tinha tido tempo de se livrar das últimas impressões amargas. Arina Vlasievna primeiro rezou e depois conversou bastante com Anfisushka que, parada na frente da senhora e fixando seu único olho nela, em um sussurro misterioso transmitia-lhe todas as suas observações e considerações sobre Eugênio Vassílievitch. A velhinha estava completamente tonta de alegria, com vinho, com fumaça de charuto; o marido mal começou a falar com ela e logo desistiu.

Arina Vlasievna foi de uma verdadeira família nobre russa que devia ter vivido nos velhos tempos de Moscou, uns duzentos anos atrás. Ela era muito piedosa e sensível, acreditava em todos os tipos de presságios, adivinhações, conspirações, sonhos; em santos tolos, em protetores do lar, em goblin, em encontros ruins, praga, em remédios populares, no sal de quinta-feira, no fim iminente do mundo. Dizia que, se as velas não se apagassem no domingo claro, na vigília noturna, a safra do trigo sarraceno seria boa e se o cogumelo não crescia mais, é porque o olho humano o viu. Afirmava que o diabo gosta de estar onde tem água, e que todo judeu está com uma mancha de sangue no peito. Tinha medo de ratos, cobras, sapos, pardais, sanguessugas, trovões, água fria, vento frio, cavalos, cabras, pessoas de cabelo ruivo e gatos pretos; considerava grilos e cães animais impuros. Não comia carne de vitela, pombos, lagostins, queijo, aspargos, topinambo, lebres ou melancias, porque uma cortada se assemelha à cabeça de João Batista. Falava de ostras apenas com repugnância; gostava de comer e jejuava estritamente; ela dormia dez horas por dia, e não se deitava se Vassilii Ivanovich tinha dor de cabeça. Não leu um único livro, exceto "*Alexis*, ou a *Cabana na floresta*", escrevia uma ou duas cartas por ano, mas era uma boa dona de casa, embora não tocasse em nada com as próprias mãos e de má vontade mudava de lugar. Arina Vlasievna foi muito gentil e, à sua maneira, nada estúpida. Ela sabia que no mundo existem senhores que devem mandar e pessoas comuns que devem servir e, portanto, por isso não desprezava a adulação e as reverências profundas; mas tratava seus servos com bondade e carinho. Não negava esmola aos mendigos e nunca condenava ninguém, embora às vezes fofocasse. Na juventude ela era muito bonita, tocava clavicórdio e falava um pouco em francês; mas durante muitos anos, se mudando de um local para outro com o marido, com quem se casou contra sua vontade, ela engordou e esqueceu de vez a música e o francês. Amava muito o seu filho e tinha medo dele. Ela entregou a administração da propriedade a Vassilii Ivanovich e não quis mais saber de nada: suspirava, agitava o lenço e erguia as sobrancelhas cada vez mais alto quando o marido começava a falar sobre as futuras reformas e seus planos. Desconfiava de tudo, sempre esperando algum tipo de desgraça, e chorava ao lembrar-se de algo triste... Atualmente mulheres desse tipo são raras. Mas só Deus sabe se devemos ficar felizes com isso!

21

Ao levantar-se, Arcádio abriu a janela e a primeira pessoa que chamou sua atenção foi Vassilii Ivanovich. Com um roupão oriental, usando um lenço como cinto, o velho estava mexendo no pomar. Ele notou seu jovem hóspede e, apoiando-se na pá, exclamou:

– Bom dia! Descansou bem?
– Excelente – respondeu Arcádio.
– Você vê, aqui estou eu, igual a um certo Cincinato, preparando terra para semear nabos. Chegou a hora e graças a Deus, que cada um se alimente com as próprias mãos, não precisa esperar nada dos outros: nós mesmos devemos trabalhar. E parece que o prezado Jean-Jacques Rousseau tinha razão. Meia hora atrás, meu senhor, você teria me visto em uma posição completamente diferente. Para uma mulher que se queixava de uma forte diarreia, como eles falam na língua deles, e na nossa língua isso se chama disenteria, eu... como se diz... apliquei ópio; e tirei um dente da outra mulher. Ofereci anestesia com éter... só que ela não concordou. Tudo isso eu faço gratuitamente. Não é para se admirar de mim: sou um plebeu, um *homo novus*[28],

---
[28] Um novo homem. (N.T.)

não sou da burguesia igual a minha esposa... Gostaria de vir aqui, na sombra, para apreciar o ar fresco matinal antes do chá?

Arcádio desceu até ele.

— Seja bem-vindo novamente! — disse Vassilii Ivanovich, pondo a mão de maneira militar no chapéu seboso que lhe cobria a cabeça. — Eu sei que está acostumado ao luxo, aos prazeres, mas os grandes homens deste mundo não hesitam em passar um curto período de tempo em uma cabana.

— Que isso — exclamou Arcádio —, quem sou eu neste mundo? E não estou acostumado ao luxo.

— Espere um pouco — falou Vassilii Ivanovich com um sorriso amigável. — Embora agora esteja velho, também vivi bastante nesta vida e reconheço um pássaro pelo voo. Também sou psicólogo à minha maneira e fisionomista. Se eu não tivesse, ouso dizer, este dom, já estaria perdido há muito tempo. O mundo me eliminaria como um fracassado. Direi sem elogios: a amizade que existe entre o senhor e o meu filho, faz-me sinceramente feliz. Eu acabei de vê-lo; ele, como sabe, acordou muito cedo e foi andar na vizinhança. Perdoe a minha curiosidade, conhece meu Eugênio há muito tempo?

— Desde o inverno deste ano.

— Pois bem. E posso perguntar outra coisa, mas vamos nos sentar? Deixe-me perguntar-lhe, como pai, bem direto: qual é a sua opinião sobre o meu Eugênio?

— Seu filho é uma das pessoas mais maravilhosas que já conheci — Arcádio respondeu vivamente.

Os olhos de Vassilii Ivanovich arregalaram-se de repente e suas bochechas enrubesceram de leve. A pá caiu de suas mãos.

— Então o senhor acha — começou ele...

— Tenho certeza — disse Arcádio — que seu filho terá um grande futuro, que glorificará seu nome. Eu estava convencido disso desde nosso primeiro encontro.

— Como... como foi? — Vassilii Ivanovich mal conseguiu falar. Um sorriso entusiasmado separou seus lábios largos e nunca os deixou.

– Quer saber como nos conhecemos?

– Sim... quero saber de tudo...

Arcádio começou a falar sobre Bazárov, bem mais entusiasmado, muito mais do que ele estava na noite em que dançou uma mazurca com Odintsova.

Vassilii Ivanovich o ouvia, assoava o nariz, enrolava o lenço com as duas mãos, tossia, bagunçava os cabelos e finalmente não aguentou: curvou-se para Arcádio e beijou-o no ombro.

– Você me fez totalmente feliz – disse ele, sem parar de sorrir –, devo dizer-lhe que eu... adoro o meu filho. Nem falo da minha velhinha: sabe, mãe é mãe! Mas não me atrevo a mostrar meus sentimentos na frente dele, porque ele não gosta. Ele é o inimigo de todas as confissões; muitos até o condenam por tal firmeza de caráter e veem nisso um sinal de orgulho ou insensibilidade; mas pessoas como ele não precisam ter o padrão comum, não é mesmo? Bem, por exemplo: outro em seu lugar havia tirado dinheiro de seus pais. E ele, vai acreditar? Ele não tirou um centavo nosso, juro por Deus!

– Ele é um homem desinteressado e honesto – observou Arcádio.

– Precisamente desinteressado. E eu, Arcádio Nikolaévitch, não só o adoro, como tenho orgulho dele. Toda a minha ambição é que com o tempo sua biografia contivesse as seguintes palavras: "O filho de um simples e modesto médico militar, que, porém, soube resolver o seu enigma desde cedo e nada poupou para a sua educação..." – A voz do velho falhou.

Arcádio apertou sua mão.

– O que acha – perguntou Vassilii Ivanovich após algum silêncio –, ele não ficará famoso na área de medicina como o senhor profetiza?

– Acho que não ficará na área de medicina, mas nesse aspecto ele será um dos primeiros sábios.

– Então em que, Arcádio Nikolaévitch?

– É difícil dizer agora, mas ele ficará famoso.

– Ele ficará famoso! – repetiu o velho e mergulhou em pensamentos.

— Arina Vlasievna mandou chamar para tomar chá – disse Anfisushka, passando perto com um enorme prato de framboesas maduras.

Vassilii Ivanovich se animou.

— Terá chantilly frio para acompanhar as framboesas?

— Terá sim.

— Tem que estar frio mesmo! Não tenha vergonha, Arcádio Nikolaévitch, pegue mais. Por que Eugênio não está vindo?

— Estou aqui – veio a voz de Bazárov da sala de Arcádio.

Vassilii Ivanovich voltou-se rapidamente.

— Aha! Você queria visitar seu amigo; mas está atrasado, *amice*[29], e nós já conversamos muito. Agora vamos tomar chá: sua mãe está chamando. Aliás, preciso falar com você.

— Sobre o quê?

— Tem um camponês aqui, ele sofre de icterícia...

— Doença amarela?

— Sim, icterícia crônica adiantada. Prescrevi centauro e erva-de-São-João, fiz-lhe comer cenouras, prescrevi bicarbonato de sódio; mas todos esses meios são paliativos. Precisamos de algo mais eficaz. Mesmo que você ria da medicina, tenho certeza de que poderia me dar alguns bons conselhos. Mas falaremos mais tarde sobre isso, agora vamos tomar chá.

Vassilii Ivanovich levantou-se rapidamente do banco e cantou uma passagem da ópera *"Roberto, fra Diavolo"*:

Lei, lei, lei nós estabelecemos
Para viver... para viver... vivermos com prazer!

— Vitalidade inacreditável! – disse Bazárov, afastando-se da janela.

Era meio-dia. O sol queimava muito por trás de uma fina cortina de nuvens esbranquiçadas contínuas. Tudo estava em silêncio, alguns cacarejos

---

[29] Amigo. (N.T.)

dos galos ecoavam alegremente na aldeia, provocando em todos os que os ouviam uma estranha sensação de sonolência e tédio; e em algum lugar no alto das árvores ouvia-se o choro triste de um gavião filhote. Arcádio e Bazárov estavam deitados à sombra de um pequeno feixe de feno, sobre uma camada de grama seca e perfumada.

– Aquele álamo – começou Bazárov – lembra-me da minha infância; ele cresceu na beira de um buraco que sobrou de uma olaria, e naquela época eu tinha certeza de que esse buraco e o álamo eram um talismã especial: nunca me cansei deles. Não percebia que não ficava entediado porque era criança. Bem, agora que sou adulto, esse talismã não funciona.

– Quanto tempo passou aqui? – perguntou Arcádio.

– Dois anos seguidos, depois nós viajamos, éramos nômades. Viajamos pelas cidades.

– E essa casa está aqui há muito tempo?

– Sim, muito. Foi construída pelo meu avô materno.

– Quem era ele, seu avô?

– Só o diabo sabe. Era um major. Ele serviu sob o comando de Suvorov e contava tudo sobre a passagem pelos Alpes. Provavelmente mentia.

– Entendi agora o motivo do retrato de Suvorov na sua sala de estar. E adoro casas como a sua, velhas e aconchegantes; e o cheiro delas é especial.

– Elas cheiram o óleo de lâmpada de igreja e trevo doce – disse Bazárov, bocejando. – E quanto às moscas nessas lindas casas... Eca!

– Diga-me – começou Arcádio após um breve silêncio –, a sua educação familiar era rígida na sua infância?

– Já conheceu meus pais. Essas pessoas não são rígidas.

– Ama eles, Eugênio?

– Eu os amo, Arcádio!

– Eles amam muito você!

Bazárov ficou em silêncio.

– Sabe em que penso? – disse ele por fim, jogando as mãos atrás da cabeça.

– Não sei. Em quê?

– Como vivem bem meus pais neste mundo! Aos sessenta anos, meu pai está ocupado, fala de meios "paliativos", cura as pessoas, é generoso com os camponeses, enfim; e minha mãe também passa a vida de boa: o dia dela é tão cheio de todos os tipos de atividades que ela não tem tempo para pensar em si; e eu…

– E você?

– … Penso: aqui estou eu deitado debaixo de um feixe de feno… O lugarzinho estreito que ocupo é tão minúsculo em comparação com o resto do espaço onde não estou e onde ninguém se importa comigo; e a parte do tempo que vou conseguir viver é tão insignificante antes da eternidade, onde não estive e nunca estarei… E neste átomo, neste ponto matemático, o sangue circula, o cérebro funciona, quer algo também… Que desgraça! Que bobagem!

– Deixe-me falar: o que disse se aplica a todas as pessoas em geral…

– Está certo – disse Bazárov. – Queria dizer que aqui estão eles, meus pais, ou seja, estão ocupados e não se preocupam com a própria insignificância, que não fede para eles… e eu… só sinto tédio e raiva.

– Raiva? Por que raiva?

– Por quê? Como assim por quê? Esqueceu?

– Lembro-me de tudo, mas mesmo assim não acho que tenha o direito de ficar com raiva. Está infeliz, eu concordo, mas… – Eh! Sim, eu sei, Arcádio Nikolaévitch, que entende de amor como todos os jovens mais novos: as pessoas chamam: vem cá galinha, e assim que a galinha começar a se aproximar, fogem correndo! Eu não sou assim. Mas vamos mudar de assunto. É vergonhoso falar sobre o assunto em que não tem como ajudar. – Ele se virou de lado. – Ei! Aqui está uma formiga arrastando uma mosca moribunda. Arraste-a, irmão, arraste-a! Arraste-a mesmo que ela resista, aproveite o fato de que você, como animal, tem o direito de não reconhecer sentimentos de compaixão. Nós, humanos, somos tão diferentes!

– Quem diria, Eugênio! Quando você se quebrou?

Bazárov ergueu a cabeça.

– Estou orgulhoso apenas disso. Não me quebrei e uma mulherzinha qualquer também não vai me quebrar. Amém! Acabou! Não vai ouvir mais uma palavra sobre isso de mim.

Os amigos ficaram em silêncio por um tempo.

– Sim – começou Bazárov –, o ser humano é estranho. Quando olho para o lado e de longe para a vida que meus "pais" levam aqui neste deserto, penso: será que existe algo melhor? Como, bebo e sei que estou agindo da maneira mais correta e razoável. Mas não, o tédio vai dominar. Eu quero estar com as pessoas, até mesmo brigar com elas ou cuidar delas.

– Devemos organizar a vida de modo que cada momento nela seja significativo – disse Arcádio, pensativo.

– Olha quem fala! Significativo, embora seja falso, é doce, mas você pode concordar com o insignificante... mas problemas, problemas... isso é um desastre.

– Os problemas não existem para uma pessoa, a menos que ela queira admiti-los.

– Hum... você disse o lugar-comum contraditório.

– O quê? O que você quer dizer?

– Vou explicar. Dizer, por exemplo, que a educação é útil, é um lugar-comum; mas dizer que a educação é prejudicial é o lugar-comum contraditório. Parece ser mais elegante, mas é a mesma coisa.

– Onde está a verdade, onde?

– Onde? Respondo-lhe como um eco: onde?

– Hoje está muito melancólico, Eugênio.

– Parece-lhe? Quem sabe se foi por causa do sol... Ele deve ter me deixado quente e não se pode comer tanta framboesa.

– Nesse caso, não é ruim tirar uma soneca – observou Arcádio.

– Concordo, mas não olhe para mim: o homem sempre tem cara de idiota quando dorme.

– Se preocupa tanto com o que as pessoas pensam?

– Eu não sei o que te dizer. Um homem normal não deve preocupar-se com isso. Um homem normal é aquele que não interessa a ninguém e que você deve obedecer ou odiar.

– Estranho! Eu não odeio ninguém – disse Arcádio, refletindo.

– E eu odeio tantos. É uma alma gentil, é fraco, não consegue odiar ninguém!... É tímido, não confia em si mesmo...

– E você? – interrompeu Arcádio – confia em si mesmo? Você se considera uma pessoa superior?

Bazárov ficou em silêncio.

– Quando eu encontrar uma pessoa que seja igual ou superior a mim, então mudarei minha opinião sobre mim mesmo. Ódio! Sim, por exemplo, você disse hoje, passando pela casinha do nosso camponês, Filip: "ela é tão bonita, branca"; agora, você disse: "a Rússia então alcançará a perfeição quando o último camponês tiver a mesma casa, e cada um de nós deve contribuir para isso..." E odiei este último homem, Filip ou Sidor, para quem tenho que fazer o impossível e que nem me agradece... e o que eu faria com aquele agradecimento? Bem, ele viverá em uma casinha branca, e uma bardana crescerá de mim; e daí?

– Chega, Eugênio... ouvi-lo hoje é concordar involuntariamente com aqueles que nos censuram por falta de princípios.

– Parece seu tio. Não há nenhum princípio, não adivinhou até agora! Mas existem sensações. Tudo depende delas.

– Como assim?

– Sim, a mesma coisa. Por exemplo, eu: sou um negativista, por causa da sensação. Tenho o prazer de negar, meu cérebro funciona assim e basta! Por que eu gosto de química? Por que gosto de maçãs? Também por causa da sensação. Tudo é unilateral. As pessoas nunca penetrarão mais fundo do que isso. Ninguém explicará isso a você, e eu não vou dizer-lhe na próxima vez.

– Bem. A honestidade é uma sensação também?

– Claro que sim!

– Eugênio! – Arcádio começou com uma voz triste.

– Oi? O quê? Não é do seu gosto? – Bazárov o interrompeu. – Não, irmão! Decidiu cortar tudo? Corte os pés também!... Mas, filosofamos bastante. "A natureza evoca o silêncio do sono", disse Pushkin.

– Ele nunca disse nada parecido – disse Arcádio.

– Bem, não disse, mas poderia e deveria ter dito isso como poeta. A propósito, ele deve ter servido no exército.

– Pushkin nunca foi militar!

– Que isso, todas as suas obras começam assim: à luta, à luta! Pela honra da Rússia!

– Que tipo de histórias está inventando! Aliás, isso é calúnia.

– Calúnia? Que importância! Pensou em me assustar com essa palavra? Qualquer que seja a calúnia levantada contra alguém, esse alguém merece vinte vezes pior.

– Vamos dormir, será melhor para todos! – disse Arcádio, irritado.

– Com o maior prazer – respondeu Bazárov.

Mas nem um nem outro conseguia dormir. Um sentimento quase hostil tomou conta dos dois jovens. Cinco minutos depois, eles abriram os olhos e se entreolharam em silêncio.

– Olhe – disse Arcádio de repente –, uma folha seca caiu no chão, seus movimentos são completamente semelhantes aos do voo de uma borboleta. Não é estranho? O mais triste e mortal é semelhante ao mais alegre e vivo.

– Ó meu amigo, Arcádio Nikolaévitch! – exclamou Bazárov. – Uma coisa eu peço a você: não fale frases bonitas para mim.

– Falo o melhor que posso... E enfim, isso é despotismo. O pensamento entrou na minha cabeça; por que não expressá-lo?

– Bem; mas por que não devo também expressar meus pensamentos? Acho indecente falar bonito.

– O que é decente então? Xingar?

– Ehh! Bem, vejo que pretende definitivamente seguir os passos do seu tio. Como esse idiota ficaria feliz se ele o ouvisse!

– Como chamou Pavel Petrovitch?

– Eu o chamei certo: um idiota.

– Isso, afinal, é insuportável! – exclamou Arcádio.

– Aha! Um sentimento semelhante manifestou-se – disse Bazárov com calma. – Percebi: o parentesco é inabalável. A pessoa está disposta a abrir mão de tudo, ela se desfará de qualquer preconceito; mas admitir que, por exemplo, um irmão que rouba os lenços de outras pessoas é um ladrão está acima de suas forças. E de fato: meu irmão, meu, e não um gênio... é possível?

– Um simples sentimento de justiça falou em mim, e não um sentimento semelhante – argumentou Arcádio com paixão. – Mas como não entende esse sentimento, então não o possui, então não pode julgá-lo.

– Em outras palavras: Arcádio Kirssanov é acima da minha compreensão. Devo curvar-me e calar a boca.

– Chega, por favor, Eugênio, nós vamos acabar brigando.

– Ah, Arcádio! Faça-me um favor, vamos brigar pelo menos uma vez, de verdade e até a morte.

– Mas assim, talvez, acabemos com isso...

– Brigados? – interrompeu Bazárov. – Bem. Aqui, no feno, em um cenário tão idílico, longe da luz e dos olhos humanos, uma briga faria bem para nós dois. Mas você não conseguirá me vencer. Eu vou agarrá-lo pela garganta agora...

Bazárov abriu os dedos longos e duros... Arcádio voltou-se e fingiu preparar-se para uma resistência... Mas o rosto do amigo parecia-lhe tão sinistro, parecia-lhe uma ameaça tão séria no sorriso torto, nos seus olhos brilhantes, que ele sentiu um medo involuntário...

– Ah! Estão aqui! – A voz de Vassilii Ivanovich ouviu-se naquele momento, e o velho médico militar apareceu diante dos jovens, vestido com um casaco de linho caseiro e com um chapéu de palha, da mesma fabricação. – Estava lhes procurando... Mas escolheram um lugar excelente e estão se entregando a uma ocupação maravilhosa. Deitados no "chão", olhando para o "céu"... Sabem, existe um significado especial nisso!

– Só olho para o céu quando quero espirrar – resmungou Bazárov e, voltando-se para Arcádio, acrescentou em voz baixa: – É uma pena que chegasse para atrapalhar a nossa conversa.

– Bem, pare com isso – sussurrou Arcádio e às escondidas apertou a mão de seu amigo. – Mas nenhuma amizade pode suportar tais confrontos por tanto tempo.

– Estou olhando para vocês, meus jovens interlocutores – disse Vassilii Ivanovich, enquanto isso, balançando a cabeça e apoiando os braços cruzados na bengala de produção caseira também, com a figura de um turco no punho. – Eu olho e não posso deixar de admirá-los. Quanta força, juventude, habilidades, talentos vocês têm! São verdadeiros... Castor e Pollux!

– Agora vamos ouvir sobre a mitologia – disse Bazárov. – Está claro que antigamente foi um forte latinista! Aliás, eu me lembro de você ter recebido uma medalha de prata por sua composição, hein?

– *Dioscures, Dioscures!*[30] – repetia Vassilii Ivanovich.

– Basta, pai, não seja tão gentil.

– Pelo menos uma vez eu posso – murmurou o velho. – Porém, não os encontrei, senhores, para cumprimentá-los; mas em primeiro lugar para informar que em breve jantaremos; e, em segundo lugar, queria falar-lhe, Eugênio... É uma pessoa inteligente, conhece gente e conhece mulheres, portanto, vai me desculpar... Sua mãe queria fazer uma oração por causa da sua chegada. Não estou lhe chamando para estar presente neste serviço de oração: já acabou; mas padre Alexei...

– Padre?

– Bem, sim, padre; ele... vai jantar conosco... Eu não esperava isso nem aconselhei a ele... mas de alguma forma aconteceu... ele não me entendeu... Bem, e Arina Vlasievna... Além disso, ele é uma pessoa muito boa e razoável.

– Ele não vai comer minha comida no jantar, vai? – perguntou Bazárov.

Vassilii Ivanovich riu.

– Misericórdia!

– E eu não exijo mais nada. Estou pronto para me sentar à mesa com todas as pessoas.

Vassilii Ivanovich endireitou o chapéu.

– Eu tinha certeza de antemão – disse ele – que você está acima de todos os preconceitos. O que eu sou, um homem velho, de sessenta e dois anos, e eu não os tenho. – Vassilii Ivanovich não se atreveu a confessar que ele

---

[30] Dióscuros, dióscuros. (N.T.)

próprio desejava fazer aquela oração... ele era bem religioso igual a sua esposa. – E o padre Alexei queria muito conhecê-lo. Vai gostar dele, vai ver... Ele gosta de jogar cartas e até... mas isso é entre nós... ele fuma cachimbo.

– Bem, depois do jantar vamos sentar e jogar uma partida e vou vencê-lo.

– Há, há, há, vamos ver! Vamos ver.

– O quê? Vai jogar também? – proferiu Bazárov com ênfase especial.

As bochechas cor de bronze de Vassilii Ivanovich coraram vagamente.

– Que vergonha, Eugênio... O que aconteceu se foi. Bem, sim, estou pronto para confessar a eles, tive essa paixão na minha juventude, com certeza; e eu paguei por isso! Nossa, que calor. Deixe-me sentar ao seu lado. Não estou atrapalhando, estou?

– Nem um pouco – respondeu Arcádio.

Vassilii Ivanovich sentou-se no feno.

– Sua cama atual, meus senhores, me lembra de uma coisa – começou ele –, lembra da minha vida militar, de acampamento, de vestiários, também em algum lugar perto do feixe de feno, e isso também é graças a Deus. – Ele suspirou. – Eu experimentei muito, muito na minha vida. Por exemplo, se me permitirem, vou contar um episódio interessante da peste na Bessarábia.

– Para qual você ganhou uma medalha de Vladimir? – interrompeu Bazárov. – Nós sabemos, nós sabemos... A propósito, por que não está usando-a?

– Afinal, eu já disse que não tenho preconceitos – murmurou Vassilii Ivanovich (ele mandou arrancar a fita vermelha do casaco no dia anterior) e começou a contar o episódio da peste. – Mas ele está dormindo – sussurrou de repente para Arcádio, apontando para Bazárov e piscando. – Eugênio! Levante-se! – acrescentou em voz alta: – Vamos jantar...

O padre Alexei, um homem proeminente e robusto, com cabelos grossos e cuidadosamente penteados, com um cinto bordado em um manto de seda lilás, revelou-se um homem muito inteligente e engenhoso. Ele foi o primeiro a se apressar a apertar a mão de Arcádio e Bazárov, como se compreendesse que eles não precisavam de sua bênção e geralmente se comportavam à vontade. E ele não se entregou e não fez mal aos outros; aliás, ele ria do latim do seminário e defendia seu bispo. Ele bebeu duas taças de vinho e recusou a terceira; aceitou um cigarro de Arcádio, mas não o fumou, dizendo que o levaria para casa. Não era inteiramente agradável nele apenas que de vez em quando levantava lentamente a mão para pegar as moscas em seu rosto e, ao mesmo tempo, às vezes as esmagava. Sentou-se à mesa verde com uma expressão moderada de prazer e acabou vencendo Bazárov por dois rublos e cinquenta copeques em cédulas: na casa de Arina Vlasievna eles não jogavam a dinheiro de prata... Ela ainda estava sentada ao lado do filho, ainda apoiando a bochecha com o punho, e se levantava apenas para pedir uma guloseima para ser servida. Ela tinha medo de acariciar Bazárov, e ele não a encorajava, não a pedia para acariciar; além disso, Vassilii Ivanovich a aconselhou que não o "incomodasse" muito. "Os jovens não gostam muito disso", ele repetia para ela (desnecessário dizer como foi o jantar naquele dia: Timofeich, pessoalmente, galopou de madrugada em busca de um bife especial de Cherkasy; o chefe dirigiu na outra direção para buscar burbots, rufos e lagostins; para alguns cogumelos, as mulheres receberam quarenta e dois copeques em cobre); mas os olhos de Arina Vlasievna, sempre voltados para Bazárov, não expressavam apenas uma devoção e ternura: também mostravam tristeza, misturada com curiosidade e receio e uma espécie de censura humilde.

No entanto, Bazárov não teve tempo de entender o que exatamente os olhos de sua mãe expressavam; ele raramente fazia perguntas a ela, falava-lhe pouco. Uma vez, ele pediu a mão dela "para lhe dar sorte"; ela calmamente colocou a mão macia em sua palma dura e larga.

– O que – perguntou ela, depois de um tempo –, não melhorou?

– Até piorou – respondeu ele com um sorriso casual.

– Arriscam-se bastante – disse o padre Alexei com pesar e acariciou sua bela barba.

– Regra de Napoleão, padre, de Napoleão. – Vassilii Ivanovich jogou com um ás.

– Também o trouxe para a ilha de Santa Helena – disse o padre Alexei e matou seu ás com um trunfo.

– Quer um pouco de água de groselha, Enyushechka? – perguntou Arina Vlasievna.

Bazárov apenas deu de ombros.

– Não! – disse no dia seguinte a Arcádio: – Sairei daqui amanhã. Estou entediado aqui; eu quero trabalhar, mas aqui não posso. Voltarei para sua aldeia; deixei todos os meus preparativos lá. Em sua casa, pelo menos, eu posso trancar a porta. E aqui meu pai sempre repete: "Meu escritório está às suas ordens, ninguém vai interferi-lo"; nem dá um passo longe de mim. Sim, e eu tenho vergonha de me trancar dele. Bem, a minha mãe também. Eu sempre a ouço suspirando atrás da porta, e quando saio para vê-la, ela não tem nada a dizer.

– Ela ficará muito chateada – disse Arcádio –, e ele também.

– Eu ainda voltarei.

– Quando?

– Assim que eu for para Petersburgo.

– Lamento especialmente por sua mãe.

– O que é isso? Ela o agradou com frutas?

Arcádio baixou os olhos.

– Você não conhece sua mãe, Eugênio. Ela não é apenas uma grande mulher, ela é muito inteligente, de verdade. Esta manhã, ela conversou comigo por meia hora e de forma tão eficiente, interessante.

– Certo, a conversa era sobre mim?

– Não era só sobre você.

– Talvez; você deve saber mesmo. Se uma mulher consegue manter uma conversa de meia hora, é um bom sinal. E mesmo assim vou embora.

– Não será fácil para você contar essa notícia. Eles já estão planejando algo para daqui duas semanas.

– Será difícil. O diabo me tentou hoje para provocar meu pai: outro dia mandou bater com chicote em um de seus ex-camponeses e fez muito bem; sim, sim, não olhe para mim com tanto horror, ele se saiu muito bem, porque é o mais terrível ladrão e cachaceiro; mas meu pai nunca esperava que, como dizem, falassem para mim sobre isso. Ele ficou muito constrangido, e agora tenho que aborrecê-lo além disso... Fazer o quê! Vai sarar logo.

– Fazer o quê! – disse Bazárov. Mais um dia inteiro se passou antes que ele decidisse notificar Vassilii Ivanovich de sua intenção. Por fim, já se despedindo dele no gabinete, falou com um bocejo tenso:

– Ah... quase me esqueci de dizer... Amanhã, mande nossos cavalos para Fedot, que nos fornecerá outro transporte.

Vassilii Ivanovich ficou pasmo.

– O senhor Kirssanov está nos deixando?

– Sim; e estou indo embora com ele.

Vassilii Ivanovich virou-se na hora.

– Está indo embora?

– Sim, eu preciso ir. Por favor, providencie os cavalos.

– Bem... – sussurrou o velho. – Cavalos... bem... apenas... apenas... Como assim?

– Eu preciso ir com ele por um curto período de tempo. Voltarei aqui.

– Sim! Por um curto período de tempo... Ótimo. – Vassilii Ivanovich pegou um lenço e, assoando o nariz, abaixou-se quase até o chão. – Bem? Isso... tudo... Eu pensei que ficaria conosco um pouco... mais. Três dias... Isso, isso é pouco depois de três anos; não é o suficiente, Eugênio!

– Sim, estou dizendo que voltarei em breve. Eu preciso viajar.

– É necessário... Bem? Em primeiro lugar, deve cumprir seu dever... Então mandar os cavalos? O.k. Arina e eu, é claro, não esperávamos isso. Ela implorou por flores a um vizinho, queria limpar seu quarto... – Vassilii Ivanovich não mencionou o fato de que todas as manhãs, após o nascer do sol, descalço, ele conferenciava com Timofeich e, tirando uma nota rasgada atrás da outra com dedos trêmulos, confiava-lhe várias compras, especialmente mantimentos e vinho tinto, que, como podem ver, os jovens gostaram muito. – O principal é a liberdade, esta é a minha regra... não há necessidade de atrapalhar... não...

Ele de repente ficou em silêncio e se dirigiu para a porta.

– Nos vemos em breve, pai, sério.

Mas Vassilii Ivanovich, sem se virar, apenas acenou e saiu. Voltando ao quarto, encontrou a esposa na cama e começou a orar em um sussurro para não acordá-la. Mas não adiantou.

– É você, Vassilii Ivanovich? – perguntou ela.

– Sou eu, mãe!

– Estava com Enyusha? Sabe, estou na dúvida: é seguro para ele dormir no sofá? Disse a Anfisushka para colocar seu colchão de acampamento e travesseiros novos para ele; eu teria dado a ele nosso colchão de penas, mas lembro que ele não gosta de dormir na cama macia.

– Tranquilo, mãe, não se preocupe. Ele se sente bem. Senhor, tenha misericórdia de nós, pecadores – ele continuou a oração em voz baixa. Vassilii Ivanovich teve pena de sua velhinha. Não queria contar a ela sobre a dor que a esperava.

Bazárov e Arcádio partiram no dia seguinte. De manhã, todos em casa já estavam tristes. Os pratos de Anfisushka estavam caindo de suas mãos; até Fedka ficou surpreso e acabou tirando as botas. Vassilii Ivanovich agitou-se mais do que nunca: ele era corajoso, falava alto e batia com os pés, mas seu rosto se tornava mais fino e seus olhares constantemente passavam pelo filho. Arina Vlasievna chorava baixinho; ela ficaria completamente perdida e não teria dominado a si mesma se o marido não a tivesse convencido por duas horas inteiras no início da manhã.

Quando Bazárov, após repetidas promessas de retornar no máximo em um mês, finalmente se libertou do abraço que o segurava e sentou-se em uma carruagem; quando os cavalos começaram a se mover e o sino tocou e as rodas giraram, e agora não havia necessidade de olhar neles e a poeira baixou, e Timofeich, todo curvado e cambaleando enquanto caminhava, voltou para seu quartinho; quando os velhos foram deixados sozinhos em sua casa, que também parecia subitamente encolhida e decrépita, Vassilii Ivanovich, por mais alguns momentos agitando impetuosamente seu lenço na varanda, afundou-se em uma cadeira e baixou a cabeça sobre o peito.

– Ele nos deixou, nos deixou – murmurou –, deixou; ficou entendiado conosco. Estou completamente só!

Então Arina Vlasievna se aproximou dele e, encostando a cabeça grisalha na dele, disse:

– O que fazer, Vasia! O filho é um pedaço cortado. Ele é como um falcão: ele quis, ele chegou, ele quis, ele voou para longe; e você e eu, como cogumelos no tronco de uma árvore, estamos lado a lado e sem nos mover. Só eu estarei com você para sempre, assim como você estará comigo.

Vassilii Ivanovich tirou as mãos do rosto e abraçou sua esposa, sua amiga, com tanta força como nunca a havia abraçado nem em sua juventude: ela o consolava em sua dor.

22

Em silêncio, apenas de vez em quando trocando palavras, nossos amigos chegaram até Fedot. Bazárov estava bastante aborrecido. Arcádio estava insatisfeito com ele. Além disso, Bazárov sentiu em seu coração aquela tristeza irracional que apenas pessoas muito jovens têm. O cocheiro trocou os cavalos e, instalando-se, perguntou: à direita ou à esquerda?

Arcádio se encolheu. A estrada à direita conduzia à cidade e de lá para casa; a estrada à esquerda levava a Odintsova.

Ele olhou para Bazárov.

– Eugênio – perguntou ele –, à esquerda?

Bazárov se virou.

– O que é esse absurdo? – murmurou.

– Eu sei que absurdo é esse – respondeu Arcádio. – Qual é o problema? Será que isso acontece pela primeira vez conosco?

Bazárov puxou o quepe sobre a testa.

– Você quem sabe – ele disse finalmente.

– Vá para esquerda! – gritou Arcádio.

A carruagem dirigiu-se na direção de Nikolskoe. Mas, ao ter cometido essa estupidez, os amigos calaram-se com ainda mais teimosia do que antes e até pareciam zangados.

Pela maneira com a qual o mordomo os recebeu na varanda da casa de Odintsova, os amigos perceberam que haviam agido imprudentemente, obedecendo a uma fantasia repentina. Eles não eram esperados. Ficaram sentados por um longo tempo na sala de estar com expressões tolas no rosto. Odintsova por fim apareceu. Ela os cumprimentou com sua amabilidade de sempre, mas ficou surpresa com o retorno rápido e, a julgar pela lentidão de seus movimentos e falas, não ficou muito satisfeita com a chegada deles. Então resolveram anunciar que pararam apenas um pouco na estrada e em quatro horas seguiriam para a cidade. Ela limitou-se a uma leve exclamação, pediu a Arcádio que saudasse a seu pai em nome dela e mandou chamar a tia. A princesa parecia toda sonolenta, o que dava ainda mais malícia à expressão de seu rosto envelhecido e enrugado. Kátia não estava se sentindo bem, ela não saiu do quarto. Arcádio de repente sentiu que queria muito ver Kátia como a própria Anna Sergeevna. Quatro horas se passaram com pouca conversa sobre bobagens; Anna Sergeevna ouvia e falava sem sorrir. Só na hora da despedida pareceu reviver a sua primitiva afabilidade.

– Uma melancolia se apoderou de mim agora – disse ela –, mas não prestem atenção a isso e voltem, estou dizendo aos dois, depois de algum tempo ela terá passado.

Tanto Bazárov quanto Arcádio responderam a ela com uma reverência silenciosa, entraram na carruagem e, sem parar em nenhum lugar, foram para casa em Maryino, onde chegaram no dia seguinte à noite. Durante toda a viagem, nenhum dos dois sequer mencionou o nome de Odintsova; Bazárov, em particular, mal abria a boca e ficava olhando para longe, para longe da estrada, com uma expressão bastante tensa no rosto.

Todos em Maryino ficaram extremamente felizes em vê-los. A longa ausência do filho começou a preocupar Nikolai Petrovitch; ele gritou, balançou as pernas e pulou no sofá quando Fenitchka correu para ele com os olhos brilhantes e anunciou a chegada dos "jovens senhores". O próprio Pavel Petrovitch sentiu uma certa excitação agradável e sorriu com indulgência, apertando as mãos dos peregrinos que voltavam. Começaram a contar rumores e fazer perguntas; quem falava mais era Arcádio, especialmente no jantar, que passou muito além da meia-noite. Nikolai Petrovitch mandou trazer várias garrafas de Porter, que haviam acabado de chegar de Moscou, e ele mesmo bebeu a ponto de ficar com o rosto roxo e rir com um riso infantil ou nervoso. A animação geral estendeu-se aos criados. Duniacha corria para a frente e para trás como uma louca e de vez em quando batia portas; e Pedro, mesmo às três da manhã, ainda tentava tocar valsa no violão. As cordas vibravam de uma forma lamentosa e agradável no ar, mas, além da melodia inicial, nada mais veio dos dedos do criado educado: a natureza negou-lhe ouvido musical, como todas as outras habilidades.

No entanto, a vida não fluía muito bem em Maryino, e o pobre Nikolai Petrovitch passava mal. Os problemas do sítio estavam se multiplicando dia após dia, os empregados tornaram-se insuportáveis. Alguns pediam acerto de contas ou um aumento, outros saíram, levando o adiantamento; os cavalos adoeceram; o arreio estragava-se rapidamente; o trabalho foi feito de qualquer jeito; a debulhadora encomendada de Moscou era pesada e imprestável para manipular; a outra estragou-se na primeira vez de uso; metade do curral foi queimada porque uma velha, durante a ventania, foi passar fumaça na sua vaca com um tição... no entanto, de acordo com a mesma velha, todo o problema surgiu porque o mestre colocou na cabeça que queria fazer algum tipo de queijo diferente. O gerente de repente ficou preguiçoso e até começou a engordar, pois todo russo engorda quando ganha "pão de graça". Ao notar de longe Nikolai Petrovitch chegando, para mostrar seu trabalho, ele jogava um galho em um leitão que passava correndo ou ameaçava um menino seminu, mas, aliás, ele mais dormia do que se fazia de ocupado. Os camponeses que viviam nas casas alugadas não pagavam o dinheiro em dia, roubavam as ripas; quase todas as noites os vigias pegavam os ladrões, e às vezes tiravam os cavalos dos camponeses nos prados que pertenciam ao sítio. Nikolai Petrovitch determinou uma multa pelo roubo, mas tudo geralmente terminava da seguinte forma: depois de ficar por um ou dois dias no pátio do proprietário do sítio, os cavalos voltavam para seus donos. Para completar, os camponeses começaram a brigar entre si: os irmãos exigiam divisão, suas esposas não podiam conviver na mesma casa; repentinamente uma briga começava, e de repente todos se juntavam na frente da varanda do gabinete, subiam para o dono, muitas vezes com o rosto espancado, embriagados, e exigiam julgamento e punição; houve barulho, gritos, choro feminino, intercalado com xingamento masculino. O proprietário precisava apaziguar todos, gritar até ficar rouco, já sabendo que era impossível tomar a decisão certa. Não havia bastante pessoas para a colheita: um vizinho contratou trabalhadores a dois rublos por hectare e enganou a todos descaradamente; suas mulheres pediram muito dinheiro, e enquanto isso os grãos caíam e apodreciam. Faltavam ceifadores e aqui o Conselho Hipotecário ameaçava, exigindo o pagamento imediato dos juros...

– Eu não consigo mais! – Nikolai Petrovitch exclamava mais de uma vez em desespero. – É impossível lutar sozinho; chamar a polícia os meus princípios não me permitem, e sem medo de punição, nada pode ser feito!

– *Du calme, du calme*[31] – comentava Pavel Petrovitch, enquanto ronronava, franzia a testa e torcia o bigode.

Bazárov manteve-se afastado dessas "disputas" e, como convidado, nem precisava interferir nos assuntos dos outros. No dia seguinte à chegada a Maryino, começou a trabalhar com as rãs, composições químicas e passava o tempo todo com eles. Arcádio, ao contrário, considerava seu dever, se não auxiliar ao seu pai, mas pelo menos mostrar que estava pronto para ajudá-lo. Ele o ouvia com muita paciência e até que uma vez deu um bom conselho a ele, para declarar sua participação. As ocupações da fazenda não lhe provocavam repulsa: até sonhava com o prazer da atividade agronômica, mas naquela época outros pensamentos estavam ocupando sua cabeça. Arcádio, para sua surpresa, pensava constantemente em Nikolskoe; antes ele ignoraria se alguém lhe dissesse que ficaria entediado na companhia de Bazárov e também sob o teto da casa paterna. Mas estava

---

[31] Acalme-se, acalme-se. (N.T.)

sim definitivamente entediado, algo o chamava para longe dali. Ele decidiu caminhar até cansar, mas isso também não o ajudou. Uma vez conversando com o pai, soube que Nikolai Petrovitch tinha várias cartas, bastante interessantes, escritas pela mãe de Odintsova para sua falecida esposa, e insistiu tanto em ver essas cartas, que Nikolai Petrovitch foi obrigado a remexer vinte caixas para entregá-las. Tomando posse desses pedaços de papel meio apodrecidos, Arcádio pareceu acalmar-se, como se visse um caminho à sua frente, o qual tinha que seguir. "Eu digo isso para ambos", ele sussurrava incessantemente, "ela adicionou isso por conta própria. Eu vou, eu vou, caramba!" Mas ele se lembrava da última visita, a recepção fria e a antiga estranheza e timidez o dominou. O "talvez" da juventude, o desejo secreto de experimentar felicidade, de testar suas forças sem a proteção de ninguém, isso finalmente venceu. Não se passaram dez dias desde seu retorno a Maryino, quando ele novamente, com pretexto de estudar o mecanismo das escolas dominicais, galopava para a cidade e dali para Nikolskoe. Apressando o cocheiro, ele corria para lá como um jovem oficial para a primeira batalha: estava com medo e alegre, a impaciência o sufocava. "O essencial é não pensar", repetia para si mesmo. O cocheiro parava na frente de cada taverna, dizendo: "Quer uma?" Depois de várias, ele não poupava os cavalos. Por fim apareceu o telhado alto de uma casa familiar... "O que estou fazendo?", passou de repente na cabeça de Arcádio. "Ora, não posso voltar!" Três cavalos corriam em uníssono; o cocheiro vaiava e assobiava. A ponte estremecia sob os cascos e as rodas, uma alameda de pinheiros aparados já se aproximava... Um vestido rosa de mulher via-se na vegetação escura, um rosto jovem espiava por baixo da franja clara de um guarda-chuva... Ele reconheceu Kátia e ela o reconheceu. Arcádio ordenou que o cocheiro parasse os cavalos, saltou da carruagem e aproximou-se dela.

– É o senhor! – disse ela, corando aos poucos. – Vamos até minha irmã, ela está aqui no jardim e ficará feliz em vê-lo.

Kátia levou Arcádio para o jardim. Encontrá-la pareceu-lhe um presságio particularmente feliz; ele estava encantado com ela. Tudo funcionou tão bem: sem mordomo, sem anúncio de sua chegada. Numa volta ele viu Anna Sergeevna, que estava de costas mas, ouvindo passos, silenciosamente se virou.

Arcádio ficou envergonhado novamente, mas as primeiras palavras que ela pronunciou o acalmaram imediatamente.

– Bom dia, fugitivo! – ela disse com sua voz calma e gentil e foi em sua direção, sorrindo e semicerrando os olhos por causa do sol e do vento. – Onde você o encontrou, Kátia?

– Eu trouxe para você, Anna Sergeevna – ele começou –, algo que a senhora não esperava...

– Você trouxe a sua própria pessoa; isso é o melhor de tudo.

23

Depois de se despedir de Arcádio com pesar sarcástico e deixá-lo saber que não estava nem um pouco enganado sobre o verdadeiro propósito de sua viagem, Bazárov isolou-se por completo: uma febre de trabalho o atingiu. Ele não discutia mais com Pavel Petrovitch, em especial porque em sua presença Pavel Petrovitch assumia um ar bastante aristocrático e expressava suas opiniões mais com sons do que palavras. Apenas uma vez ele iniciou uma disputa com um niilista sobre a questão então em foco daquela época, dos direitos dos nobres de Eastsee, mas de repente se conteve, dizendo com fria polidez:

– No entanto, nós não conseguimos nos compreender. Eu, pelo menos, não tenho a honra de compreendê-lo.

– Claro! – Bazárov exclamou. – A pessoa é capaz de entender tudo, como o éter vibra e o que está acontecendo no sol e também como outra pessoa pode assoar o nariz de maneira diferente, porém ela é incapaz de me compreender.

– Isso é engraçado? – disse Pavel Petrovitch e se afastou.

No entanto, ele às vezes pedia permissão para estar presente durante os experimentos de Bazárov. Certa vez, até aproximou seu rosto perfumado, lavado com um sabonete excelente, perto do microscópio para ver como o infusório transparente engolia uma partícula de um pó verde e a mastigava ativamente como punhos muito ágeis que estavam em sua garganta. Nikolai Petrovitch visitava Bazárov com muito mais frequência do que seu irmão; ele teria vindo todos os dias, como dizia, "para estudar", se as tarefas da casa não o atrapalhassem. Ele não constrangia o jovem naturalista: apenas sentava-se em um canto da sala e olhava com atenção, ocasionalmente permitindo-se uma pergunta cautelosa. Nos almoços e jantares, procurava direcionar o discurso para a física, a geologia ou a química, já que todas as outras disciplinas, mesmo as econômicas, para não falar das políticas, podiam levar ao desgosto mútuo. Nikolai Petrovitch imaginava que o ódio de seu irmão por Bazárov não havia diminuído nem um pouco. Um incidente sem muita importância, entre outros incidentes, confirmou suas suspeitas. A cólera começou a aparecer aqui e ali, e até "tirou" duas pessoas de Maryino. Naquela noite, Pavel Petrovitch teve um ataque bastante grave. Ele sofreu até de manhã, mas não recorreu à Bazárov e, ao vê-lo no dia seguinte, à sua pergunta: "Por que não mandou me chamar?", respondeu ainda pálido, mas já cuidadosamente penteado e barbeado: "O senhor mesmo disse que não acredita em medicina". Assim os dias foram se passando. Bazárov trabalhava muito mal-humorado... Enquanto isso, na casa de Nikolai Petrovitch existia uma pessoa com quem conversava de boa vontade... Essa pessoa era Fenichka.

Ele a encontrava, na maior parte das manhãs, no jardim ou no quintal. Ele nunca entrou no quarto dela, e ela apenas uma vez foi até a porta do quarto dele para perguntar se deveria dar banho em Mítia ou não. Ela não apenas confiava nele como também não tinha medo dele e se comportava com mais liberdade e atrevimento com Bazárov do que com o próprio Nikolai Petrovitch. É difícil dizer por que isso aconteceu, talvez porque sentisse inconscientemente em Bazárov a ausência de tudo o que era nobre, de toda aquela superioridade que tanto atrai como amedronta. Aos olhos dela, ele era um excelente médico e um homem simples. Não sentia vergonha na presença dele. Um dia, ela estava brincando com o filho, quando de repente sentiu tontura e dor de cabeça, então pegou uma colher de remédio das mãos dele. Na presença de Nikolai Petrovitch ela parecia ficar afastada de Bazárov: não fazia isso por astúcia, mas por algum senso de decência. Temia Pavel Petrovitch mais do que nunca; já faz algum tempo que ele começara a observá-la e de repente aparecia, como se estivesse brotando da terra atrás dela em sua suíte, sempre com um olhar imóvel e vigilante e com as mãos nos bolsos. "Então de repente você sente frio", Fenitchka reclamava para Duniacha, que suspirava em resposta e pensava em outra pessoa "insensível". Bazárov, sem saber, tornou-se o tirano cruel de sua alma.

Fenitchka gostava de Bazárov, mas ele gostava dela também. Até seu rosto mudava quando falava com ela: assumia uma expressão clara, quase gentil e algum tipo de atenção brincalhona se misturava com sua negligência de sempre. Fenitchka ficava a cada dia mais bonita. Há uma época na vida das moças em que de repente elas começam a desabrochar e desabrochar como rosas de verão; essa época chegou para Fenitchka. Tudo contribuiu para isso, até o calor momentâneo de julho. Vestida de branco, ela parecia mais delicada e mais leve: o bronzeado não grudava nela, e o calor, de que ela não conseguia se proteger, ruborizava levemente suas bochechas e orelhas e, derramando uma preguiça silenciosa em todo o corpo, espalhava um suave langor que se refletia na sonolência dos lindos olhos. Ela mal conseguia trabalhar; suas mãos deslizaram aos joelhos. Também reclamava da falta de forças para caminhar.

– Poderia tomar banho com mais frequência – disse Nikolai Petrovitch.

Ele montou uma grande piscina coberta de linho em um de seus lagos.

– Bem, Nikolai Petrovitch! Até chegar ao lago, você morrerá e, se voltar, morrerá. Afinal, não há sombra no pomar.

– De certo que não há sombra – respondeu Nikolai Petrovitch e esfregou suas sobrancelhas.

Um dia, por volta das sete horas da manhã, Bazárov, voltando de uma caminhada, encontrou Fenitchka no pergolado coberto de lilases já sem flores, mas ainda espesso e verde. Ela estava sentada em um banco com um lenço branco sobre a cabeça como sempre; ao lado havia um monte de rosas vermelhas e brancas ainda úmidas de orvalho. Ele a cumprimentou.

– Ei! Eugênio Vasilich! – disse ela, em seguida, ergueu ligeiramente a ponta do lenço e olhou para ele, e sua mão ficou à mostra até o cotovelo.

– O que está fazendo aqui? – disse Bazárov, sentando-se ao lado dela. – Está fazendo um buquê?

– Sim; são para colocar na mesa do café da manhã. Nikolai Petrovitch adora.

– Mas até o café da manhã ainda falta muito. Quantas flores!

– Eu as colhi agora, é que logo ficará quente e não vou conseguir sair. Só agora dá para respirar. Eu fiquei muito fraca com este calor. Estou com medo de ficar doente.

– Que fantasia é essa! Dê a sua mão para sentir seu pulso. – Bazárov pegou a mão, encontrou uma veia pulsando uniformemente e nem começou a contar seus batimentos. – Você viverá por cem anos – disse ele, soltando a mão dela.

– Oh, Deus me livre! – exclamou ela.

– O quê? Não quer viver muito?

– Ora, cem anos! Minha avó tinha oitenta e cinco anos, que martírio! Seca, surda, corcunda, tossindo o tempo todo; que vida era essa!

– Então é melhor ser jovem?

– Claro que sim!

– Por que é melhor? Conte-me!

– Como assim por quê? Ora, agora, jovem, eu posso fazer tudo; consigo fazer o que eu quero e não preciso perguntar nada a ninguém... O que acha que é melhor?

– Mas eu não me importo se sou jovem ou velho.

– Como assim, não se importa? É impossível o que diz.

– Sim, pense, Fiedóssia Nicoláievna, o que é minha juventude para mim? Eu moro sozinho, não sou casado...

– Sempre depende de você.

– Isso não depende de mim! Se alguém tivesse pena de mim...

Fenitchka olhou de soslaio para Bazárov, mas não disse nada.

– Que livro é este? – perguntou ela depois de algum tempo.

– Este? É um livro científico, complicado.

– O senhor estuda o tempo todo? E não está entediado? Já deve saber de todas as coisas.

– Aparentemente, nem tudo. Experimente, leia um pouco.

– Eu não entendo nada aqui. Este é um livro russo? – perguntou Fenitchka, pegando o volume pesado com as duas mãos. – Que grosso! – Mesmo assim, não vou compreender nada.

– Não é necessário que compreenda. Eu gostaria de olhar enquanto lê. Quando lê, a ponta do seu nariz se move de uma maneira muito engraçada.

Fenitchka, que começou a ler em voz baixa um artigo sobre creosoto, riu e soltou o livro... ele escorregou do banco até o chão.

– Eu adoro quando ri também – disse Bazárov.

– Pare!

– Eu adoro quando fala. Como se fosse um riacho borbulhando.

Fenitchka desviou a cabeça.

– Que isso! – disse ela, mexendo nas flores. – E por que deveria me ouvir? O senhor conversava com pessoas tão inteligentes.

– Eh, Fiedóssia Nicoláievna! Acredite em mim: todas as mulheres inteligentes do mundo não valem o seu cotovelo.

– Bem, pare de inventar coisas! – sussurrou Fenitchka e apertou as mãos fortemente.

Bazárov pegou o livro do chão.

– Este é um livro medicinal, por que o jogou no chão?

– Medicinal? – Fenitchka repetiu e se virou para ele. – Sabe, afinal, desde que me deu aquelas gotinhas, lembra? Mítia dorme tão bem! Não sei como lhe agradecer; o senhor realmente é muito gentil.

– Mas, na verdade, tem que pagar aos médicos – comentou Bazárov com um sorriso. – Os médicos, você mesma sabe, são pessoas gananciosas.

Fenitchka ergueu os olhos para Bazárov, que pareciam ainda mais escuros pelo reflexo esbranquiçado que caía na parte superior de seu rosto. Ela não sabia se ele estava brincando ou não.

– Se quiser, com prazer nós lhe pagaremos... Vou ter que perguntar a Nikolai Petrovitch...

– Acha que quero seu dinheiro? – Bazárov a interrompeu. – Não, não preciso de dinheiro.

– O que quer então? – disse Fenitchka.

– O que quero? – repetiu Bazárov. – Adivinhe.

– Eu não tenho o dom de adivinhar!

– Então vou lhe dizer; eu preciso... de uma dessas rosas.

Fenitchka riu de novo e até ergueu as mãos, tanto que achou divertido o desejo de Bazárov. Ela riu e ao mesmo tempo se sentiu lisonjeada. Bazárov a olhava fixamente.

– Sim, claro – disse ela finalmente, e, curvando-se sobre o banco, começou a separar as rosas. – Qual o senhor quer, vermelha ou branca?

– Vermelha e não muito grande.

Ela se endireitou.

– Aqui, pegue – disse ela, mas logo retirou o braço estendido e, mordendo os lábios, olhou para a entrada do pergolado e ficou toda ouvidos.

– O que foi? – perguntou Bazárov. – Nikolai Petrovitch?

– Não... Ele foi para o campo... e eu não tenho medo dele... mas Pavel Petrovitch... Pareceu-me...

– O quê?

– Pareceu-me que ele caminha aqui. Não... ninguém está lá. Pegue. – Fenitchka deu uma rosa a Bazárov.

– Por que diabos você tem medo de Pavel Petrovitch?

– Ele me assusta. Falar ele não fala, mas parece complicado. Ora, o senhor também não gosta dele. Lembre-se, o senhor discutiu com ele antes. Eu nem sei sobre o que estava discutindo, mas vi que o torcia de todo modo...

Fenitchka mostrou com as mãos como, em sua opinião, Bazárov estava torcendo Pavel Petrovitch.

Bazárov sorriu.

– E se ele começasse a me derrotar – perguntou ele –, defenderia-me?

– Acha que iria defender o senhor? Não, é difícil vencê-lo.

– Pensa assim? E eu conheço uma mão que me derrubaria com um dedo se tivesse vontade.

– Que mão?

– Não sabe? Sinta o perfume da rosa que me deu.

Fenitchka esticou o pescoço e aproximou o rosto da flor... O lenço caiu da cabeça para os ombros; apareceram cabelos negros, brilhantes, sedosos e levemente desgrenhados.

– Espere, quero sentir o perfume também – disse Bazárov, curvando-se e beijando-a com força nos lábios entreabertos.

Ela tremeu, apoiou as duas mãos no peito dele, mas fracamente, e ele conseguiu renovar e prolongar o beijo.

Uma tosse seca ecoou por trás dos lilases. Fenitchka imediatamente afastou-se para a outra extremidade do banco. Pavel Petrovitch apareceu, curvou-se e, depois de dizer com uma espécie de tristeza maliciosa "Está aqui", saiu. Fenitchka pegou todas as rosas e saiu do pergolado.

– É pecado, Eugênio Vasilich – ela sussurrou ao sair. Uma verdadeira repreensão foi ouvida em seu sussurro.

Bazárov se lembrou de outra cena recente e se sentiu envergonhado e profundamente aborrecido. Mas ele logo balançou a cabeça e com ironia se parabenizou "pela admissão formal aos conquistadores" e foi para seu quarto sorrindo.

Pavel Petrovitch saiu do jardim e, caminhando lentamente, chegou à floresta. Ele ficou lá por um bom tempo e, quando voltou para o café da manhã, Nikolai Petrovitch perguntou-lhe cuidadosamente se ele estava se sentindo bem. O rosto dele estava muito escuro.

– Sabe, às vezes eu sofro de derrame de bílis – respondeu tranquilo Pavel Petrovitch.

24

Duas horas depois, ele bateu na porta de Bazárov.

– Devo me desculpar por interferir em suas atividades acadêmicas – começou ele, sentando-se em uma cadeira perto da janela e apoiando as duas mãos em uma bela bengala com um punho de marfim (ele geralmente andava sem bengala) –, mas tenho que pedir que você me dê cinco minutos do seu tempo... não mais que isso.

– Todo o meu tempo está ao seu serviço – respondeu Bazárov, e algo passou por seu rosto assim que Pavel Petrovitch entrou pela porta.

– Cinco minutos é o suficiente para mim. Eu vim para lhe fazer apenas uma pergunta.

– Pergunta? Sobre o quê?

– Mas, por favor, escute. No início de sua estada na casa de meu irmão, quando ainda não me negava o prazer de conversar com você, por acaso ouvi seus julgamentos sobre muitos assuntos; mas, tanto quanto me lembro, nem entre nós, nem na minha presença, nunca se falou em duelos, em duelos em geral. Deixe-me saber qual a sua opinião sobre isso?

Bazárov, que tinha se levantado e ido ao encontro de Pavel Petrovitch, sentou-se na beira da mesa e cruzou os braços.

— A minha opinião – disse ele –, é a seguinte. Do ponto de vista teórico, um duelo é um absurdo; do ponto de vista prático é outra coisa.

— Quer dizer, se eu apenas lhe compreendesse, seja qual for o seu juízo teórico sobre o duelo, na prática não permitiria que o ofendessem sem exigir satisfação?

— Adivinhou completamente a minha ideia.

— Muito bom. Estou muito satisfeito em ouvir isso. Suas palavras me livram de uma dúvida...

— De uma indecisão, quer dizer.

— Tanto faz, me expresso para ser compreendido, não sou um rato de laboratório. Suas palavras me livram de alguma triste necessidade. Eu decidi lutar com o senhor.

Bazárov arregalou os olhos.

— Comigo?

— Certamente.

— Explique-se! Que coisa.

— Eu poderia explicar o motivo – começou Pavel Petrovitch. – Mas eu prefiro ficar calado. O senhor, para meu gosto, é demais aqui. Eu lhe odeio, eu lhe desprezo e se isso não for o suficiente para o senhor...

Os olhos de Pavel Petrovitch brilharam... Os olhos de Bazárov brilharam também.

— Muito bem – disse ele. – Nenhuma explicação adicional será necessária. O senhor teve uma fantasia e quer testar seu espírito de cavaleiro em mim. Eu poderia negar ao senhor esse prazer, mas não, eu irei até o fim!

— Estou profundamente grato ao senhor – respondeu Pavel Petrovitch –, e agora espero que aceite meu desafio sem me obrigar a recorrer a medidas violentas.

— Quer dizer, falando sem alegorias, a esse pau? – comentou Bazárov com frieza. – Isso é completamente justo. Não precisa me ofender. Também não é de todo seguro. O senhor pode continuar sendo um cavalheiro... Eu aceito seu desafio com um jeito de cavalheiro também.

— Excelente – disse Pavel Petrovitch e colocou a bengala no canto. – Combinaremos as condições do nosso duelo; mas gostaria de saber primeiro se considera necessário recorrer à formalidade de uma pequena briga, que possa servir de pretexto para o meu desafio?

— Não, é melhor sem formalidades.

— Eu também acho. Também acho que é inapropriado investigar as verdadeiras razões de nossa briga. Não podemos suportar um ao outro. O que mais?

— O que mais? — repetiu Bazárov, ironicamente.

— Quanto às próprias condições do duelo, mas como não teremos padrinhos, onde os conseguiremos?

— Exatamente, onde encontrá-los?

— Então tenho a honra de lhe oferecer o seguinte: lutar amanhã cedo, digamos, às seis horas, atrás do bosque, a pistola; à distância de dez passos...

— Dez passos? Isso é verdade; nós nos odiamos a esta distância.

— Pode ser oito — observou Pavel Petrovitch.

— Pode ser, claro!

— Atirar duas vezes; e, por precaução, cada um deve colocar uma carta no bolso, na qual declara que é o único responsável pela sua morte.

— Não concordo muito com isso — disse Bazárov. — Parece um romance francês, é algo implausível.

— Talvez. Mas concorda que é desagradável ser suspeito de assassinato?

— Concordo. Mas existe uma maneira de evitar essa crítica triste. Não teremos padrinhos, mas pode haver uma testemunha.

— Quem exatamente, posso perguntar?

— Piotr.

— Piotr?

— O criado do seu irmão. Ele é um homem que está no auge da educação moderna e cumprirá seu papel com tudo que for necessário em tais casos, *comme il faut*[32].

— Parece-me que está brincando, meu caro senhor.

— De modo algum. Depois de estudar minha proposta, verá que está repleta de bom senso e simplicidade. Não posso esconder uma agulha no

---

[32] Devidamente. (N.T.)

palheiro, mas me comprometo a preparar Piotr da maneira adequada e trazê-lo ao local do massacre.

– O senhor continua brincando – disse Pavel Petrovitch, levantando-se da cadeira. – Mas depois da boa vontade demonstrada para mim, não tenho o direito de julgá-lo... Então está tudo arranjado... A propósito, você não tem pistolas?

– Não tenho pistolas, Pavel Petrovitch. Eu não sou um soldado.

– Nesse caso, ofereço-lhe a minha. Pode ter certeza de que já se passaram cinco anos desde que me despedi delas.

– É um aviso muito reconfortante.

Pavel Petrovitch pegou sua bengala...

– Então, meu caro senhor, só posso agradecê-lo e devolvê-lo aos estudos. Tenho a honra de me despedir.

– Adeus, meu caro senhor – disse Bazárov, despedindo-se de seu convidado.

Pavel Petrovitch saiu, e Bazárov parou na frente da porta e de repente exclamou: "Que diabo! É tão bonito e tão estúpido! Que comédia é essa! Assim cães adestrados dançam nas patas traseiras. E era impossível recusar; afinal, ele poderia me bater, e então..." Bazárov empalideceu ao pensar nisso; todo o seu orgulho revoltou. "Então eu teria de estrangulá-lo como um gatinho". Ele voltou ao microscópio, mas seu coração disparava e a tranquilidade necessária para observações se foi. "Ele nos viu hoje", pensou, "mas será que ele realmente defendeu a honra de seu irmão daquele jeito? E qual a importância desse beijo? Há algo mais escondido aqui. Bah! Será que ele mesmo não está apaixonado? Claro, está apaixonado; eu percebi isso. Que coisa! É ruim! É ruim, de todos os lados. Em primeiro lugar, terei que colocar a testa para o tiro e sair dessa casa de qualquer forma; e Arcádio... e esta joaninha Nikolai Petrovitch. Ruim, ruim."

O dia passou de forma silenciosa e lenta. Fenitchka parecia ter dissolvido no ar; ela se trancou em seu quartinho como um ratinho em uma toca. Nikolai Petrovitch parecia estar preocupado. Ele foi informado de que o trigal, em que tinha grandes esperanças, foi invadido pelo joio. Pavel Petrovitch reprimia a todos, até Prokófitch, com sua polidez arrepiante.

Bazárov estava prestes a começar uma carta para o pai, mas rasgou-a e jogou-a debaixo da mesa. "Eu vou morrer", ele pensou, "eles saberão; mas eu não vou morrer. Não, vou viver ainda por muito tempo neste mundo". Ele disse a Piotr para vir cedo no dia seguinte para tratar de um assunto importante. Piotr imaginava que quisesse levá-lo consigo para Petersburgo. Bazárov foi dormir tarde, e a noite toda estava atormentado por sonhos estranhos... A senhora Odintsova girava diante dele, ela também era sua mãe, uma gatinha de bigode preto a seguia, e essa gatinha era Fenitchka; e Pavel Petrovitch parecia-lhe uma grande floresta, com a qual ainda tinha de lutar. Piotr o acordou às quatro horas, imediatamente se vestiu e saiu com ele.

A manhã estava bonita e fresca, pequenas nuvens multicoloridas pareciam cordeiros no céu azul-claro. O orvalho fino derramava-se nas folhas e na grama e brilhava prateado nas teias de aranha. A terra úmida e escura ainda parecia reter a pegada avermelhada do nascer do sol. Canções de pássaros caíam de todo o céu. Bazárov chegou ao bosque, sentou-se à sombra em uma clareira e apenas naquele momento revelou a Piotr que tipo de serviço esperava dele. O criado de boas maneiras estava morrendo de medo, mas Bazárov tranquilizou-o, falando que ele não teria nada a fazer, a não ser ficar a distância e olhar, e que ele não ficaria sujeito a nenhuma responsabilidade.

– Enquanto isso – acrescentou –, pense no papel importante que tem!

Piotr ergueu as mãos, olhou para baixo e, todo esverdeado, se encostou na bétula, trêmulo.

A estrada de Maryino contornava o bosque, a poeira leve caía sobre ele, desde ontem ainda não tocada pela roda ou pelo pé. Bazárov olhou involuntariamente para aquela estrada, rasgou e mordeu a grama, enquanto repetia para si mesmo: "Que bobagem!" O frio matutino o fez estremecer uma ou duas vezes... Piotr olhou para ele com tristeza, mas Bazárov apenas sorriu: ele não tinha medo.

Ouviu-se uma batida de pés de cavalo ao longo da estrada... Um homem apareceu por trás das árvores. Ele conduzia dois cavalos amarrados à sua frente e, ao passar por Bazárov, olhou para ele de uma forma estranha, sem tirar o chapéu, o que aparentemente deixou Piotr constrangido, como um mau presságio. "Este homem também levantou cedo", pensou Bazárov, "sim, pelo menos, para trabalhar, e nós?"

– Parece que ele está vindo – sussurrou Piotr de repente. Bazárov ergueu a cabeça e viu Pavel Petrovitch. Vestido com uma jaqueta xadrez leve e calças brancas como a neve, ele caminhava rapidamente ao longo da estrada; embaixo do braço carregava uma caixa embrulhada em um pano verde.

– Perdão, parece que o deixei esperando – disse ele, curvando-se primeiro para Bazárov, depois para Piotr, quem naquele momento ele respeitava como um padrinho. – Eu não queria acordar meu criado.

– Nada, senhor – respondeu Bazárov –, acabamos de chegar.

– Ah! Assim é melhor! – Pavel Petrovitch olhou em volta. – Não há ninguém, ninguém vai interferir... Podemos começar?

– Vamos começar.

– Acho que não precisa de explicações?

– Eu não.

– Quer carregar as pistolas? – perguntou Pavel Petrovitch, tirando pistolas da caixa.

– Não, pode carregar eu vou começar a medir os passos. Minhas pernas são mais compridas – acrescentou Bazárov com um leve sorriso. – Um, dois, três...

– Eugênio Vasilich – gaguejou Piotr com dificuldade (ele tremia como se estivesse com febre) –, por favor, eu vou embora.

– Quatro... cinco... afaste-se, irmão, afaste-se; pode até ficar atrás de uma árvore e tampar os ouvidos, mas não feche os olhos; e veja quem cair primeiro e depois corra para levantá-lo. Seis... sete... oito... – Bazárov parou. – É suficiente – disse, voltando-se para Pavel Petrovitch –, ou dou mais dois passos?

– Tanto faz – disse ele, colocando a segunda bala numa das pistolas.

– Bem, vamos dar mais dois passos. – Bazárov traçou uma linha no chão com a ponta da bota. – Aqui está a barreira. A propósito: quantos passos cada um de nós deve se afastar da barreira? É também uma questão bastante importante. Não conversamos sobre isso ontem.

– Acho que dez – respondeu Pavel Petrovitch, entregando as duas pistolas a Bazárov. – Por favor, pode escolher a arma.

– Escolho. Mas deve concordar, Pavel Petrovitch, que nosso duelo é ridiculamente incomum. Basta olhar para o rosto do nosso padrinho.

– Quer brincar com tudo – respondeu Pavel Petrovitch. – Não nego a estranheza de nosso duelo, mas considero meu dever alertá-lo de que pretendo atirar a sério. *A bon entendeur, salut!*[33]

– Oh! Não tenho dúvidas de que decidimos eliminar um ao outro; mas por que não rir e *conectar utile dulci*?[34] Então: fale comigo em francês e eu falo com o senhor em latim.

– Vou lutar sério – repetiu Pavel Petrovitch e foi para o lugar do começo do duelo. Bazárov, por sua vez, contou dez passos a partir da barreira e parou.

– Está pronto? – perguntou Pavel Petrovitch.

– Absolutamente.

– Podemos nos aproximar.

Bazárov avançou devagar, e Pavel Petrovitch avançou em sua direção com a mão esquerda no bolso e erguendo aos poucos o cano da pistola... "Ele está mirando bem no meu nariz", pensou Bazárov, "e como ele cerrou o olho, o bandido! Essa sensação é bastante desagradável. Vou começar a olhar a corrente do relógio dele..."Alguma coisa estalou com força perto da orelha de Bazárov e, no mesmo instante, disparou um tiro. "Ouvi, portanto não aconteceu nada", passou por sua cabeça. Ele deu um passo novamente e, sem mirar, apertou o gatilho.

Pavel Petrovitch estremeceu um pouco e agarrou a coxa com a mão. Um filete de sangue escorreu por suas calças brancas.

Bazárov jogou a pistola fora e aproximou-se de seu adversário.

– Está ferido? – perguntou.

– O senhor tinha o direito de me chamar até a barreira – disse Pavel Petrovitch –, e isso é bobagem. Pela condição, cada um tem mais uma chance de atirar.

---

[33] É bom ouvir, olá. (N.T.)
[34] Falar bobagens. (N.T.)

— Bem, o senhor vai me desculpar, mas fica para a próxima — respondeu Bazárov e segurou Pavel Petrovitch que estava começando a ficar pálido. — Agora não sou mais um duelista, mas um médico e antes de tudo devo examinar o seu ferimento. Piotr! Vem até aqui, Piotr! Onde é que você está se escondendo?

— Tudo isso é uma bobagem... Não preciso da ajuda de ninguém —, disse Pavel Petrovitch com pausas — e... é necessário... de novo... — Ele estava prestes a puxar o bigode, mas sua mão enfraqueceu, seus olhos se fecharam e ele desmaiou.

— Aqui está! Desmaio! Por que seria! — Bazárov exclamou involuntariamente, colocando Pavel Petrovitch na grama. — Vamos ver o que houve? — Ele tirou um lenço do bolso, limpou o sangue, apalpou o ferimento... — O osso está intacto — murmurou entre dentes —, a bala passou por cima, o músculo vasto externo, foi atingido. Vai dançar pelo menos em três semanas!... E o desmaio! Oh, essas pessoas nervosas! A pele é tão fina.

— Matou? — a voz trêmula de Piotr sussurrou atrás dele.

Bazárov olhou em volta.

— Vá buscar água o mais rápido possível, irmão, e ele sobreviverá a você e a mim.

Mas o criado de boas maneiras parecia não entender suas palavras e não se mexeu. Pavel Petrovitch abriu lentamente os olhos.

— Está morrendo! — Piotr sussurrou e começou a fazer o sinal da cruz.

— Tem razão... Que cara de idiota eu tenho! — disse o senhor ferido, com um sorriso forçado.

— Vá buscar água, demônio! — gritou Bazárov.

— Não precisa... foi vertigem repentina... Ajude-me a sentar... assim... Vou amarrar com o pano esse arranhão e vou a pé para casa, caso contrário, pode mandar uma carruagem para mim. O duelo, para o seu governo, não será renovado. Você agiu de uma maneira nobre... hoje, hoje, apenas hoje.

— Não há necessidade de lembrar o passado — falou Bazárov —, e quanto ao futuro, também não deve se preocupar com isso, porque pretendo fugir imediatamente. Deixe-me amarrar sua perna agora; seu ferimento não é perigoso, mas é melhor parar o sangue. Mas primeiro é necessário fazer este mortal recuperar os sentidos.

Bazárov sacudiu Piotr pelo colarinho e mandou-o buscar a carruagem.

– Não o assuste, meu irmão – disse Pavel Petrovitch –, não tente contar a ele tudo o que aconteceu.

Piotr saiu correndo; enquanto ele procurava a carruagem, os dois adversários se sentaram no chão e ficaram em silêncio. Pavel Petrovitch tentou não olhar para Bazárov; ainda não queria fazer as pazes. Envergonhava-se da sua arrogância, do seu fracasso, envergonhava-se de tudo o que começou, embora sentisse que não podia ter terminado de forma mais favorável. "Pelo menos não vai ficar por aqui", Pavel se tranquilizava, "e ainda bem". O silêncio continuou, pesado e estranho. Eles não estavam se sentindo muito bem. Cada um estava ciente de que o outro o compreendia. Esse entendimento é agradável para os amigos e muito desagradável para os inimigos, em especial quando é impossível explicar ou separar-se e ficar em paz.

– Amarrei sua perna com muita força? – perguntou Bazárov, finalmente.

– Não, nada, está ótimo – respondeu Pavel Petrovitch, e depois de algum tempo acrescentou: – Não vamos conseguir enganar meu irmão, vamos dizer a ele que brigamos por causa de política.

– Muito bem! – disse Bazárov. – Se quiser pode dizer que xinguei todos os anglômanos.

– Ótimo. O que acha que essa pessoa pensa de nós agora? – continuou Pavel Petrovitch, apontando para o mesmo camponês que, poucos minutos antes do duelo conduzia os cavalos emaranhados passando por Bazárov e, voltando pela estrada, começou a andar pela borda e tirou o chapéu ao avistar os "senhores".

– Quem sabe! – respondeu Bazárov – Provavelmente ele não pensa nada. O camponês russo é o mesmo estranho misterioso de quem tanto falava a senhora Radcliffe. Quem vai compreendê-lo? Ele próprio não compreende a si mesmo.

– Eh! Agora está falando assim! – Pavel Petrovitch começou a falar e de repente exclamou: – Olha o que o idiota Piotr fez! Afinal, meu irmão está vindo para cá!

Bazárov se virou e viu o rosto pálido de Nikolai Petrovitch, que estava sentado dentro da carruagem. Ele saltou antes que parassem e correu para seu irmão.

– O que isso significa? – ele disse com uma voz agitada. – Eugênio Vasilich, meu Deus, o que é isso?

– Nada – respondeu Pavel Petrovitch –, lhe perturbaram em vão. Tivemos uma pequena briga e paguei um pouco por isso.

– Sim, mas o que houve, pelo amor de Deus?

– Como dizer? O senhor Bazárov falou com desrespeito de *sir* Robert Peel. Apresso-me em admitir que sou o único culpado por tudo isso e o senhor Bazárov se comportou perfeitamente. Eu o chamei.

– Mas está sangrando, o que é isso!

– Achava que eu tinha água nas veias? Mas esse derramamento de sangue foi até útil para mim. Não é verdade, doutor? Ajude-me a entrar na carruagem e não se entregue à melancolia. Eu estarei saudável amanhã. Assim, perfeitamente. Vamos, cocheiro.

Nikolai Petrovitch seguiu a carruagem; Bazárov ia ficar atrás e...

– Devo pedir-lhe que cuide do meu irmão – disse Nikolai Petrovitch – enquanto não chegar outro médico da cidade.

Bazárov inclinou a cabeça em silêncio.

Uma hora depois, Pavel Petrovitch já estava deitado na cama com a perna bem enfaixada. A casa inteira ficou alarmada; Fenitchka passou mal. Nikolai Petrovitch secretamente torcia os seus braços, e Pavel Petrovitch ria, brincava, em especial com Bazárov, vestia uma fina camisa de seda, uma blusa matutina e um chapéu, não permitia que as cortinas das janelas fossem abaixadas e queixava-se divertidamente da necessidade de fazer dieta.

De noite, porém, ele teve febre; sua cabeça doía. Um outro médico veio da cidade. Nikolai Petrovitch não obedeceu ao irmão, e o próprio

Bazárov também queria isso. Ele ficou sentado em seu quarto o resto do dia, todo amarelo e irritado e apenas foi ver o paciente rapidinho; uma ou duas vezes encontrou Fenitchka, mas ela estava apavorada. O novo médico aconselhou bebidas refrescantes e, em outras questões, confirmou o diagnóstico de Bazárov de que o paciente não corria nenhum perigo. Nikolai Petrovitch disse a ele que seu irmão havia se machucado por negligência, ao que o médico respondeu: "Hum!", mas tendo imediatamente recebido vinte e cinco rublos em prata, ele disse: "Que coisa! Isso acontece muito, com certeza".

Ninguém na casa se deitava ou descansava. Nikolai Petrovitch entrava na ponta dos pés no quarto do irmão e saía na ponta dos pés também. O irmão delirava um pouco, gemia em voz baixa, falava em francês: *"Couchez-vous"*[35] e pedia água. Nikolai Petrovitch certa vez pediu para Fenitchka trazer um copo de limonada para ele; Pavel Petrovitch olhou para ela atentamente e esvaziou o copo. Pela manhã, a febre aumentou um pouco e apareceu um leve delírio. A princípio, Pavel Petrovitch falava palavras incoerentes; então ele de repente abriu os olhos e, vendo seu irmão perto de sua cama, cuidadosamente curvado sobre ele, disse:

– Nikolai, acha que Fenitchka tem algo em comum com Nelly?

– Qual Nelly, Pasha?

– Você ainda pergunta? Com a Princesa R... Principalmente na parte superior do rosto. *C'est de la même famille*[36].

Nikolai Petrovitch não respondeu nada, mas ficou maravilhado com a vitalidade dos antigos sentimentos no ser humano.

"Olhe quando surgiu essa lembrança", ele pensou.

– Oh, como eu amo essa criatura fútil! – gemia Pavel Petrovitc, jogando as mãos atrás da cabeça. – Eu não vou tolerar nenhuma pessoa insolente que ouse tocar... – balbuciava ele alguns momentos depois.

Nikolai Petrovitch apenas suspirou; ele não fazia ideia de a quem essas palavras se referiam.

---

[35] Vá para cama. (N.T.)
[36] É da mesma família. (N.T.)

Bazárov foi procurá-lo no dia seguinte, às oito horas. Ele já havia conseguido realizar todos os seus experimentos e libertar todas as suas rãs, insetos e pássaros.

– Você veio para se despedir de mim? – perguntou Nikolai Petrovitch, levantando-se.

– Exatamente.

– Eu lhe entendo e o aprovo. A culpa toda é do meu pobre irmão, claro: ele já foi punido. Ele mesmo me disse que o senhor não teve escolha de agir de outra forma. Acredito que não poderia ter evitado este duelo, que... até certo ponto se explicou somente pelo constante antagonismo das suas opiniões mútuas. – Nikolai Petrovitch ficou confuso com as palavras. – Meu irmão é um homem da antiga educação, temperamental e teimoso... Graças a Deus que ainda acabou assim. Tomei todas as medidas necessárias para evitar publicidade...

– Vou deixar meu endereço caso saia alguma matéria – comentou Bazárov casualmente.

– Espero que não saia nenhuma, Eugênio Vasilich... Lamento muito que sua estada em minha casa tenha acabado assim. Sinto-o mais por Arcádio, que não está aqui para despedir-se.

– Acho que irei vê-lo – falou Bazárov, em quem todo tipo de "explicações" e "expressões" despertava constantemente um sentimento de impaciência –, caso contrário, peço que o saúde em meu nome, dizendo-lhe que lamento o que aconteceu aqui.

– E eu lhe falo... – respondeu com reverência Nikolai Petrovitch.

Mas Bazárov não esperou ele terminar a frase e saiu.

Ao saber da partida de Bazárov, Pavel Petrovitch desejou vê-lo e apertou sua mão. Mas mesmo aqui Bazárov permaneceu frio como gelo; ele percebeu que Pavel Petrovitch queria mostrar sua generosidade. Ele não se despediu de Fenitchka: apenas trocou olhares com ela da janela. O rosto dela parecia triste. "Estará perdida, talvez!", disse a si mesmo... "Bem, ela vai sair dessa de alguma forma!" Mas Piotr ficou tão comovido que chorou em seu ombro, até que Bazárov o congelou com uma pergunta: "Será que seus olhos são parte de sua bexiga?" E Duniacha foi forçada a fugir para o bosque para esconder sua excitação. O culpado de toda essa dor subiu na carruagem, acendeu um cigarro e já no quarto quilômetro da estrada, em uma curva, a propriedade dos Kirssanov com sua nova mansão em uma linha apareceu aos seus olhos pela última vez; ele apenas cuspiu e murmurou:

– Malditos aristocratas! – E abotoou bem o capote.

Pavel Petrovitch logo começou a se sentir melhor, mas teve que ficar na cama por uma semana. Suportava sua prisão, como ele mesmo dizia, com bastante paciência, só que estava muito preocupado com as roupas e pedia que fumassem tudo com colônia. Nikolai Petrovitch lia revistas para ele, Fenitchka servia como antes, trazendo caldo, limonada, ovos cozidos, chá. Mas um horror interno apoderava-se dela cada vez que entrava no quarto de Pavel. O ato inesperado de Pavel Petrovitch assustou todas as pessoas da casa, e ela ficou mais aterrorizada do que qualquer outra; apenas Prokófitch não se surpreendeu e falou que mesmo em sua época os senhores lutavam bastante, "apenas senhores nobres entre si, e pessoas como Bazárov apanhavam no estábulo".

A consciência de Fenitchka mal a censurava; mas os pensamentos do verdadeiro motivo da briga a atormentavam às vezes; e Pavel Petrovitch a olhava de um jeito tão estranho... que ela, mesmo dando as costas para ele, sentia seus olhos. Ela emagreceu por causa da ansiedade incessante e ficou ainda mais linda.

Certa de manhã, Pavel Petrovitch sentia-se muito melhor e passou da cama para o sofá, e Nikolai Petrovitch, perguntando sobre sua saúde, saiu para resolver alguns negócios. Fenitchka trouxe uma xícara de chá e, colocando-a sobre a mesa, estava prestes a se retirar, porém Pavel Petrovitch a conteve.

– Por que está com tanta pressa, Fiedóssia Nicoláievna? – começou. – Tem um caso?

– Não... sim... Preciso servir o chá.

– Duniacha vai fazer isso sem a sua presença; sente-se um pouco com uma pessoa doente. A propósito, preciso falar com você.

Fenitchka sentou-se na beirada da poltrona sem falar nada.

– Ouça – disse Pavel Petrovitch e puxou o bigode –, há muito tempo queria perguntar: você parece ter medo de mim?

– Eu?...

– Sim, você. Nunca me olha, como se sua consciência não estivesse totalmente limpa.

Fenitchka corou, mas olhou para Pavel Petrovitch. Ele parecia tão esquisito que o coração dela começou a estremecer.

– Tem a consciência limpa?

– Por que ela não deveria estar limpa? – sussurrou ela.

– Nunca se sabe! Você pode ter culpa na frente de quem? De mim? É impossível. De outras pessoas dessa casa? Isso também é impossível. Do meu irmão? Você o ama?

– Eu o amo.

– Com toda sua alma, com todo seu coração?

– Amo Nikolai Petrovitch de todo o meu coração.

– Verdade? Olhe para mim, Fenitchka. – Ele a chamava assim pela primeira vez. – Sabe que mentir é um grande pecado!

– Não estou mentindo, Pavel Petrovitch. Amo Nikolai Petrovitch –, sem ele não preciso mais viver!

– E não vai trocá-lo por ninguém?

– Não vou trocá-lo por ninguém!

– Existe muita gente! Por exemplo, por este senhor que saiu daqui.

Fenitchka levantou-se.

– Meu Deus, Pavel Petrovitch, por que está me torturando? O que eu fiz para o senhor? Como você pode dizer isso?...

– Fenitchka – disse Pavel Petrovitch com uma voz triste –, eu vi...

– O que o senhor viu?

– Sim aí... no pergolado.

Fenitchka corou até as orelhas.

– E eu sou culpada neste caso? – disse ela com dificuldade.

Pavel Petrovitch levantou-se.

– Não é sua culpa? Não? De modo nenhum?

— Amo somente Nikolai Petrovitch e o amarei para sempre! — disse Fenitchka com força repentina, enquanto seus soluços levantavam seu peito. — E sobre o que você viu, eu direi no Juízo Final que a culpa não é minha e seria melhor eu morrer agora, caso suspeitassem que eu possa trair o meu amor, Nikolai Petrovitch...

Mas de repente sua voz a traiu, e ao mesmo tempo ela sentiu que Pavel Petrovitch agarrou e apertou sua mão... Ela olhou para ele e virou petrificada. Ele ficou ainda mais pálido do que antes; seus olhos brilharam e, o que foi mais surpreendente de tudo, uma lágrima pesada e solitária desceu por sua bochecha.

— Fenitchka! — disse ele com uma voz baixa. — Ame, ame meu irmão! Ele é um homem tão bom, tão bom! Não o traia por ninguém no mundo, não dê ouvidos aos discursos de ninguém! Pense no que poderia ser pior do que amar e não ser amada! Nunca deixe de amar meu pobre Nikolai!

As lágrimas de Fenitchka secaram e o medo passou, tão grande era seu espanto. Mas ela ficou ainda mais surpresa quando Pavel Petrovitch, o próprio Pavel Petrovitch pressionou sua mão contra seus lábios, sem beijá-la, e apenas ocasionalmente suspirando convulsivamente...

"Senhor! Ele está tendo um ataque?"

E naquele momento toda a vida perdida estremeceu nele.

A escada rangeu sob os passos rápidos... Ele a empurrou para longe e jogou a cabeça para trás no travesseiro. A porta se abriu e Nikolai Petrovitch apareceu, alegre, fresco, corado. Mítia, tão fresco e corado quanto o pai, estava pulando para cima e para baixo, vestido apenas com uma camisa, pegando nos grandes botões de seu casaco com as perninhas nuas.

Fenitchka correu para ele e, abraçando ele e o filho, encostou a cabeça em seu ombro. Nikolai Petrovitch ficou surpreso: Fenitchka, tímida e modesta, nunca o acariciava na presença de terceiros.

— O que houve? — disse ele, e, olhando para o irmão, entregou Mítia a ela. — Está se sentindo pior? — perguntou ele a Pavel Petrovitch.

Ele enterrou o rosto em um lenço de seda.

— Não... então... nada... Pelo contrário, estou bem melhor.

– Você não deveria se mudar para o sofá. Onde você vai? – perguntou Nikolai Petrovitch, voltando-se para Fenitchka; mas a porta já havia batido atrás dela. – Trouxe meu fortão para mostrar para você; ele sentia falta do tio. Por que ela o levou embora? Mas, o que há de errado com você? Aconteceu alguma coisa aqui?

– Irmão! – disse Pavel Petrovitch solenemente.

Nikolai Petrovitch se estremeceu. Ele ficou apavorado, mas não entendia o motivo.

– Irmão – repetiu Pavel Petrovitch –, dê-me sua palavra de cumprir um de meus pedidos.

– Qual pedido? Fale.

– Ele é muito importante; dele, na minha opinião, depende toda a felicidade da sua vida. Todo esse tempo estive pensando muito no que quero dizer-lhe agora... Irmão, cumpra o seu dever, o dever de uma pessoa honesta e nobre, pare com a tentação e com o mau exemplo que está dando, você, o melhor de todos!

– O que quer dizer, Pavel?

– Case com Fenitchka... Ela o ama, é mãe do seu filho.

Nikolai Petrovitch deu um passo para trás e ergueu as mãos.

–Você está dizendo isso, Pavel? A quem sempre considerei o oponente mais inflexível de casamentos desse tipo! E diz isso! Mas não sabe que só por respeito a você, eu não cumpri o que chamou de meu dever!

– Nunca deveria ter me respeitado neste caso – falou Pavel Petrovitch com um sorriso triste. – Estou começando a achar que Bazárov estava certo quando me julgou por ser aristocrata. Não, querido irmão, vamos parar e pensar na luz: já somos velhos e tranquilos; é hora de deixarmos de lado toda a vaidade. Precisamente, como diz, comecemos a cumprir o nosso dever; e olha, nós também teremos felicidade em troca.

Nikolai Petrovitch foi abraçar o irmão.

– Você finalmente abriu meus olhos! – exclamou ele. – Não é à toa que sempre afirmei que é a pessoa mais gentil e inteligente do mundo; e agora vejo que é tão sensato quanto generoso...

– Calma, calma – interrompeu-o Pavel Petrovitch. – Não mexa com a perna do seu prudente irmão, que aos cinquenta anos brigou em duelo igual a um soldado burro. Então, esta questão está resolvida: Fenitchka será minha... *belle-soeur*[37].

– Meu querido Pavel! Mas o que Arcádio dirá?

– Arcádio? Ele vai triunfar, claro! O casamento não está em seus princípios, mas o sentimento de igualdade será muito agradável. Na verdade, não precisa pensar nas castas do século XIX?

– Oh, Pavel, Pavel! Deixe-me beijá-lo de novo. Não tenha medo, eu sou cuidadoso.

Os irmãos se abraçaram.

– O que acha de falar a ela sobre a sua intenção agora mesmo? – perguntou Pavel Petrovitch.

– Por que tanta pressa? – perguntou Nikolai Petrovitch. – Você conversou com ela?

– Conversei com ela? *Quelle idée!*[38]

– Muito bem. Antes de mais nada, melhore, e a minha decisão não nos deixará, preciso pensar bem, compreender...

– Mas se decidiu mesmo?

– Claro, eu me decidi e o agradeço do fundo do meu coração. Vou deixá-lo agora, você precisa descansar; qualquer empolgação fará mal... Mas conversaremos mais tarde. Durma, meu querido e que Deus lhe dê saúde!

"Por que ele está tão grato a mim?" pensou Pavel Petrovitch, deixado sozinho. "Como se não dependesse dele! E assim que ele se casar, irei para algum lugar mais longe, para Dresden ou Florença e morarei lá até a minha morte".

Pavel Petrovitch umedeceu a testa com colônia e fechou os olhos. Iluminada pela forte luz do dia, sua bela cabeça emagrecida repousava sobre um travesseiro branco igual a cabeça de um defunto... E ele realmente era um defunto.

---

[37] Cunhada. (N.T.)
[38] Que ideia! (N.T.)

25

Em Nikolskoe, no jardim, à sombra de uma árvore alta, Kátia e Arcádio estavam sentados em um banco feito de grama; no chão ao lado deles, estava deitada Fifi, de forma muito graciosa. Arcádio e Kátia estavam calados; ele segurava nas mãos um livro meio aberto, e ela tirava da cesta as migalhas de pão branco restantes e as jogava para uma pequena família de pardais, que, com sua característica atrevida, pularam quase junto dos seus pés. Uma brisa fraca, agitando as folhas de freixo, movia-se suavemente para frente e para trás, e ao longo do caminho escuro e das costas amarelas de Fifi, pálidas manchas douradas de luz; uma sombra uniforme iluminou Arcádio e Kátia; apenas vez ou outra uma mecha brilhante se acendeu em seu cabelo. Ambos ficaram em silêncio; mas era precisamente no modo como se calavam, como se sentavam lado a lado, que se sentia uma reaproximação confiante: cada um deles parecia não pensar no próximo, mas em segredo ficava feliz com a sua vizinhança. E o rosto deles havia mudado desde a última vez que os vimos: Arcádio parecia mais calmo. Kátia estava mais animada, mais ousada.

– Você não acha – começou Arcádio – que o freixo tem um nome muito bom em russo: nenhuma árvore pode ser vista tão facilmente e claramente no ar como ela.

Kátia ergueu os olhos e disse: "Sim", e Arcádio pensou: "Esta não me censura por eu me expressar lindamente".

– Eu não amo Heine – disse Kátia, apontando com os olhos para o livro que Arcádio estava segurando –, nem quando ri, nem quando chora: eu o amo quando está pensativo e triste.

– E eu gosto quando ele ri – comentou Arcádio.

– São ainda os velhos traços de sua direção satírica em você...

"Velhos traços!" pensou Arcádio. "Se ao menos Bazárov tivesse ouvido o que ele disse!"

– Espere, vamos lhe refazer.

– Quem irá me refazer? Você?

– Quem? Irmã; Porfiriy Platonich, com quem você não briga mais; minha tia que você levou à igreja anteontem.

– Eu não podia recusar! Quanto a Anna Sergeevna, ela mesma, se você se lembra, concordava em muitos aspectos com Eugênio.

– A irmã estava então sob sua influência, assim como você.

– Assim como eu! Não percebeu que eu já me libertei de sua influência?

Kátia não disse nada.

– Eu sei – continuou Arcádio –, você nunca gostou dele.

– Eu não posso julgá-lo.

– Sabe de uma coisa, Katerina Sergeevna? Sempre que ouço essa resposta, não acredito nela... Não existe uma pessoa assim, que cada um de nós não poderia julgar! Isso é apenas uma desculpa.

– Bem, então vou lhe dizer que ele... não que eu não goste dele, mas sinto que ele é um estranho para mim, e eu sou uma estranha para ele... e você é um estranho para ele.

– Por quê?

– Como posso lhe dizer... Ele é o predador, e nós somos domesticados.

– E eu sou domesticado?

Kátia acenou com a cabeça.

Arcádio coçou atrás da orelha.
– Ouça, Katerina Sergeevna: isso é, em essência, um insulto.
– Gostaria de ser o predador?
– Predador não; forte e com muita energia, sim.
– Não se pode querer isso... Seu amigo não quer isso, mas ele tem dentro dele.
– Humm! Então acha que ele teve uma grande influência na senhora Anna Sergeevna?
– Sim. Mas ela não admite o domínio de ninguém por um longo tempo – Kátia acrescentou em voz baixa.
– Por que acha isso?
– Ela é muito orgulhosa... não foi isso que eu quis dizer... ela valoriza muito a independência.
– Quem não a valoriza? – perguntou Arcádio, e neste momento passou pela sua mente: "Para que serve a independência?" "Para que ela serve?", passou pela mente da Kátia. Os jovens que passam muito tempo juntos têm os mesmos pensamentos repetidamente.

Arcádio sorriu e, aproximando-se ligeiramente de Kátia, suspirou:
– Admita que tem um pouco de medo dela.
– De quem?
– Dela – repetiu Arcádio significativamente.
– E você? – perguntou Kátia por sua vez.
– E eu; veja bem, eu disse, e eu.
Kátia balançou o dedo para ele.
– Isso me surpreende – começou ela –, minha irmã nunca esteve tão disposta a você como agora; muito mais do que na primeira visita.
– É mesmo!
– Não percebeu isso? Isso não o agrada?
Arcádio ficou pensativo.
– Como pude ganhar o favor de Anna Sergeevna? Será por que trouxe cartas de sua mãe para ela?
– Existem outros motivos, que não direi.
– Por quê?

– Eu não vou dizer.
– Ei! Eu sei que é muito teimosa.
– Sou teimosa sim.
– E observadora.

Kátia olhou de soslaio para Arcádio.

– Talvez isso lhe deixe com raiva? O que pensa a respeito?
– Eu penso de onde surgiu essa observação que realmente está plantada em você. É tão tímida, incrédula; afasta-se de todo mundo...
– Morei sozinha por muito tempo; involuntariamente, a pessoa começará a racionalizar. Mas será que eu realmente afasto-me de todo mundo?

Arcádio lançou um olhar agradecido a Kátia.

– Tudo isso está ótimo – continuou ele –, mas pessoas em sua posição, quero dizer, com sua fortuna, raramente possuem este dom; na verdade fica difícil de alcançá-los, igual aos reis.
– Mas não sou rica.

Arcádio ficou pasmo e não entendeu imediatamente aquilo que Kátia disse. "E, de fato, a propriedade pertence à sua irmã!" –, ocorreu-lhe; o pensamento não era desagradável para ele.

– Gostei de como disse isso! – exclamou.
– Por quê?
– Disse bem; simplesmente sem se envergonhar-se ou se exibir. Aliás: imagino que no sentimento de uma pessoa que sabe e diz que é pobre deve haver algo especial, algum tipo de vaidade.
– Não vivi nada disso pela graça de minha irmã. Falei sobre a minha condição apenas por falar.
– Então, admita que também tem um pouquinho daquela vaidade de que acabei de falar.
– Por exemplo?
– Por exemplo – desculpe a minha pergunta –, não se casaria com um homem rico?
– Se eu o amasse muito... Não, acho que até nesse caso não teria se casado com ele.

– Ah! Está vendo! – exclamou Arcádio, e depois de um tempo acrescentou: – Por que você não se casaria com ele?

– Porque até existe uma música sobre o amor desigual.

– Talvez você queira governar ou...

– Ah, não! Para, que isso? Pelo contrário, estou pronto para me submeter, mas essa desigualdade é difícil. Respeitar-se e submeter-se, eu compreendo isso; felicidade é isso; mas uma existência subordinada... Não, assim tá bom.

– Isso é o suficiente – repetiu Arcádio após Kátia. – Sim, sim – continuou –, não é à toa que tem o mesmo sangue de Anna Sergeevna; é tão independente quanto ela; mas é mais reservada. Tenho certeza de que nunca será a primeira a expressar seus sentimentos, por mais fortes e sagrados que sejam...

– Como poderia ser diferente? – perguntou Kátia.

– É igualmente inteligente; tem bastante, ou até mais caráter do que ela...

– Não me compare com minha irmã, por favor – interrompeu ela apressadamente –, é muito ruim para mim. Você parece ter esquecido de que a minha irmã é bonita e inteligente, e... especialmente você, Arcádio Nikolaévitch, não deveria ter dito tais palavras, mesmo com uma cara tão séria e fechada.

– O que significa: "especialmente você", e por que você acha que estou brincando?

– Claro, acho que está brincando.

– Acha? E se eu estiver convencido do que estou dizendo? Se eu descobrir que ainda não falei de maneira mais forte?

– Eu não o entendo.

– Realmente? Bem, agora estou vendo: certamente elogiei demais a observação que fez.

– Como assim?

Arcádio não disse nada e se afastou, e Kátia encontrou mais algumas migalhas na cesta e começou a jogá-las aos pardais; mas o movimento de sua mão foi muito forte e os pássaros voaram sem pegar nada.

— Katerina Sergeevna! — Arcádio de repente começou a falar. — Você provavelmente não se importa, mas saiba que não lhe trocarei não apenas por sua irmã, mas por qualquer outra pessoa no mundo.

Ele se levantou e saiu rapidamente, como se ficasse assustado com as palavras que haviam saído de sua boca.

E Kátia deixou cair as mãos junto com a cesta sobre os joelhos, baixou a cabeça, ficou olhando por muito tempo na direção em que Arcádio foi. Aos poucos, um rubor começou a aparecer em suas bochechas; mas os lábios não sorriam, os olhos escuros expressavam perplexidade e algum outro sentimento ainda desconhecido.

— Você está sozinha? — ouviu-se por perto a voz de Anna Sergeevna. — Pensei que estivesse com Arcádio.

Kátia lentamente voltou os olhos para a irmã (vestida com elegância e graciosidade, ela parou no caminho e balançou as orelhas de Fifi com a ponta de um guarda-chuva aberto) e disse lentamente:

— Estou sozinha.

— Estou vendo — respondeu ela com uma risada; — ele foi para o quarto?

— Sim.

— Leram juntos?

— Sim.

Anna Sergeevna segurou Kátia pelo queixo e ergueu seu rosto.

— Não brigaram, assim espero?

— Não — disse Kátia, afastando a mão da irmã em silêncio.

— Responde com tanta solenidade! Pensei em encontrá-lo aqui e convidá-lo para dar um passeio. Ele fica me perguntando sobre isso o tempo todo. Trouxeram sapatos da cidade para você, experimente-os; ontem reparei que os teus sapatos estavam completamente gastos. Não se preocupa com isso e ainda tem pés lindos! E suas mãos são bonitas... mas um pouco grandes; por isso é necessário cuidar dos pés. Como não tem nada de faceira.

Anna Sergeevna continuou a caminhar, e o vestido estava farfalhando ligeiramente. Kátia se levantou do banco e, levando Heine com ela, também foi embora, porém não foi experimentar os sapatos.

"Lindos pés", pensou ela, subindo devagar e facilmente os degraus do terraço, quentes de sol, "lindos pés... Eu o terei junto então".

Mas ela imediatamente se sentiu envergonhada e subiu a escada.

Arcádio seguiu pelo corredor até seu quarto; o mordomo o alcançou e relatou que o senhor Bazárov estava o esperando no quarto.

– Eugênio! – murmurou, Arcádio, quase com espanto. – Há quanto tempo ele chegou?

– Ele chegou há pouco e ordenou não relatar a Anna Sergeevna sobre a chegada, mas pediu que o levasse diretamente até o senhor.

"Será que aconteceu algo ruim em casa?" pensou Arcádio, e, subindo apressado as escadas, abriu a porta rapidamente. A aparência de Bazárov logo o tranquilizou, embora um olho mais experiente provavelmente tivesse descoberto que o rosto enérgico do convidado inesperado estava mais abatido, sinais de excitação interior. Com um sobretudo empoeirado sobre os ombros e um quepe na cabeça, ele estava sentado à janela e não se levantou nem mesmo quando Arcádio pulou para seu pescoço com exclamações.

– Que surpresa! O que o trouxe aqui? – repetiu ele, andando pela sala como um homem que imagina que está feliz e quer mostrar isso para todos. – Afinal, na nossa casa está tudo bem, todo mundo está bem, não é?

– Está tudo bem, mas nem todos estão saudáveis – disse Bazárov. – E pare de tagarelar, peça para trazer um copo de *kvass* para mim, sente-se e ouça o que vou dizer, pouca coisa, mas em expressões bastante fortes.

Arcádio ficou quieto, e Bazárov contou a ele sobre seu duelo com Pavel Petrovitch. Arcádio ficou muito surpreso e até triste, mas não considerou necessário demonstrar isso; então só perguntou se o ferimento de seu tio não era realmente muito grave. Ele recebeu a resposta de que o ferimento era interessantíssimo, mas não no sentido médico. Arcádio sorriu forçadamente, mas seu coração sentiu um pânico e um pouco de vergonha. Bazárov parecia entendê-lo.

– Sim, irmão – disse ele –, é isso que significa conviver com os senhores feudais. Você mesmo se tornará um deles e participará de torneios de cavalaria. Bem, então eu saí para ver os meus "pais" – concluiu Bazárov –, e no caminho parei aqui... eu diria que para contar o que aconteceu, se não considerasse estupidez como uma mentira inútil. Não, eu parei aqui o diabo sabe por quê. Veja, às vezes é útil para uma pessoa se segurar pela crista e se arrancar para fora, como arrancam um rabanete da terra. Eu fiz isso outro dia... Mas eu queria ver novamente o que eu abandonei, olhar para o cume onde eu estava sentado.

– Espero que essas palavras não se apliquem a mim – argumentou Arcádio com entusiasmo –, espero que não pense em me abandonar.

Bazárov olhou para ele com atenção.

– Isso o deixaria triste? Parece-me que já se separou de mim. Está tão fresco e limpo... você e Anna Sergeevna devem se dar bem.

– O que quer dizer, falando de mim e de Anna Sergeevna?

– Será que não veio da cidade por causa dela, passarinho? A propósito, como estão as escolas dominicais? Não está apaixonado por ela? Já passou o tempo de você ser tímido.

– Eugênio, você sabe, sempre fui franco com você. Posso lhe garantir, juro que está errado.

– Hum! Aqui está uma nova palavra – observou Bazárov em voz baixa. – Mas você não precisa se preocupar, porque é absolutamente igual para mim. Um romântico diria: Sinto que nossos caminhos se bifurcam e se afastam, apenas digo que cansamos um do outro.

– Eugênio...

– Meu querido, fique tranquilo; tudo fica chato e aborrece neste mundo! E agora, eu acho que devemos dizer adeus. Desde que estou aqui, sinto-me muito mal, como se tivesse lido as cartas de Gogol a governadora de Kaluga. A propósito, não mandei desatrelar os cavalos da carruagem.

– Isso é impossível!

– E por quê?

– Não estou falando de mim; mas você será extremamente indelicado com Anna Sergeevna, que decerto desejará vê-lo.

– Bem, você está errado sobre isso.

– Pelo contrário, tenho certeza de que estou certo. E por que você está fingindo? Por falar nisso, você mesmo não veio aqui por causa dela?

– Isso pode ser verdade, mas você ainda está enganado.

Mas Arcádio estava certo. Anna Sergeevna queria ver Bazárov e o chamou através do mordomo. Bazárov trocou de roupa antes de se encontrar com ela: arrumara seu traje novo na mala para que usasse quando fosse necessário.

A senhora Odintsova não o recebeu naquela sala onde ele inesperadamente declarou seu amor, mas sim na sala de estar. Graciosa, estendeu-lhe a mão, mas seu rosto mostrava uma tensão involuntária.

– Anna Sergeevna – Bazárov se apressou em dizer –, antes de mais nada, devo tranquilizá-la. Na sua frente está um mortal que há muito tempo retomou o juízo e espera que os outros tenham esquecido sua estupidez. Estou partindo por um longo período e devo admitir que embora não seja uma pessoa dócil, seria triste levar comigo a ideia de que a senhora se recorda de mim com nojo.

Anna Sergeevna suspirou profundamente, como uma pessoa que acaba de escalar uma alta montanha, e seu rosto se iluminou com um sorriso. Ela estendeu a mão pela segunda vez para Bazárov e correspondeu ao seu aperto.

– Não precisa recordar o passado – disse ela –, especialmente porque, falando, honestamente eu pequei se não por faceirice, então por outra coisa. Quero lhe pedir: sejamos amigos como antes. Foi um sonho, não foi? E quem se lembra dos sonhos?

– Quem se lembra deles? E, além disso, amor... afinal, esse é um sentimento fingido.

– Sério? Estou muito satisfeita em ouvir isso.

Foi assim que Anna Sergeevna se expressou, e foi assim que Bazárov se expressou; ambos pensaram que estavam falando a verdade. Existia a verdade, a verdade completa, em suas palavras? Eles próprios não sabiam disso, e o autor ainda mais. Mas a conversa entre eles começou como se eles acreditassem completamente um no outro.

Anna Sergeevna perguntou, entre outras coisas, a Bazárov o que ele estava fazendo na casa dos Kirssanov. Ele quase contou a ela sobre seu duelo com Pavel Petrovitch, mas resistiu ao pensar que ela pudesse achar que ele estivesse se achando, e respondeu que estava trabalhando todo esse tempo.

— E eu — disse Ana Sergeevna —, a princípio ficava deprimida, sabe Deus por que, até queria viajar para o exterior, imagine só!... Depois tudo passou; seu amigo, Arcádio Nikolaévitch, chegou e eu novamente caí na minha rotina, no meu verdadeiro papel.

— Que papel é esse, posso perguntar?

— O papel de tia, mentora, mãe, como quiser. A propósito, sabe que antes eu não entendia muito bem sua bonita amizade com Arcádio Nikolaévitch. Achei bastante insignificante. Mas agora pude conhecê-lo melhor e ter certeza de que ele é inteligente... E o mais importante, ele é jovem, jovem... não como você e eu, Eugênio Vasilich.

— Ele ainda fica tímido na sua presença? — perguntou Bazárov.

— Bem... — começou Anna Sergeevna e, depois de pensar um pouco, acrescentou: — Agora ele está mais confiante, está conversando comigo. Antes, ele me evitava. Porém, também não procurei sua companhia. Ele é grande amigo de Kátia.

Bazárov ficou irritado. "A mulher não pode deixar de ser astuta!", pensou ele.

— Diz que o evitava — disse ele com um sorriso frio —, mas provavelmente não é um segredo para a senhora que ele estava apaixonado?

— O que? Ele também? — exclamou Anna Sergeevna.

— Ele também — repetiu Bazárov com uma reverência humilde. — Eu lhe contei uma novidade?

Anna Sergeevna baixou os olhos.

— Está errado, Eugênio Vasilich.

— Acho que não. Mas talvez eu não deveria ter falado.

"Outra vez seja menos astuta", pensou consigo mesmo.

– Por que não falar? Mas acredito que o senhor também dá muita importância às impressões instantâneas. Estou começando a suspeitar que tem tendência ao exagero.

– Não, vamos falar melhor sobre isso, Anna Sergeevna.

– Mas por quê? – perguntou ela, e depois ela mesma desviou a conversa. Ainda se sentia constrangida com Bazárov, embora lhe contasse e assegurasse que tudo estava esquecido. Trocando as palavras mais simples com ele, até mesmo brincando, ela sentia uma leve sensação de medo. Assim como as pessoas a bordo de um cruzeiro, em pleno mar, falam e riem despreocupadamente como se estivessem em terra firme; mas se ocorrer qualquer incidente no navio, se acontecer o menor sinal de algo extraordinário, logo uma expressão de alarme particular aparecerá no rosto de todos, indicando uma consciência constante de perigo.

A conversa de Anna Sergeevna com Bazárov não durou muito. Ela começou a ficar pensativa, ficar distraída e por fim sugeriu passar ao salão, onde estavam a princesa e Kátia.

– E onde está Arcádio Nikolaévitch? – perguntou a anfitriã e, ao saber que não aparecia há mais de uma hora, mandou chamá-lo. Ele foi encontrado depois de um bom tempo: estava sentado no jardim com o queixo apoiado nos braços cruzados, perdido em pensamentos. Esses pensamentos eram profundos e importantes, mas não eram tristes. Ele sabia que Ana Sergeevna estava sozinha com Bazárov e não sentia ciúme como acontecia antes, pelo contrário, seu rosto estava discretamente iluminado, parecia surpreso com alguma coisa que o deixou alegre e resolveu fazer algo decisivo.

26

O falecido Odintsova não gostava das inovações, mas permitia "jogo de gosto aristocrático" e como resultado ergueu em seu jardim, entre a estufa e o lago, uma estrutura semelhante a um pórtico grego feito de tijolos russos. No muro detrás e quase abandonado desse pórtico ou galeria, havia seis nichos para as estátuas, que Odintsova ia comprar no exterior. Essas estátuas deveriam representar: Solidão, Silêncio, Meditação, Melancolia, Timidez e Sensibilidade. Uma delas, a deusa do Silêncio, com um dedo nos lábios, foi trazida e instalada; mas no mesmo dia os meninos do pátio arrancaram seu nariz e, embora o pintor vizinho tenha se comprometido a colocar seu nariz "duas vezes melhor do que antes", Odintsova mandou retirá-la do nicho, e ela se viu no canto do celeiro de debulha, onde ficou por muitos anos, despertando o horror supersticioso das mulheres. A parte frontal do pórtico há muito tempo estava coberta de arbustos densos: apenas os capitéis das colunas eram visíveis acima da vegetação. No próprio pórtico fazia frio até ao meio-dia. Anna Sergeevna não gostava de visitar este lugar, pois viu uma cobra ali; mas Kátia costumava sentar-se em um grande banco feito sob um dos nichos. Cercada de frescor e sombra, ela lia, trabalhava ou se entregava àquela sensação de silêncio total, provavelmente familiar a todos e cujo encanto consiste na contemplação quase inconsciente da existência, continuamente girando-se em torno e dentro de nós mesmos.

No dia seguinte, após a chegada de Bazárov, Kátia estava sentada em seu banco favorito e ao lado dela novamente, Arcádio; ele pediu que ela fosse até o "pórtico" com ele.

Faltava cerca de uma hora para o café da manhã; o orvalho matutino cedia lugar a um dia quente. O rosto de Arcádio manteve a expressão de ontem; Kátia parecia preocupada. Sua irmã, logo após o chá, chamou-a ao gabinete e, após acariciá-la, o que sempre assustava Kátia um pouco, aconselhou-a a ter mais cuidado com Arcádio e, principalmente, a evitar conversas particulares com ele, que já eram notadas pela sua tia e toda a casa... Além disso, Anna Sergeevna estava de mau humor na noite anterior; e a própria Kátia se sentiu envergonhada, sentia como se tivesse feito algo realmente ruim. Cedendo ao pedido de Arcádio, ela disse a si mesma que era a última vez.

– Katerina Sergeevna – começou ele com uma espécie de arrogância tímida –, como tenho a sorte de morar na mesma casa, conversei sobre muitas coisas com a senhora, mas há uma questão muito importante para mim... uma que eu não toquei ainda. Como notou ontem, eu mudei bastante aqui – acrescentou ele, pegando o olhar questionador e fixo de Kátia e evitando-o. – Na verdade, mudei muito, e a senhora sabe disso melhor do que ninguém; eu devo essa mudança a senhora.

– A mim? A mim?... – disse Kátia.

– Não sou mais o garoto arrogante que chegou aqui – continuou Arcádio. – Estou com vinte e três anos; ainda quero ser útil, quero consagrar todas as minhas energias à verdade; mas não procuro mais meus ideais onde antes os procurava; eles me parecem... muito mais próximos. Até agora, eu não me compreendia, procurava as tarefas as quais não era capaz de realizar... Meus olhos se abriram recentemente graças a um sentimento... Não me expresso com clareza, mas espero que me entenda...

Kátia não respondia nada, mas parou de olhar para Arcádio.

– Suponho – falou ele com uma voz mais agitada, e o tentilhão cantava descuidadamente sua canção acima dele na folhagem de uma bétula. – Suponho que o dever de toda pessoa honesta é ser de todo franco com aqueles... com aquelas pessoas que... digamos, com seus entes queridos e, portanto, eu, eu pretendo...

Mas neste momento a eloquência traiu Arcádio; ele ficou confuso, hesitou e ficou em silêncio por um tempo; Kátia ainda não ergueu os olhos. Parecia que ela não entendia onde ele queria chegar e esperava por algo.

– Eu prevejo que vou surpreendê-la – recomeçou Arcádio, reunindo suas forças –, especialmente porque este sentimento se refere de alguma forma... de alguma forma, veja bem, à sua pessoa. Lembro que ontem me censurou por falta de seriedade – prosseguiu Arcádio com o aspecto de uma pessoa que entrou em um pântano e sente que a cada passo se afunda mais e mais, caminhando para frente com a esperança de sair dessa. – Essa censura frequentemente vai... cai... sobre os jovens, até mesmo quando eles não a merecem mais, e se eu tivesse mais autoconfiança... – "Me ajude, me ajude!", Arcádio pensava desesperado, mas Kátia não virava a cabeça. – Se eu pudesse ter esperança...

– Se eu pudesse ter certeza do que está dizendo – ouviu-se inesperadamente a voz de Anna Sergeevna.

Arcádio imediatamente calou-se e Kátia ficou pálida. Uma trilha passava pelos arbustos que fechavam o pórtico. Anna Sergeevna caminhava ao longo da trilha, acompanhada por Bazárov.

Kátia e Arcádio não podiam vê-los, mas ouviam cada palavra, o farfalhar do vestido, a própria respiração. Eles deram alguns passos e, como de propósito, pararam bem em frente ao pórtico.

– Está vendo – continuou Anna Sergeevna –, nós cometemos um erro; nós dois não somos tão jovens, especialmente eu; vivemos, cansamos; nós dois, por que fazer cerimônia? Somos inteligentes: a princípio ficamos interessados um pelo outro, despertou a curiosidade... e depois...

– E depois eu perdi a inspiração – disse Bazárov.

– Sabe que não foi esse o motivo da nossa discordância. Mas seja como for, não precisávamos um do outro, isso é o principal; havia muita coisa... como dizer... consanguínea. Nós não percebemos isso logo. Pelo contrário, Arcádio...

– Precisa dele? – perguntou Bazárov.

– Basta, Eugênio Vasilich. Diz que ele sente algo por mim e, realmente, sempre pareceu-me que ele gostasse de mim. Sei que tenho a idade de ser tia dele, mas não quero esconder que comecei a pensar nele com mais frequência. Este sentimento jovem e fresco tem algum tipo de charme...

– A palavra charme é mais usada nesses casos – interrompeu Bazárov que parecia estar muito irritado. – Arcádio conversou comigo ontem e não falou nada sobre a senhora ou sua irmã... Esse é um sintoma importante.

– Ele é quase um irmão para Kátia – disse Anna Sergeevna –, e gosto disso nele, embora talvez não devesse permitir tal proximidade entre eles.

– Quem fala agora... é sua irmã? – disse Bazárov, estendendo as palavras.

– Claro... Mas por que paramos? Vamos. Que conversa estranha é essa? Eu não poderia saber um dia que fosse falar assim com o senhor? Sabe que tenho medo do senhor... e ao mesmo tempo confio, porque o senhor é muito gentil.

– Em primeiro lugar, não sou gentil; e em segundo lugar, perdi toda a importância para a senhora, e ainda me diz que sou gentil... É como colocar uma coroa de flores na cabeça de um defunto.

– Eugênio Vasilich, não temos poderes sobre nós mesmos... – começou Anna Sergeevna; mas o vento soprou, farfalhou as folhas e levou suas palavras embora.

– Afinal, a senhora é livre – disse Bazárov um pouco depois. Não se podia ouvir nada; os passos se foram... tudo ficou em silêncio.

Arcádio se virou para Kátia. Ela estava na mesma posição, apenas abaixado ainda mais a cabeça.

— Katerina Sergeevna — disse ele com a voz trêmula e apertando as mãos —, eu a amo para sempre e irrevogavelmente e não amo ninguém além da senhora. Queria lhe dizer isso, pedir sua opinião e pedir sua mão, porque não sou rico, mas me sinto pronto para todos os sacrifícios... A senhora não responde? Não acredita em mim? Acha que estou falando apenas por falar? Mas lembre-se desses últimos dias! Ainda não se convenceu de que o resto desapareceu há muito tempo sem deixar rastros. Olhe para mim, diga-me uma palavra... eu amo... eu a amo... acredite em mim!

Kátia olhou para Arcádio muito séria e, após uma longa reflexão, levemente sorrindo, disse:

— Sim.

Arcádio levantou-se do banco.

— Sim! Disse: sim, Katerina Sergeevna! O que essa palavra significa? Ou que a amo, que acredita em mim... Ou... ou... não me atrevo a terminar...

— Sim — repetiu Kátia, e desta vez ele a compreendeu. Ele agarrou suas grandes e belas mãos e, perdendo fôlego de alegria, apertou-as contra o coração. Ele mal conseguia ficar de pé e apenas repetia: "Kátia, Kátia...", e ela chorava inocentemente, ao mesmo tempo rindo baixinho de suas lágrimas. Quem não viu tais lágrimas nos olhos de uma pessoa amada ainda não experimentou até que ponto, sob o influxo de gratidão e vergonha, uma pessoa pode ser feliz nessa terra.

No dia seguinte, de manhã cedo, Anna Sergeevna mandou chamar Bazárov ao gabinete e, com uma risada forçada, entregou-lhe uma folha dobrada de papel. Era uma carta de Arcádio: ele pedia a mão de sua irmã.

Bazárov leu rapidamente a carta e fez um esforço para não demonstrar um sentimento malévolo que logo inflamou-se em seu peito.

— Está vendo — disse ele —, ao que parece, a senhora ainda ontem acreditava que ele amava Katerina Sergeevna com amor fraternal. O que pretende fazer agora?

— O que vai me aconselhar? — perguntou Anna Sergeevna, rindo.

— Eu acho — respondeu Bazárov com uma risada, embora não estivesse nada alegre e não quisesse rir de jeito nenhum —, acho que eles devem ser abençoados. O partido é bom em todos os aspectos. A fortuna de Kirssanov é considerável, ele é filho único, seu pai é um bom sujeito e não fará objeção a esse casamento.

Odintsova caminhou pela sala. Seu rosto ficava alternadamente vermelho e pálido.

— Acha? — disse ela. — Bem... Não vejo obstáculos... Estou feliz por Kátia... e por Arcádio Nikolaévitch. Claro, vou esperar pela resposta do nosso pai. Vou mandar buscá-lo. Mas acontece que ontem eu tinha razão quando disse que nós dois já somos gente de idade... Como é que não vi nada? Isso me surpreende!

Anna Sergeevna riu de novo e voltou-se para um lado ao mesmo tempo que Bazárov.

— Os jovens dos tempos modernos se tornaram muito astutos — comentou Bazárov e também riu. — Adeus — ele disse novamente após um breve silêncio. — Desejo que esse caso familiar termine da forma mais agradável possível e eu ficarei feliz por eles de longe.

A senhora Odintsova voltou-se rapidamente para ele.

— Está partindo? Por que não ficar agora? Fique... é divertido falar com o senhor... como se a gente estivesse caminhando à beira de um abismo. No começo existe apenas timidez e de repente vem coragem. Fique.

— Obrigado pela oferta, Anna Sergeevna, fico lisonjeado pela opinião sobre meus talentos de conversação. Mas acho que há muito tempo já estou girando em uma esfera estranha para mim. Peixes voadores podem se manter no ar por um tempo, mas logo caem na água, deixe-me cair no meu elemento também.

A senhora Odintsova olhou para Bazárov. Um sorriso amargo contraía seu rosto pálido. "Este homem me amava!", pensou ela, sentiu pena dele, e com simpatia estendeu-lhe a mão.

Mas ele percebeu os pensamentos dela também.

– Não! – disse ele e deu um passo para trás. – Eu sou um homem pobre, mas não aceito esmola. Adeus e saúde para todos.

– Tenho certeza de que ainda nos veremos – disse Anna Sergeevna com um movimento involuntário.

– Vamos ver! – respondeu Bazárov e saiu após reverenciar-se.

– Então você decidiu fazer um ninho familiar aqui? – disse ele no mesmo dia para Arcádio, arrumando a mala sentado de cócoras. – Bem... é um bom negócio. Só que você não precisava fingir. Eu esperava de você uma atitude diferente. Ou você ficou surpreso com tudo isso?

– Eu certamente não esperava isso quando nós nos separamos – respondeu Arcádio –, mas por que você está mentindo agora e diz: "É um bom negócio", como se eu não soubesse sua verdadeira opinião sobre esse casamento?

– Eh, querido amigo – disse Bazárov –, o que está falando! Veja o que estou fazendo: há um espaço na mala e encho-a de palha para preencher esse espaço vazio; a mesma coisa acontece então na nossa existência, pode enchê-la de qualquer coisa, só para que não haja espaço vazio. Não se ofenda, por favor: você provavelmente se lembra do que sempre pensava a respeito de Katerina Sergeevna. Uma certa moça tem fama de ser inteligente apenas porque ela suspira de maneira inteligente; e a sua moça é capaz de se defender, terminará por dominá-lo completamente, já que assim deve ser. – Ele fechou a tampa com força e se levantou do chão. – E agora repito antes de dizer adeus... porque não há nada com que se enganar: dizemos adeus para sempre, e você mesmo sente isso... você agiu com sabedoria, não foi criado para a nossa vida amarga, azeda e solitária. Não há insolência nem raiva em você, mas há coragem jovem e entusiasmo; isso não é bom para as nossas atividades. Seu irmão nobre não pode ir além de nobre humildade ou nobre fervura, e isso não é nada. Vocês, por exemplo, não lutam, e se imaginam bons sujeitos, mas nós queremos lutar. Quê isso! Nosso pó comerá seus olhos, nossa sujeira o manchará, mas você não cresceu para nós, você se admira involuntariamente, sente prazer em acusar a si mesmo; e nós estamos entediados, dê-nos outros!

Precisamos quebrar outros elementos! É um cara legal; mas não passa de um burguesinho liberal, e *voilà tout*, como diz meu pai.

— Diz adeus para sempre, Eugênio — disse Arcádio com tristeza —, e não tem outras palavras para mim?

Bazárov coçou a cabeça.

— Sim, Arcádio, tenho outras palavras, só que não vou usá-las porque isso é romantismo, ou seja, expandir-me. E você se casa o mais rápido possível. Sim, construa seu próprio ninho e faça muitos filhos. Eles já serão espertos porque nascerão na hora certa, não como você e eu. Ei! Vejo que os cavalos já estão prontos. Está na hora! Eu disse adeus a todos... Bem, vou lhe abraçar agora.

Arcádio se jogou no pescoço de seu mestre e amigo com as lágrimas nos olhos.

— Oh, juventude, juventude! — disse Bazárov calmamente. — Espero que Katerina Sergeevna o conforte bem!

— Adeus irmão! — disse ele a Arcádio, já tendo subido na carruagem e apontando para duas gralhas sentadas lado a lado no telhado do estábulo, acrescentou: — Aqui está! Estude!

— O que isso significa? — perguntou Arcádio.

— Você é tão ruim em história natural ou esqueceu que a gralha é a ave mais respeitada do lar? Um exemplo para você! Adeus, *Signor*!

A carruagem rodou e foi embora.

Bazárov disse a verdade. Conversando com Kátia à noite, Arcádio se esqueceu completamente de seu mentor. Ele já estava começando a obedecê-la, e Kátia sentiu isso e não ficou surpresa. Ele deveria ir a Maryino no dia seguinte para visitar Nikolai Petrovitch. Anna Sergeevna não queria incomodar os jovens e não os deixava a sós por muito tempo apenas por decência. Ela fez todo o possível e impossível para afastar a princesa deles, a quem a notícia do casamento iminente transformou em uma fúria chorosa. A princípio Ana Sergeevna temia que a felicidade deles pudesse parecer um pouco dolorosa para ela; mas aconteceu exatamente o oposto: essa felicidade a tocou. Anna Sergeevna ficou satisfeita e triste com isso. "Parece que Bazárov estava certo", pensou ela, "curiosidade, apenas curiosidade, amor pela paz e egoísmo..."

– Crianças – disse ela em voz alta –, será que amor é um sentimento fingido?

Mas nem Kátia nem Arcádio a compreenderam. Eles eram tímidos com ela; a conversa involuntariamente ouvida não saía da cabeça deles. Mas Anna Sergeevna logo os tranquilizou e não foi difícil, pois ela mesma estava tranquila.

27

Os velhos Bazárov ficaram tanto mais encantados com a chegada repentina de seu filho, quanto menos o esperavam. Arina Vlasievna ficou tão assustada e correu para cima e para baixo pela casa que Vassilii Ivanovich a comparou a uma "perdiz": a cauda rala de sua blusa curta realmente lembrava um pássaro. E ele mesmo apenas resmungava e mordiscava a lateral do âmbar de seu cachimbo e, agarrando seu pescoço com os dedos, virava a cabeça, como se quisesse ver se estava bem parafusada, e de repente abria a boca larga e ria sem fazer barulho.

– Vim passar seis semanas contigo, meu velho – disse Bazárov –, eu quero trabalhar, então, por favor, não me incomode.

– Vai esquecer minha cara, é assim que vou incomodá-lo! – respondeu Vassilii Ivanovich.

Ele manteve sua palavra. Ao colocar o filho como antes no gabinete, ele simplesmente não entrava lá, e proibiu sua esposa de quaisquer expressões desnecessárias de ternura. "Nós, mãe", ele disse a ela, "na primeira visita de Enyusha o entediamos um pouco: agora temos que ser mais discretos". Arina Vlasievna concordava com o marido, mas ganhava pouco com isso, porque via o filho apenas à mesa e até teve medo de falar com ele. "Enyushenka!", ela costumava dizer, e ele mal olhava em volta, e ela já mexia com os cadarços de sua bolsa e balbuciava: "Nada, nada, eu não disse nada". Depois ela ia para conversar com Vassilii Ivanovich e perguntava a ele: "Como descobrir, meu querido, o que Enyusha queria comer no jantar hoje, sopa de repolho ou borsch?" "Por que você mesma não perguntou a ele?" – "Mas tenho medo de entediá-lo!" No entanto, Bazárov logo parou de se trancar: a febre do trabalho saltou de cima dele e foi substituída por um tédio e uma certa intranquilidade. Um cansaço estranho foi percebido em todos os seus movimentos, até mesmo o seu andar, firme e veloz, mudou. Ele parou de andar sozinho e começou a procurar companhia. Bebia chá na sala de estar, vagava pelo pomar com Vassilii Ivanovich e fumava com ele "em silêncio". Certa vez perguntou sobre o padre Alexei; a princípio, Vassilii Ivanovich ficou feliz com essa mudança, mas sua alegria durou pouco.

– Enyusha me preocupa – reclamava baixinho para a esposa –, ele não está apenas insatisfeito ou com raiva, isso não seria nada; ele está zangado, está triste, isso é terrível. O tempo todo está em silêncio, se ao menos nos xingasse... ele emagreceu bastante e está pálido.

– Senhor, senhor! – sussurrava a velha –, eu colocaria um amuleto no pescoço dele, mas ele não permite.

Vassilii Ivanovich várias vezes e com muito cuidado tentou perguntar a Bazárov sobre seu trabalho, sobre sua saúde, sobre Arcádio... Mas Bazárov respondia de má vontade e com indiferença. Uma vez, percebendo que seu pai estava chegando perto de algo tão pessoal em uma conversa, ele lhe disse irritado:

– Por que você está andando em volta de mim na ponta dos pés? Eu detesto isso.

– Bem, bem, bem, não vou mais! – respondeu apressadamente o pobre Vassilii Ivanovich. Suas dúvidas políticas também foram deixadas sem resposta nenhuma. Outra vez falando sobre a emancipação iminente dos camponeses, sobre o progresso, esperava despertar a simpatia do filho; mas disse com indiferença:

– Ontem ao passar perto da cerca eu ouvi os moleques, filhos de camponeses, berrando em vez de uma velha canção: *"A hora certa está chegando, o coração sente amor"*... Aqui está o seu progresso.

Às vezes, Bazárov ia à aldeia e conversava com algum camponês, provocando como sempre. "Bem, conte-me seus pontos de vista sobre a vida, irmão: afinal, dizem, toda a força e o futuro da Rússia estão em vocês. Uma nova era na história começará a partir de vocês e que nos darão uma linguagem e leis verdadeiras". O camponês ou não respondia nada, ou proferia palavras como:

– Podemos sim... quer dizer... logo terá uma nova divisão de terras?

– Pode me explicar o que é o seu mundo? – Bazárov o interrompia –, será que é o mesmo mundo que se sustenta em três peixes?

– Senhor, é a terra que se apoia em três peixes – explicava o camponês de modo tranquilizador, com um tom patriarcal. – Contra o nosso mundo está o desejo dos senhores. Pois os senhores são nossos pais. Quanto mais severo é o senhor, mais agrada ao camponês.

Tendo ouvido tal discurso, Bazárov uma vez deu de ombros com desprezo e se afastou, enquanto o camponês seguiu o seu caminho.

– Do que ele estava falando? – perguntou-lhe da entrada de sua casinha outro camponês de meia-idade que estava presente em sua conversa com Bazárov. – Sobre impostos, hein?

– Que impostos, meu irmão! – respondeu o primeiro camponês, e em sua voz não havia mais um traço de melodia patriarcal, mas, ao contrário, uma espécie de severidade. – Então ele falava alguma coisa; estava jogando conversa fora. É senhor, ele não entende nada da nossa vida.

– Como ele irá entender! – respondeu outro camponês, e ao sacudir os chapéus e arrumar os cintos, os dois começaram a discutir seus assuntos e suas necessidades. Que pena! Bazárov que dava de ombros com desprezo, que sabia falar com os camponeses (como se gabava na disputa com Pavel Petrovitch), este Bazárov autoconfiante nem suspeitava que aos olhos deles era uma espécie de um palhaço...

No entanto, ele finalmente encontrou algo para fazer. Uma vez, em sua presença, Vassilii Ivanovich enfaixava a perna ferida do camponês, mas as mãos do velho tremiam e ele não conseguia lidar com as bandagens, o filho o ajudou e desde então começou a participar da sua prática, sem deixar de rir dos processos de tratamento que ele próprio aconselhava e do pai, que imediatamente os colocava em prática. Mas as risadas de Bazárov não embaraçavam nem um pouco Vassilii Ivanovich, elas até o consolavam. Segurando o roupão engordurado com dois dedos na barriga e fumando um cachimbo, ele ouvia Bazárov com prazer e quanto mais raiva havia em suas travessuras, mais seu bem-humorado e feliz pai ria, mostrando todos os dentes estragados de uma vez. Ele até repetia essas, às vezes estúpidas ou sem sentido, palhaçadas e, por exemplo, por vários dias sem nenhum propósito, ele ficava repetindo: "É uma tarefa número nove!", só porque o filho, ao saber que ia à missa matinal, usou esta expressão. "Graças a Deus! Parou de ficar triste!", ele sussurrava para a esposa. "Se você visse o que ele fez comigo hoje!" Mas a ideia de ter tal assistente o encantava, enchia-o de orgulho.

– Sim, querida – disse ele a uma mulher em uma jaqueta masculina e um chapéu chifrudo, entregando-lhe um remédio ou um pote de pomada –, você deve agradecer a Deus pelo fato de meu filho estar me visitando: estamos lhe tratando de acordo com o método mais científico e moderno, compreende? Até o imperador dos franceses, Napoleão, não teve o médico melhor.

E a camponesa que reclamava das doenças diferentes com sintomas estranhos, apenas curvava-se e colocava a mão debaixo da camisa, de onde tirava os quatro ovos, cuidadosamente embrulhados em uma toalha.

Certa vez, Bazárov até arrancou o dente de um vendedor ambulante e, embora esse dente fosse comum, Vassilii Ivanovich o manteve como uma raridade e, mostrando-o ao padre Alexei, repetia continuamente:

– Olha as raízes! Eugênio tem uma grande força! O vendedor até saltou da poltrona... Parece-me que um carvalho teria voado também!...

– Que força! – disse finalmente o padre Alexei, sem saber o que responder e como se livrar do velho que estava em êxtase.

Certo dia, um camponês de uma aldeia vizinha trouxe para Vassilii Ivanovich seu irmão, que estava com tifo. Deitado sobre um feixe de palha, o infeliz estava morrendo; manchas escuras cobriam seu corpo, ele havia desmaiado há muito tempo. Vassilii Ivanovich lamentou que ninguém tivesse pensado em procurar ajuda médica antes e anunciou que não havia salvação. De fato, o camponês não conseguiu chegar em casa com o irmão vivo: ele morreu na carroça.

Três dias depois, Bazárov entrou no quarto do pai e perguntou se ele tinha uma pedra infernal.

– Tenho sim, para que você precisa?

– Eu preciso... cauterizar a ferida.

– Em quem?

– Em mim mesmo.

– Como assim? Por quê? Que ferida é essa? Onde ela está?

– Bem aqui, no dedo. Hoje eu fui para a aldeia, sabe de onde trouxeram aquele camponês com o tifo? Por algum motivo, eles iam fazer a autópsia dele, e eu não praticava isso há muito tempo.

– E daí?

– E daí que eu pedi permissão ao médico distrital para fazer a autópsia; e me cortei.

Vassilii Ivanovich repentinamente ficou pálido e, sem dizer uma palavra, correu para o gabinete, de onde voltou de pronto com um pedaço de pedra infernal na mão. Bazárov quis pegá-la e ir embora.

– Pelo amor de Deus – disse Vassilii Ivanovich –, deixe que eu faço isso.

Bazárov deu uma risadinha.

– Você quer muito praticar!

– Não brinque, por favor. Mostre seu dedo. A ferida é pequena. Não dói? Sente-se bem?

– Pressione com mais força, não tenha medo.

Vassilii Ivanovich parou.

– O que acha, Eugênio, não é melhor que cauterizemos com ferro?
– Isso deveria ser feito antes; e agora, honestamente, nem preciso usar a pedra infernal. Se eu fiquei infectado, então agora é tarde demais.
– Como assim... tarde... – Vassilii Ivanovich mal conseguiu falar.
– Ora! Desde então já se passaram mais de quatro horas.
Vassilii Ivanovich cauterizou um pouco mais a ferida.
– O médico distrital não tinha uma pedra infernal?
– Não tinha.
– Que coisa, meu Deus! Um médico e não tem o necessário!
– Você deveria dar uma olhada nos bisturis dele – disse Bazárov, e saiu.

Até a noite e no dia seguinte, Vassilii Ivanovich inventava as desculpas possíveis para entrar no quarto do filho. Embora ele nem mencionasse sua ferida, falava sobre os objetos mais estranhos. Vassilii persistentemente o olhava nos olhos e o observava com tanta ansiedade que Bazárov perdeu a paciência e ameaçou ir embora. Vassilii Ivanovich deu-lhe a palavra de não ficar tão preocupado, principalmente porque Arina Vlasievna, de quem ele, é claro, escondia tudo, começou a perguntar por que ele não dormia e o que tinha acontecido. Durante dois dias seguidos ele se segurava, espiando o filho... mas durante o jantar no terceiro dia ele não aguentou. Bazárov ficou olhando para baixo e não comeu absolutamente nada.

– Por que você não está comendo, Eugênio? – perguntou ele, fingindo estar despreocupado. – A comida parece bem preparada.
– Não estou com fome.
– Está sem apetite? E a cabeça – acrescentou ele com uma voz tímida –, está doendo?
– Dói. Por que não deveria?
Arina Vlasievna endireitou-se e ficou alerta.
– Não fique zangado, por favor, Eugênio – continuou Vassilii Ivanovich –, mas me permite sentir seu pulso?
Bazárov levantou-se.
– Vou te contar sem sentir o pulso que estou com febre.
– E está com frio?

– Estou com frio. Vou me deitar, e você prepare chá de tília para mim. Eu devo estar com um resfriado.

– Eu ouvi você tossindo esta noite – disse Arina Vlasievna.

– Eu peguei um resfriado – repetiu Bazárov e saiu.

Arina Vlasievna começou a preparar chá de flor de tília, e Vassilii Ivanovich entrou na sala ao lado e desesperadamente agarrou seu cabelo.

Bazárov não se levantou naquele dia e passou a noite inteira em um sono pesado e meio delirando. À uma hora da manhã, ele abriu os olhos com bastante esforço, viu o rosto pálido do pai à luz de uma lamparina e o mandou sair do seu quarto; ele obedeceu, mas imediatamente voltou na ponta dos pés e, meio protegido pelas portas do armário, permaneceu olhando para o filho o tempo todo. Arina Vlasievna também não foi dormir e, ao abrir um pouco a porta do escritório, chegava o tempo todo para escutar "a respiração de Enyusha" e olhar para Vassilii Ivanovich. Ela podia ver apenas as costas curvadas e imóveis, mas isso causava algum alívio. Pela manhã, Bazárov tentou levantar-se, mas sentiu tontura, o nariz começou a sangrar e ele deitou-se novamente. Vassilii Ivanovich o servia em silêncio; Arina Vlasievna entrou no quarto do filho e perguntou como ele estava se sentindo. Ele respondeu: "Melhor" e se virou para a parede. Vassilii Ivanovich acenou para a esposa com as duas mãos; ela mordeu o lábio para não chorar e saiu. Tudo dentro de casa de repente pareceu escuro. Todos ficaram preocupados, estabeleceu-se um estranho silêncio, do pátio levaram para a aldeia um galo que cantava sem parar e não estava entendendo por que faziam isso com ele. Bazárov continuava deitado, olhando para a parede. Vassilii Ivanovich tentava distraí-lo com várias perguntas, mas elas cansaram Bazárov, e o velho ficou imóvel na cadeira, de vez em quando estalando os dedos. Ele saiu por alguns instantes ao pomar, ficou ali parado como uma estátua, como se fosse atingido por um espanto indescritível (a expressão de espanto não saiu de seu rosto), e voltou novamente para o filho, tentando evitar perguntas da esposa. Ela por fim agarrou sua mão e convulsivamente, quase em tom de ameaça, perguntou-lhe: "O que houve com ele?" Então ele se conteve e se forçou a sorrir para ela; mas, para seu próprio horror, em vez de um sorriso, de sua garganta saíram as risadas. Ele chamou o médico pela manhã. Considerou necessário notificar seu filho sobre isso para que de alguma forma ele não ficasse bravo.

Bazárov de repente se virou no sofá, olhou fixamente e sem expressão para o pai e pediu água.

Vassilii Ivanovich deu-lhe um pouco de água e apalpou sua testa. Ele estava pegando fogo.

– Velho – começou Bazárov com uma voz rouca e lenta –, estou muito mal. Peguei tifo e em alguns dias você vai me enterrar.

Vassilii Ivanovich cambaleou, como se alguém o tivesse acertado nas pernas.

– Eugênio – murmurou ele –, o que está falando! Deus é pai! Você apenas pegou um resfriado...

– Chega – Bazárov o interrompeu lentamente. – Um médico não tem direito de dizer isso. Tenho todos os sintomas da doença, você mesmo os conhece.

– Onde estão os sintomas... da doença, Eugênio?... Tenha piedade!

– E o que é isso? – disse Bazárov arregaçando a manga da camisa, mostrando ao pai as sinistras manchas vermelhas que haviam surgido na pele.

Vassilii Ivanovich estremeceu-se e congelou de medo.

– Vamos supor – disse ele –, supor que... se... trate de algo como... doença contagiosa...

– Piemia – disse o filho.

– Bem, sim... como... uma epidemia...

– Piemia – repetiu Bazárov severa e distintamente. – Esqueceu-se de seus cadernos?

– Bem, sim, sim, como quiser... Mas mesmo assim, vamos curá-lo!

– Bem, é impossível. Mas vamos falar de outro assunto. Não esperava morrer tão cedo, é um acidente, muito desagradável para falar a verdade. Tanto você quanto minha mãe devem agora aproveitar a força da religião, aqui está uma ótima oportunidade de colocar à prova essa força. – Ele tomou um pouco mais de água. – E eu quero pedir uma coisa... enquanto minha cabeça ainda funciona. Amanhã ou depois meu cérebro, você sabe, vai se despedir de mim. Mesmo agora, não tenho certeza se estou sendo claro. Enquanto eu estava inconsciente, me parecia que cachorros vermelhos corriam ao meu redor, e você estava perto de mim, era um caçador. Como se eu estivesse bêbado. Você me entende bem?

– Tenha piedade, Eugênio, você fala perfeitamente bem.

– Melhor assim; você me disse que mandou chamar um médico... Com isso você se divertiu... deixe eu me divertir também: mande um mensageiro...

– Para Arcádio Nikolaévitch – disse o velho médico.

– Quem é Arcádio Nikolaévitch? – disse Bazárov, como se estivesse pensando. – Ah, sim! Aquele passarinho! Não, não o atrapalhe: ele é uma gralha agora. Não se surpreenda, isso ainda não é um delírio. E você mande um mensageiro para a senhora Odintsova, Anna Sergeevna, existe uma fazendeira que vive aqui perto... conhece? – Vassilii Ivanovich acenou com a cabeça. assentiu. – Fale que Eugênio Bazárov mandou dizer que estava morrendo. Fará este favor para mim?

– Farei... Só que é impossível você morrer, você, Eugênio... Julgue por si mesmo! Onde estará a justiça depois disso?

– Eu não sei; mas por favor mande o mensageiro.

– Vou mandá-lo neste exato momento e escreverei a carta eu mesmo.

– Não precisa; diga que mandei lembranças e nada mais. E agora estou de volta aos meus cães. Estranho! Eu quero pensar um pouco na morte e nada acontece. Vejo algum tipo de mancha... e nada mais.

Novamente ele se virou para a parede; e Vassilii Ivanovich saiu do gabinete e, chegando ao quarto de sua esposa, caiu de joelhos diante dos ícones.

– Reze, Arina, reze – gemia ele –, nosso filho está morrendo.

O médico, o mesmo médico do município que não tinha uma pedra infernal, veio e, após examinar o paciente, aconselhou-o a esperar e imediatamente disse algumas palavras sobre a possibilidade de recuperação.

– Você já viu alguém nas minhas condições que escapasse de ir parar no cemitério? – perguntou Bazárov, e de repente agarrou a perna de uma mesa pesada que estava perto do sofá, sacudiu-a e a tirou do lugar.

– Força, toda força – disse ele –, tudo ainda está aqui, mas terei que morrer!... Um velho, pelo menos, conseguiu desacostumar-se da vida, e eu... Tente negar a morte. Ela é que me nega e ponto final! Quem está chorando aí? – perguntou ele depois de algum tempo. – Mãe? Pobre mulher! Para quem ela vai prepara agora seu incrível borsch? E você, Vassilii Ivanovich, parece estar chorando também? Bem, se o cristianismo não ajudar, seja um filósofo, um estoico ou algo assim! Afinal, você se gabou de ser um filósofo?

– Qual filósofo! – gritou Vassilii Ivanovich e as lágrimas escorreram pelo seu rosto.

Bazárov estava piorando de hora em hora; a doença assumiu um ritmo rápido, o que geralmente acontece com a contaminação cirúrgica. Ele ainda não tinha perdido a consciência e compreendida o que lhe falavam; ainda lutava com a morte. "Eu não quero estar delirando", ele sussurrava, cerrando os punhos, "que bobagem!" E dizia logo depois disso: "Bem, se tirarmos oito de dez, quanto sobra?" Vassilii Ivanovich andava como um louco, oferecia um remédio, depois outro e sem parar cobria as pernas do filho. "Envolver em lençóis frios... remédio para vômito... emplastros de mostarda para o estômago... ajudam o sangue a descer", dizia ele com desespero. O médico, a quem convenceu que ficasse, concordava com ele, dava limonada ao paciente, e para ele próprio pedia um cachimbo ou um "fortificante-aquecedor", ou seja, vodca. Arina Vlasievna sentava-se em um banquinho na porta e só de vez em quando saía para orar; alguns dias antes, o espelhinho escorregou de suas mãos e quebrou-se, o que ela sempre considerava um mau presságio; a própria Anfisushka nada lhe pôde dizer. Timofeich foi até avisar a senhora Odintsova.

A madrugada foi péssima para Bazárov... A febre cruel o atormentava. Pela manhã, ele se sentiu melhor. Ele pediu que Arina Vlasievna lhe penteasse os cabelos, depois beijou-lhe a mão e tomou um gole de chá. Vassilii Ivanovich se animou um pouco.

– Graças a Deus! – repetiu ele. – A crise chegou... a crise passou.

– Vamos pensar um pouco – disse Bazárov, o que significa essa palavra! Gostou da palavra "crise" e está consolado. É incrível como um ser humano ainda acredita em palavras. Se lhe dissermos que é um tolo e que não será espancado, ele fica triste; se lhe chamarmos de inteligente e não lhe dermos dinheiro, ele sente grande prazer com isso.

Esse pequeno discurso de Bazárov, uma reminiscência de suas "travessuras" anteriores, emocionou Vassilii Ivanovich.

– Bravo! Muito bem dito, ótimo! – exclamou ele, fingindo bater palmas.

Bazárov sorriu tristemente.

– Então, você acha que a crise passou ou chegou?

– Você está melhor, é o que eu vejo, é o que me deixa feliz – respondeu Vassilii Ivanovich.

– Muito bem, a alegria nem sempre é ruim. E para aquela senhora, lembra? Mandou alguém?

– Mandei, claro.

A mudança para melhor não durou muito. Os ataques da doença recomeçaram. Vassilii Ivanovich estava sentado ao lado de Bazárov. Parecia que alguma dúvida especial atormentava o velho. Ele ia falar várias vezes, e não conseguia.

– Eugênio! – disse, por fim –, meu filho, meu querido, querido filho!

Este apelo extraordinário teve um efeito sobre Bazárov... Ele virou um pouco a cabeça e, aparentemente tentando sair do esquecimento que o oprimia, disse:

– O que quer, meu pai?

– Eugênio – continuava Vassilii Ivanovich, ajoelhando-se diante de Bazárov, embora ele não abrisse os olhos e não pudesse vê-lo. – Eugênio, você se sente melhor agora. Você, se Deus quiser, se recuperará. Então aproveite esse tempo, console sua mãe e eu, cumpra seu dever de cristão! A sua morte poderia ser horrível; mas ainda mais horrível... afinal, é para sempre, Eugênio... pense...

A voz do velho falhou, e algo estranho passou pelo rosto de seu filho, embora ele continuasse deitado de olhos fechados.

– Eu não me recuso, se isso pode confortá-lo – disse ele por fim –, mas me parece que ainda não há necessidade. Você mesmo disse que estou bem melhor.

– Melhor, Eugênio, melhor, mas quem sabe, afinal, tudo isso está na vontade de Deus, e tendo cumprido o dever...

– Não, vou esperar – interrompeu Bazárov. – Concordo com você que a crise chegou. E se você e eu estivéssemos errados, fazer o quê! Afinal, a igreja faz o que deve até com as pessoas inconscientes, no fim da agonia.

– Tenha piedade, Eugene...

– Eu vou esperar. Agora eu quero dormir. Não me perturbe.

E ele colocou a cabeça no travesseiro. O velho levantou-se, sentou-se em uma cadeira e, segurando o queixo, começou a morder os dedos...

O barulho da carruagem de mola, o barulho tão perceptível no meio do nada, de repente atingiu seus ouvidos. Mais perto, mais perto, as rodas leves rolaram; já se ouvia o bufar de cavalos... Vassilii Ivanovich saltou e correu para a janela. Uma carruagem de dois lugares entrou no pátio de sua casa, sendo puxada por quatro cavalos. Sem perceber o que isso poderia significar, em um acesso de alegria insensata, ele correu para a varanda... O criado de libré estava abrindo as portas da carruagem; uma senhora sob um véu preto, em uma mantilha preta, saiu dela...

– Eu sou Odintsova – disse ela. – Eugênio Vasilich está vivo? O senhor é o pai dele? Eu trouxe um médico.

– Benfeitora! – exclamou Vassilii Ivanovich e, agarrando-lhe a mão, levou-a convulsivamente aos lábios, enquanto o médico trazido por Anna Sergeevna, um homenzinho de óculos, com cara de alemão, descia sem pressa da carruagem. – Vivo, meu Eugênio ainda está vivo e agora será salvo! Mulher! Mulher!... Para nós desceu um anjo do céu...

– O que é isso, senhor! – balbuciou, saindo correndo da sala, a velha e, sem entender nada, de pronto caiu aos pés de Anna Sergeevna e começou loucamente a beijar seu vestido.

— O que está fazendo, senhora? — repetia Anna Sergeevna; mas Arina Vlasievna não a ouvia e Vassilii Ivanovich apenas repetia: "Anjo! anjo!"

— *Wo ist der Kranke*? E onde está o paciente? — disse o médico por fim, com uma certa indignação.

Vassilii Ivanovich voltou a si.

— Aqui, aqui, me siga, *Herr Kollege* — lembrou ele do curso de alemão.

— Eh! — disse o alemão com um sorriso amargo.

Vassilii Ivanovich o trouxe para seu gabinete.

— Um médico que Anna Sergeevna Odintsova trouxe — disse ele, inclinando-se sobre o ouvido do filho —, e ela também está aqui.

Bazárov de repente abriu os olhos.

— O que você disse?

— Eu digo que Anna Sergeevna Odintsova está aqui e trouxe este médico até você.

Bazárov olhou ao redor.

— Ela está aqui... Eu quero vê-la.

— Você vai vê-la, Eugênio; mas primeiramente precisa falar com o médico. Vou contar toda a história de sua doença, pois o Sidor Sidorych — era o nome do médico municipal — já foi embora, e vamos ter uma pequena consulta.

Bazárov olhou para o alemão.

— Podem conversar, mas não falem em latim, eu entendo o que significa: *jam moritur*[39].

— *Der Herr scheint des Deutschen machtig zu sein*[40] — começou o novo esculápio, referindo-se a Vassilii Ivanovich.

— *Ich... habe*[41]... É melhor você falar russo — disse o velho.

— Ah, ah! Então... como é... vamos...

E a consulta começou.

---

[39] Eu vou morrer. (N.T.)
[40] O senhor parece dominar o alemão. (N.T.)
[41] Eu... tenho... (N.T.)

Meia hora depois, Anna Sergeevna, acompanhada por Vassilii Ivanovich, entrou no gabinete. O médico conseguiu sussurrar para ela que não adiantava pensar na recuperação do paciente.

Ela olhou para Bazárov... e parou na porta. Estava tão impressionada com aquele rosto ardente e ao mesmo tempo mortalmente pálido, com olhos opacos e fixos. Ela teve medo e um frio doloroso. O pensamento instantaneamente passou por sua cabeça de que sentiria outra coisa se o amasse de verdade.

– Obrigado – disse ele com dificuldade. – Eu não esperava por isso. Que bom. Então nós nos encontramos novamente, como prometeu.

– Anna Sergeevna foi tão gentil... – começou Vassilii Ivanovich.

– Pai, deixe-nos sozinhos. Anna Sergeevna, a senhora me permite? Parece que agora...

Ele apontou com a cabeça para seu corpo estendido e fraco.

Vassilii Ivanovich saiu.

– Obrigado – repetiu Bazárov. – É um verdadeiro presente real... Dizem que os reis também visitam os moribundos.

– Eugênio Vasilich, espero...

– Anna Sergeevna, vamos começar a dizer a verdade. Para mim acabou tudo. Eu fui atingido pela roda da vida. E acontece que não valia a pena pensar no futuro. A morte é uma piada velha, mas ela é nova para cada um. Eu ainda não estou com medo, logo desmaio e ponto final! – Ele acenou com a mão fraca. – Bem o que posso lhe dizer... Eu a amei! Isso não fazia sentido antes, sem falar de agora. O amor é uma forma, e minha própria forma já está se decompondo. Melhor eu dizer que eu lhe admiro! Aqui está a senhora, tão linda...

Anna Sergeevna estremeceu.

– Nada, não se preocupe... fique aí... Não chegue perto de mim: minha doença é contagiosa.

Anna Sergeevna cruzou rapidamente a sala e sentou-se em uma poltrona perto do sofá em que Bazárov estava deitado.

– Generosa! – sussurrou ele. – Oh, está tão perto, tão jovem, fresca, limpa... neste quarto nojento! Bem, adeus! Viva muito, isso é o melhor de tudo, e desfrute sua vida. Veja que visão feia: o verme está meio esmagado, mas ainda está vivo. Eu pensei: vou fazer muita coisa, não vou morrer, nunca, pois eu sou um gigante! E agora o gigante deve morrer decentemente, embora ninguém se importe com isso... Mesmo assim: não vou abanar o rabo.

Bazárov ficou em silêncio e começou a procurar o copo com a mão. Anna Sergeevna deu-lhe um pouco de água, sem tirar as luvas e respirando com medo.

–Vai me esquecer – recomeçou ele –, um defunto não é amigo de uma pessoa viva. Meu pai lhe dirá que a Rússia perdeu uma pessoa incrível... Isso é uma bobagem; mas não desanime o velho. Ele é igual a uma criança... E por favor, console também a minha mãe. Afinal, gente como meus pais são raramente encontrados neste mundo... A Rússia precisa de mim?... Não, aparentemente, não precisa. E de quem precisa a Rússia então? Precisa-se de sapateiro, precisa-se alfaiate, açougueiro... ele vendedor de carne... espere, estou confuso... Há um bosque aqui...

Bazárov colocou a mão na testa.

Anna Sergeevna inclinou-se para ele.

– Eugênio Vasilich, estou aqui...

Ele imediatamente pegou sua mão e levantou-se um pouco.

– Adeus – disse com força repentina e seus olhos brilharam com o último brilho. – Adeus... Escute... Eu não a beijei naquele dia... Assopre a lâmpada moribunda e a deixe apagar...

Anna Sergeevna pressionou os lábios em sua testa.

– E já chega! – disse ele e deitou-se no travesseiro. – Agora... escuridão...

Anna Sergeevna saiu em silêncio.

– Como ele está? – perguntou Vassilii Ivanovich.

– Ele dormiu – respondeu ela baixinho.

Bazárov não acordou nunca mais. À noite, ele começou a delirar e no dia seguinte morreu. O padre Alexei realizou rituais religiosos nele.

Durante os rituais, quando a sagrada mirra tocou o peito do defunto, um olho se abriu e parecia que, ao ver um padre em vestes, um incensário fumegante, velas na frente de uma imagem santa, algo semelhante a um estremecimento de horror refletiu em seu rosto mortalmente pálido. Quando, finalmente, ele soltou seu último suspiro e todo mundo começou a soluçar, Vassilii Ivanovich foi tomado pela revolta repentina.

– Eu disse que iria protestar! – gritou ele com a voz rouca, com o rosto ardente e distorcido, sacudindo o punho cerrado no ar, como se estivesse ameaçando alguém. – E vou protestar, vou protestar!

Mas Arina Vlasievna, em prantos, jogou-se em seu pescoço e os dois caíram ajoelhados.

– E depois – contava Anfisushka mais tarde –, ambos curvaram a cabeça como as ovelhinhas ao meio-dia...

Mas o calor do meio-dia passa, depois vem à tarde e à noite e depois vem o repouso tranquilo para todos os seres cansados...

28

Seis meses se passaram. Era um inverno branco com o silêncio cruel de dias frios sem nuvens, neve densa e rangente, geada rosa nas árvores, um céu esmeralda pálido, fumaça sobre as chaminés, nuvens de vapor de portas abertas e fechadas rapidamente, rostos vermelhos das pessoas e a corrida agitada de cavalos gelados. O dia de janeiro já estava chegando ao fim; o frio da noite oprimia ainda mais o ar parado, e o crepúsculo sangrento apagava rapidamente. Acendiam-se luzes nas janelas da casa de Maryino; Prokófitch, em um fraque preto e luvas brancas, preparava solenemente a mesa para sete pessoas. Há uma semana, em uma pequena igreja paroquial quase sem testemunhas, foram celebrados dois casamentos: do casal Arcádio e Kátia e do casal Nikolai Petrovich e Fenitchka. Naquele mesmo dia, Nikolai Petrovich estava dando um jantar de despedida a seu irmão, que viajaria para Moscou. Anna Sergeevna viajou para lá após o casamento, tendo presenteado generosamente os recém-casados.

Exatamente às três horas, todos se reuniram à mesa. Mítia foi colocado ali também; ele já tinha uma babá. Pavel Petrovich sentou-se entre Kátia e Fenitchka; "maridos" se acomodaram ao lado de suas esposas.

Nossos conhecidos tinham mudado recentemente: todos pareciam mais bonitos e maduros; apenas Pavel Petrovich emagreceu bastante, o que, aliás, tornou seus traços expressivos ainda mais graciosos... Fenitchka ficou diferente também. Trajando um vestido de seda, com uma fita de veludo no cabelo e uma corrente de ouro no pescoço, estava sentada, respeitosa consigo mesma e com tudo que a cercava, sorrindo como se quisesse dizer: "Perdoem-me, eu não tenho culpa de nada". E não era apenas ela, todos sorriram e também pareciam pedir desculpas. Todo mundo estava um pouco triste, mas bastante satisfeito. Cada um servia ao outro, como se todos tivessem combinado em apresentar uma comédia inocente. Kátia era a mais calma: olhava em volta com confiança, e todos já haviam percebido que Nikolai Petrovich gostava muito dela. Antes do almoço terminar, ele se levantou e, segurando a taça nas mãos, dirigiu-se a Pavel Petrovich.

– Está nos deixando, está nos deixando, querido irmão – começou ele –, é claro que por pouco tempo; mas, não posso deixar de dizer que eu... que nós... quanto eu... quanto nós... Isso é um problema que não sabemos fazer discursos! Arcádio, fale você.

– Não, papai, eu não estou preparado.

– Eu estava bem preparado! Meu irmão, deixe-me abraçá-lo, desejo-lhe tudo de bom e volte o mais rápido possível!

Pavel Petrovich beijou a todos e é claro que ele beijou Mítia também. Quando foi se despedir de Fenitchka, ele também beijou a mão, que ela ainda não sabia estender como deveria e, tomando da outra taça cheia, disse com um suspiro profundo:

– Sejam felizes, meus amigos! *Farewell!*[42] – Esta palavra em inglês passou despercebida, mas todos ficavam comovidos.

– Em memória de Bazárov – sussurrou Kátia no ouvido do marido e brindou com ele. Arcádio apertou a mão dela em resposta, mas não se atreveu a propor esse brinde em voz alta.

---

[42] Adeus! (N.T.)

Parece que estamos no fim da história? Mas, talvez, alguns dos leitores gostariam de saber o que cada uma das pessoas que deduzimos está fazendo neste exato momento. Estamos prontos para satisfazê-los.

Anna Sergeevna casou-se recentemente, não por amor, mas por convicção, com um dos futuros líderes russos, uma pessoa muito inteligente, um advogado, com forte senso prático, com firme vontade e maravilhoso dom de falar, um homem ainda jovem, gentil e frio como o gelo. Eles vivem em grande harmonia um com o outro e cheguem, talvez, à felicidade... ou ao amor. Princesa X... morreu e foi esquecida no mesmo dia da morte. Os Kirssanov, pai e filho, estabeleceram-se em Maryino. Seus negócios estão começando a melhorar. Arcádio se tornou um proprietário zeloso, e a "fazenda" já está gerando uma renda bastante significativa. Nikolai Petrovich entrou nos líderes políticos da província e trabalha muito. Constantemente viaja pela área; faz longos discursos (ele é de opinião que os camponeses precisam ser "ensinados", ou seja, as mesmas palavras devem ser repetidas inúmeras vezes) e ainda, falando a verdade, não chegou a satisfazer os nobres quanto à emancipação dos camponeses. Katerina Sergeevna teve um filho, Kólia, e Mítia já anda e fala como gente adulta. Fenitchka Fiedóssia Nicoláievna adora muito a sua nora, depois de seu marido e Mítia e, quando Kátia senta ao piano, Fenitchka não a deixa o dia todo. Vamos contar sobre Piotr também. Ele estava completamente entorpecido de estupidez e importância, mas também se casou e tomou um dote decente da filha de um jardineiro, que recusou dois bons pretendentes só porque não tinham relógio. Piotr tinha um relógio e usava botas de couro envernizado.

Em Dresden, no terraço Brühl, entre duas e quatro horas, no horário mais badalado para um passeio, pode-se encontrar um homem de uns cinquenta anos de idade, completamente grisalho e que sofre de gota, mas ainda bonito, vestido com elegância e com aparência de uma pessoa de alta sociedade. Este é Pavel Petrovich. Ele deixou Moscou e viajou ao exterior para melhorar sua saúde e estabeleceu-se em Dresden, onde conheceu mais os britânicos e os russos que estavam de passagem. Com os britânicos, ele se comporta de maneira simples, quase modesta, mas com dignidade; eles o acham um pouco chato, mas o respeitam como um perfeito cavalheiro, *a perfect gentleman*. Com os russos ele é mais atrevido, zomba deles e de si mesmo; mas tudo isso sai muito bem, casual e decente. Ele adere aos pontos de vista eslavófilos: sabe-se que na alta sociedade isso é considerado *très distingué*[43]. Não lê nada em russo, mas tem em sua mesa um cinzeiro de prata em forma de sapato camponês. Nossos turistas o seguem muito.

Matvei Ilyich Koliássin, que estava em oposição temporária, o visitou solenemente, seguindo para as águas termais da Boêmia. Os nativos, com os quais ele, entretanto, não se via muito, quase que o reverenciavam. Comprar um ingresso para a capela do imperador, teatro, etc., ninguém pode fazer isso tão fácil e rapidamente quanto *der Herr Baron von Kirsanoff*. Ele faz coisas boas, tanto quanto pode e ainda causa um pouco de barulho: não foi à toa que já era um dândi da sociedade; mas a vida é dura com ele... mais difícil do que ele próprio imagina... Vale a pena olhá-lo na igreja russa, quando, encostado na parede, pensa e não se mexe por muito tempo, com os lábios cerrados, de repente começa a rezar imperceptivelmente...

E Kúkchina acabou no exterior. Ela está agora em Heidelberg e não estuda mais ciências naturais, mas sim arquitetura, na qual, segundo ela, descobriu novas leis. Ela continua a fazer amizade com alunos, especialmente com jovens físicos e químicos russos. Heidelberg está cheia dessa gente, e que, surpreendendo inicialmente professores alemães ingênuos com sua visão sóbria das coisas, posteriormente surpreendem esses mesmos professores com sua completa inação e preguiça absoluta. Com esses dois ou três químicos que não sabem distinguir o oxigênio do nitrogênio, mas estão cheios de negação e respeito próprio, e com o grande Elisevich Sitnikov, que também está se preparando para ser grande, passa o tempo em São Petersburgo e, segundo suas garantias, continua a "obra" de Bazárov. Dizem que alguém o espancou recentemente, mas ele não ficou em dívida:

---

[43] Muito distinto. (N.T.)

Publicou um pequeno artigo em uma revista amarela e duvidosa, insinuando que quem o espancou era um covarde. Ele chama isso de ironia. Seu pai domina-o como antes, e sua esposa o considera um tolo... e um escritor.

Há um pequeno cemitério rural em um dos cantos distantes da Rússia. Como quase todos os nossos cemitérios, ele parece triste: as valetas ao seu redor estão cobertas de vegetação; cruzes de madeira cinza caem e apodrecem sob suas coberturas antes pintadas. As lajes de pedra estão todas deslocadas, como se alguém as estivesse empurrando por baixo. Duas ou três arvorezinhas sem folhagem quase não dão sombra. Ovelhas percorrem os túmulos tranquilamente... Mas entre elas há um túmulo, em que ninguém toca, que não é pisoteado por animal nenhum: alguns pássaros se sentam nele e cantam ao amanhecer. Uma grade de ferro fica em volta do túmulo. Duas árvores jovens foram plantadas em ambas as extremidades: Eugênio Bazárov está enterrado nele. De vez em quando, de uma aldeia próxima, vem visitá-lo um casal de velhinhos, marido e mulher. Apoiando-se mutuamente, caminham com passos lentos e pesados; aproximam-se da grade, ajoelham-se e choram por um longo tempo, olhando atentamente para a pedra muda sob a qual repousa o filho. Depois de trocarem uma palavra curta, tiram pó da pedra tumular, endireitam o galho da árvore e oram novamente. Eles não conseguem deixar este lugar, onde parecem estar mais perto do filho, das lembranças dele... Será que todas as suas orações, suas lágrimas são inúteis? O amor, amor sagrado não seja onipotente? Ah, não! Por mais que se esconda no túmulo o coração apaixonado, pecador e rebelde, as flores que crescem sobre ele nos olham serenamente com seus olhos inocentes: Elas não falam apenas da tranquilidade eterna, da grande e infinita tranquilidade da natureza "indiferente": falam também de reconciliação eterna e vida sem fim...